8.–

Luc Ferry

Von der Göttlichkeit des Menschen

oder

Der Sinn des Lebens

Aus dem Französischen
von Bernd Wilczek

Paul Zsolnay Verlag

Titel der Originalausgabe:
L'homme – Dieu ou le Sens de la vie

1 2 3 4 5 01 00 99 98 97

ISBN 3-552-04848-0

Satz: Satz für Satz. Barbara Reischmann, Leutkirch
Druck und Bindung: Franz Spiegel Buch GmbH, Ulm
Printed in Germany

Für Elizabeth

Einleitung

Vom Sinn des Lebens: Das Verschwinden einer Frage

In dem Buch *Stufen zur Unendlichkeit: Tod, Zwischenzustand und Wiedergeburt im tibetischen Buddhismus* erzählt Sogyal Rinpoche die Geschichte von Krisha Gotami, jener jungen Frau, die eine Zeltgenossin Buddhas war und deren kleiner einjähriger Sohn von einer tödlichen Krankheit dahingerafft wurde. Schmerzerfüllt, das geliebte Kind gegen ihre Brust gedrückt, irrte Krisha durch die Straßen und flehte alle, die ihr begegneten, an, ihr doch irgendein Mittel zu nennen, mit dessen Hilfe sie ihren Sohn wieder zum Leben erwecken könnte. Einige schenkten ihr keine Beachtung, andere hielten sie für verrückt, aber schließlich riet ihr ein weiser Mann, sich an Buddha zu wenden. Sie ging also zu ihm, legte ihm den kleinen, leblosen Körper zu Füßen und berichtete ihm von ihrem Unglück. Der Erleuchtete hörte mit einer unendlich großen Anteilnahme zu und sagte mit sanfter Stimme zu ihr: »Gegen das Leiden, das dich befallen hat, gibt es nur ein einziges Mittel. Geh in die Stadt hinab und bringe mir ein Senfkorn, das aus einem Haus stammt, in dem es noch niemals einen Toten zu beklagen gab ...«

Man ahnt, wie die Geschichte weitergeht. Gleiches

gilt für die Moral der Geschichte. An jeder Tür, an die sie klopft, erhält Krisha dieselbe Antwort: selbstverständlich kann sie ein Senfkorn bekommen, aber in allen Häusern hat es schon einmal einen Toten gegeben, keines ist verschont geblieben. Als die junge Frau zu Buddha zurückkehrt, ist sie bereits auf dem richtigen Weg: in der menschlichen Welt ist nichts von Dauer. Das einzig Ewige ist die »Unbeständigkeit« selbst, das veränderliche und vergängliche Wesen aller Dinge. Derjenige, der verrückt genug ist, das zu ignorieren, setzt sich den schlimmsten Qualen aus. Wenn man sich der wahren Ursachen des Leidens bewußt wird, wenn man erkennt, daß sie auf der Illusion eines Ich beruhen, das sich an sein »Hab und Gut« klammert, während das Gesetz der Welt die Veränderung ist, dann kann es einem gelingen, sich vom Leiden frei zu machen. Genau das ist Weisheit.

Jede der großen Religionen[1] hat, auf je eigene Art und Weise, die Absicht verfolgt, die Menschen auf den eigenen Tod und auf denjenigen des geliebten Wesens vorzubereiten. Und gerade mittels dieser Initiation forderten sie uns dazu auf, den Sinn des menschlichen Lebens zu erkennen. Für die antiken Sittenlehren, wie zum Beispiel diejenige der Stoiker, oder auch solche jüngeren Datums, wie etwa diejenige Montaignes, stand fest, daß Weisheit darin besteht, die Ordnung einer Welt anzuerkennen, deren Bestandteil die Endlichkeit ist, und »philosophieren« demzufolge bedeutete, »sterben zu lernen«. An zahlreichen Stellen des Evangeliums wird diese Frage – die ihren Ursprung in dem Konflikt hat, bei dem sich die zur Anhänglichkeit führende Liebe und der Trennung bedeutende Tod gegenüberstehen – mit einer dem großen tibetischen Buch vergleichbaren Einfachheit angesprochen. Bei allen Unterschieden zwischen diesen beiden Büchern zeichnet sich die Antwort, die das Evangelium auf die Frage gibt, doch durch dasselbe Bemühen aus, eine Verbindung zwischen dem Ende des Lebens und seinem letzten Sinngehalt herzustellen: Als Jesus vom Tod des Lazarus erfährt, leidet er wie jeder normale Mensch. Genauso wie Martha und Maria, die beiden Schwestern des Lazarus, beginnt er zu weinen. Allerdings weiß er bereits, daß er denjenigen, der niemals gezweifelt hat, vom Tode auferwecken wird, und er erklärt Martha: »Ich bin die Auferstehung und das Leben. Wer an mich glaubt, wird leben, auch wenn er stirbt; und jeder, der lebt und an mich glaubt, wird in Ewigkeit nicht sterben.« (Johannes, 11, 25–26)

Sich mit der Unbeständigkeit abfinden oder an das ewige Leben glauben? Auf den ersten Blick scheint es sich hierbei um einen vollkommenen Widerspruch zu handeln. Aber vielleicht verbirgt sich hinter diesem Widerspruch eine tiefer liegende Verwandtschaft, denn sowohl für den Christen als auch für den Buddhisten entschied sich die Frage nach dem Sinn im Angesicht der Endlichkeit. Für den einen wie für den anderen war derjenige ein Weiser, der sich auf den Tod vorbereitete, indem er sich zugunsten des »Seins« vom »Haben«, von den Bindungen und Besitztümern dieser Welt abwandte. Die Logik des Glücks war nicht die einzig gültige. In den Augen der Gläubigen ist dies so wahr, daß es sich für sie noch bis vor kurzem von selbst verstand, daß ein langsames Siechtum, und sei es auch mit noch soviel Qual verbunden, auf jeden Fall einem plötzlichen, auch schmerzfreien Ende vorzuziehen war, denn das langsame Siechtum ließ einem zumindest die Zeit, mit sich ins reine zu kommen und seine Seele Gott zu befehlen.[2]

Die Banalität der Trauer

Für uns moderne Menschen ist die Bedeutung dieser Haltung zunehmend unverständlich geworden. Ob Atheisten oder sachkundige Agnostiker, wir würden auf jeden Fall den plötzlichen, leidensfreien Tod bevorzugen, der uns, wenn möglich, ereilt, ohne daß wir daran denken. Jedes Nachdenken über den Tod erscheint uns überflüssig, wenig männlich und – um ehrlich zu sein – pathologisch. Freud, der ja der Denker der Desillusion schlechthin war, hat es ohne Umschweife ausgesprochen. Wenn man anfängt, sich Fragen über den Sinn des Lebens und des Todes zu stellen, ist man seiner Ansicht nach krank, denn das alles existiere nicht auf objektive Weise. Waren Montaigne und die Stoiker also Neurotiker? Und mit ihnen zusammen gleich auch alle angeblichen Weisen, die uns aus der Geschichte bekannt sind? Die Schuppen des Aberglaubens mögen uns vielleicht von den Augen gefallen sein. Aber was sind wir ohne Mythen angesichts der Absurdität der Trauer noch zu sagen und zu denken in der Lage? Es ist eine unumstößliche Tatsache, daß die Psychologie die Theologie entthront hat. Und trotzdem überfällt die Menschen am Tag des Begräbnisses beim Anblick des geöffneten Grabes und des Sarges Verlegenheit. Was kann man der Mutter sagen, die ihre Tochter verloren hat, was dem verzweifelten Vater? Mit einem Mal sind wir ganz rückhaltlos mit der Frage nach dem Sinn, oder vielmehr mit ihrem Verschwinden in der laizistischen Welt konfrontiert. Durch die ausschließliche Beschränkung auf den Diskurs der Affekte empfinden wir innerlich seine Grenzen, denn der Trost, den vereinzelte Mitleidsbekundungen spenden, ist, und sei er noch so wertvoll, der Frage nicht angemessen, die durch die Abwesenheit dessen aufgeworfen wird, wovon wir genau wissen, daß es in des Wortes eigentlicher Bedeutung sinnlos geworden ist. Hieraus erklärt sich auch die Floskelhaftigkeit dieses Diskurses. Sie vermag jedoch nicht zu verbergen, daß der König nackt ist. Auch wenn die Weisheit der großen Religionen unseren demokratischen Zeiten nicht mehr angemessen ist und jede Rückkehr zu ihr ausgeschlossen zu sein scheint, so haben wir doch nichts ersonnen, was auf akzeptable Art und Weise ihren Platz einnehmen könnte. Auch wenn sie nicht immer belanglos sind, bleiben die Krücken, die von der Psychoanalyse angeboten werden, doch das, was sie sind: pfiffige Prothesen. Freud hat Montaigne besiegt, aber sein Triumph hinterläßt einen bitteren Beigeschmack.

Der Grund für diese Leere ist offensichtlich. Vom Standpunkt einer religiösen Eschatologie aus betrachtet, war das Alter alles andere als das Anzeichen eines unumkehrbaren und sinnlosen Siechtums, sondern vielmehr war es, mag es auch noch nicht die Weisheit selbst bedeutet haben, eine der notwendigen Voraussetzungen dafür, Weisheit zu erlangen. Unter allen anderen Lebensaltern nahm es eine herausragende, durch nichts zu ersetzende Stellung ein. Die Vielzahl der mit ihm verbundenen Leiden konnte als Initiationsprüfung für das angesehen werden, worin wir heute nur noch eine vollkommene Negativität sehen. Ganz im Gegensatz zu dem, was uns die Tradition lehrt, messen wir der Euthanasie zuweilen sogar einen ethischen Wert bei. Das Ideal der messianischen Zeiten bestünde darin, daß, koste es, was es wolle, kein Mensch mehr das bittere Ende seiner Tage erreicht. Unsere vollständig zukunftsorientierte und auf das »Fortschrittsdenken« getrimmte Gesellschaft hat nur noch sehr wenig zu diesen großen Leiden des Alters zu sagen, abgesehen davon, daß man vor ihnen die Flucht organisieren müsse.

Zu einer der Ursachen für diese radikale Veränderung im Verhältnis zum Sinn hatte sich bereits Rousseau – der sich nicht nur in dieser Hinsicht als ein Vorläufer unserer entzauberten Zeit erweist – in einer wunderbaren Textstelle seines *Discours* über den Ursprung der Ungleichheit geäußert. In seinen Augen ist es das Wesen selbst des (modernen?) Menschen, das sich in seinem Unterschied zum Tier offenbart, das seinerseits der Absurdität der Krankheit, des Alters und des Todes ausgesetzt ist. Es gibt, sagt er, eine sehr spezifische, über jeden Zweifel erhabene Eigenschaft, die den Menschen vom Tier unterscheidet: diejenige, sich zu vervollkommnen, eine Eigenschaft, die mit Hilfe der jeweiligen äußeren Gegebenheiten nacheinander alle anderen ausbildet und die sowohl der Gattung als auch jedem einzelnen Menschen zu eigen ist; im Gegensatz zu einem Tier, das bereits nach wenigen Monaten das ist, was es sein ganzes Leben lang sein wird, und im Gegensatz zu seiner Gattung, die nach tausend Jahren immer noch genauso ist, wie sie im ersten dieser tausend Jahre war. Warum neigt der Mensch dazu, schwachsinnig zu werden? Liegt es nicht gerade daran, daß er auf diese Weise in seinen ursprünglichen Zustand zurückfällt, wohingegen das Tier, das sich nichts angeeignet und damit auch nichts zu verlieren hat, immer seinem Instinkt verhaftet bleibt, der Mensch aber, der aufgrund seines Alters oder anderer Vorkommnisse alles das wieder verliert, was er sich mittels seiner Vervollkommnungsfähigkeit angeeignet hatte, auf diese Weise sogar auf eine noch tiefere Stufe zurückfällt als das Tier?

Die Tragik der Moderne läßt sich weder besser noch prägnanter formulieren: Wie läßt sich mit dem Verfall umgehen, wenn der Mensch zum Fortschritt berufen ist? Wenn der Mensch definiert ist durch seine Freiheit – verstanden als Fähigkeit, sich von den im Tierreich herrschenden Naturgesetzen zu emanzipieren, d. h., sich den strengen Regeln des Instinkts zu entziehen, um eine immer größere kulturelle und moralische Vollkommenheit zu erwerben –, ist dann seine überlegene Größe nicht auch zugleich sein ihm gewisser Untergang? Wie könnte er, da er zur Geschichtlichkeit bestimmt ist, dem ihm zugedachten Los der unausweichlichen Verlassenheit auch nur die geringste Bedeutung beimessen? Wenn die Zukunft an die Stelle der Vergangenheit tritt, wenn es weniger darum geht, nach den Sitten und Gewohnheiten der Alten zu leben, als vielmehr einen neuen Menschen zu schaffen, dann bedeutet Alter nicht mehr Weisheit, sondern Verfall. So erklärt sich auch das entschlossene Bestreben des Menschen, zur gegebenen Zeit das Alter zu verbergen. Eine Maske für die Sinnlosigkeit, eine lächerliche Kosmetik, von der aber nichts vollständig verschont bleibt in einem Universum, wo der Horizont der Zukunft das Feld der Bedeutungen und Werte aufzehrt, wo die Verherrlichung der Jugend – nur weil sie allein etwas für die Zukunft verspricht – die Nichtigkeit eines Alters wie die Kehrseite einer Medaille mit einschließt, die es von nun an auf jeden Fall zu verbergen gilt. Schönheitschirurgie gegen Religion? Es ist ganz und gar nicht sicher, daß, zumindest was diesen Punkt betrifft, der Kampf zu unseren Gunsten ausgeht, und genauso wenig sicher ist, ob wir ohne weiteres einem Dilemma entkommen können, dessen karikaturenhafte Formulierung häufig die treffendste ist. Die Philosophen der Aufklärung haben sich genauso daran versucht wie die Fortschrittsdenker nach ihnen, die sich – und Marx hierbei an oberster Stelle – dessen bewußt waren, daß ihr Ideal immer wieder auf die bereits von Rousseau formulierte Schwierigkeit stieß. Sie haben uns die Aufmunterung zuteil werden lassen, daß der Mensch zwar zugrunde gehe, sein in dieser besonderen Weise tatsächlich irrsinniger Verfall aber dennoch eine Bedeutung für die Gattung besitze. Auf diese Weise steuert jeder Gelehrte seinen – und sei es noch so geringen – Anteil am Gebäude der Wissenschaft bei. Da man die »großen Männer« in den neuen heiligen Schriften verzeichnet findet, zu denen die Geschichtsbücher jetzt geworden sind, steigen sie in der laizistischen Welt sogar zu einer Art von Unsterblichkeit auf. Aus genau diesem Grunde konnte die Wissenschaftsgläubigkeit im 19. Jahrhundert auch so leicht zum laizistischen Äquivalent für die untergegangenen Religionen werden.

Allerdings gibt es eine bemerkenswerte Schwäche in

der Transposition: Wie sollte man sich in einer Welt, in der das Individuum schließlich zu sich selbst kommt, in einer Gesellschaft der Menschenrechte, in der die Autonomie allen Formen der Kommunität entgegensteht, mit dem zufriedengeben, was lediglich für eine anonyme und abstrakte Einheit, nämlich die »Gattung«, Gültigkeit besitzt? Das Wesentliche sei es, so sagt man, teilzuhaben, seinen Anteil beizusteuern. Schön! Aber ist dieses Wesentliche im Hinblick auf das Individuum, das sich aus der Welt zurückzieht und für immer verschwindet, nicht das Nebensächliche selbst, das Lächerliche schlechthin? Indem Kierkegaard sein Werk hinter Pseudonymen versteckte, versuchte er derartigen Huldigungen zu entgehen: die Religion des Fortschritts, der laizistischen Unsterblichkeit eines Namens, der auf ewig in die »Universalgeschichte« eingeschrieben ist, des der Nachwelt anvertrauten Werkes ist nichts weiter als ein Ersatz. Die höchste Realität, die einzige, die zählt, wenn es um den Sinn der Existenz geht, ist nicht diejenige des Exemplarischen, sondern diejenige eines einzigartigen und beispiellosen Individuums. Bedingt durch den Aufschwung des Individualismus verblaßt das Gefühl dafür, daß sich der Sinn des Lebens aus einem »Beitrag« ergibt, den man bei der Errichtung eines großartigen Gebäudes leistet, unabhängig davon, ob es sich hierbei um die Wissenschaft, den Sozialismus oder das Vaterland handelt, ganz zu schweigen vom Bau unseres gemeinsamen Hauses Europa ...

Folglich verbirgt sich hinter der scheinbaren Banalität des Bösen für uns eine gefährliche Herausforderung: Von dem, was wir ihm entgegenzusetzen haben, von der Art und Weise, wie wir mit den Ängsten umgehen, die es hervorruft, hängen auch die Lebensformen ab, für die wir uns entscheiden oder die uns aufgezwungen werden. Über Jahrtausende hinweg hatte der Sinn des Heiligen alle Sphären der menschlichen Kultur – von der Kunst bis zur Politik, von der Mythologie zur Ethik – durchdrungen. Eine vielleicht trügerische, aber großartige Verbindung. Vermögen unsere Morallehren ohne Transzendenz den Rückzug des Göttlichen aufzuwiegen? Sollen sie es überhaupt? Hat der Rückzug der überlieferten Weisheiten möglicherweise ein solches Ausmaß erreicht, daß die wesentlichste aller Fragen, nämlich die nach dem Sinn des Lebens, schlichtweg sinnlos geworden ist? Durchaus denkbar, aber nicht sicher. Sollte uns tatsächlich nur die Wahl geblieben sein zwischen den bestehenden Religionen und den verschiedenen Formen der Psychotherapie? Oder der Mut, beides abzulehnen? Erstere kehren anläßlich des geringsten Anlasses wie auf Schleichwegen zur Trauer zurück und bieten uns gern ihre Hilfeleistungen an. Letztere verkaufen uns ihre guten Dienste und lehren uns, wie man es – in sechs Etappen und unter Zuhilfenahme von Psychopharmaka – richtig macht. Ist es zwecklos, sich zu wünschen, daß dem Sinnbedürfnis, das sich uns in jenen geheiligten Augenblicken aufdrängt, auf eine andere Weise stattgegeben wird? Auf jeden Fall wäre es besser, sich selbst Gewißheit darüber zu verschaffen, anstatt den Fragen aus dem Weg zu gehen, die sich uns um so dringlicher stellen, je weiter wir auf dem unsicheren Weg voranschreiten, den unser Gefühlsleben vor beinahe zweihundert Jahren eingeschlagen hat.

Die Säkularisation und das Vergessen des Sinns

Eines der außerordentlichen Merkmale unseres säkularisierten Universums besteht darin, daß unser Leben Projektcharakter besitzt. Es ist, als könnten wir nicht leben, ohne uns Ziele zu setzen. Zwar wissen wir, daß unsere individuellen Lebensgeschichten zum großen Teil von äußeren Gegebenheiten bestimmt werden, daß sie uns um so mehr entgleiten, je stärker wir sie bestimmen wollen, daß man der Liebe eher »verfällt«, als sich für sie zu entscheiden, und daß unsere beruflichen Erfolge oder Niederlagen in erster Linie von unserem gesellschaftlichen und kulturellen Erbe und weniger von unseren persönlichen Begabungen abhängen. Auch wenn dies eine Würdigung der Verdienste der Humanwissenschaften bedeutet, sollte es nicht über folgende grundlegende Tatsache hinwegtäuschen: Gerade so, als könnten wir in gewisser Weise unser Schicksal bestimmen und gleichsam Autonomie erlangen, definieren wir uns immer im Verhältnis zu bestimmten Zielen. Unabhängig davon, ob es sich um berufliche, kulturelle, erzieherische, spielerische, ästhetische, politische, moralische, gefühlsmäßige oder touristische Ziele handelt ... Und sollte sich keines wirklich aufdrängen, steht es uns immer noch frei, in den Konsumkreislauf einzutreten, unsere Einkäufe zu machen und ein wenig jenem *Shopping* zu huldigen, das noch unserem kleinsten Spaziergang auf eine so leichte Art und Weise einen Zweck gibt.

Innerhalb dieser kleinen Modelle, die alle einer in sich selbst geschlossenen Blase ähneln, erhalten unsere Handlungen also einen Sinn, denn sie sind zugleich richtungsorientiert und von Absichten geleitet, wodurch sie sowohl in unseren eigenen Augen als auch in denen der anderen eine bestimmte Bedeutung erhalten. Trotzdem entzieht sich uns die Frage nach dem Sinn dieser Projekte, die Sinn machen. In unserem alltäglichen Leben wissen wir zweifellos zu jeder Zeit – oder fast zu jeder Zeit –, warum wir die eine oder andere für »nützlich« erachtete Aufgabe erfüllen, die Nützlichkeit dieser Nützlichkeit jedoch bleibt, wenn wir einmal darüber nachdenken, meistens unklar oder zweifelhaft.[3] Der »Sinn des Sinns« – die endgültige Bedeutung aller besonderen Bedeutungen – entzieht sich uns. Meistens ist dieser Eindruck jedoch nur sehr flüchtig, und es genügt, sich wieder seinen normalen Tätigkeiten zuzuwenden, um ihn abzuschütteln. Im übrigen wird der moderne Bürger beharrlich und von allen Seiten hierzu aufgefordert, da er ansonsten Gefahr laufe, in jener »trägen Existenz« zu versinken, die bereits Hegel verurteilte.

Diese kurzen Augenblicke der Unentschlossenheit sind jedoch ein Hinweis auf einen ziemlich offenkundigen Sachverhalt: Nach dem relativen Rückzug der Religionen, nach dem Tod der großen Utopien, die unser Tun in den Horizont eines großen Entwurfs einschrieben, gibt es für die Frage nach dem Sinn keinen Ort mehr, wo sie sich kollektiv artikuliert. Nachdem sie früher Bestandteil des Glaubens war, wirkt sie heute zunehmend veraltet, um nicht zu sagen lächerlich. Man spürt das, noch bevor man es bewußt erfaßt: Die alte Frage nach dem »Sinn der Existenz« riecht nach Metaphysik. Sie scheint einem ganz speziellen Lebensalter vorbehalten, nämlich der Jugend und ihren ersten Verwirrungen, wohingegen sie für die meisten Erwachsenen auf die Intimsphäre des Privatlebens beschränkt bleibt. Allein anläßlich außerordentlicher Umstände wie Trauer oder schwerer Krankheit tritt sie zutage. Damit bleibt sie aber immer noch an die beschränkten Formen der Banalitäten und Formulierungen bestimmter Umstände gebunden ...

Der moderne Bürger verspürt dennoch eine Unzufriedenheit. Ohne übermäßig von religiösen oder mystischen Fragen angezogen zu sein – Laizität verpflichtet –, spürt er sehr wohl, daß er nicht ausschließlich deshalb auf der Welt ist, um ständig immer leistungsfähigere Autos oder Videogeräte zu kaufen. Geld, Berühmtheit, Macht, Verführungskraft scheinen ihm zwar erstrebenswerte, aber doch relative Werte zu sein. Gern würde er ihnen andere vorziehen, die er für gewichtiger hält, so zum Beispiel Liebe oder Freundschaft. Zwar sind die Ziele, für die die erstgenannten stehen, nicht gerade verachtenswert, aber wenn wir keine Vorstellung von der Bestimmung des Menschen haben und a fortiori denken, die Frage sei überholt, dann können sie offensichtlich auch kein letztes Ziel darstellen.

Die Vermutung, die ich anstellen möchte, ist, daß dieses bedingte Gefühl der Leere nichts Unwesentliches ist, sondern ganz im Gegenteil strukturell mit einem der wesentlichsten Merkmale der laizistischen Welt im Zusammenhang steht. Ich sage »bedingt«, weil ich mir seiner Flüchtigkeit bewußt bin: In unseren modernen Gesellschaften kann man – und das noch nicht einmal so schlecht – leben, ohne sich jemals die grundlegenden Fragen zu stellen, die ich hier anschneide. Man kann dort aber auch auf derartig große materielle Schwierigkeiten stoßen, daß solche Fragen – zumindest für eine gewisse Zeit – in den Hintergrund treten. Einige werden sie für überflüssig pathetisch halten, andere werden darin nichts als einen intellektuellen Luxus sehen. Den ersten braucht man nur den Satz Hegels vorzuhalten, in dem es heißt, daß, wenn man erst einmal eine Frau und einen Beruf gefunden hat, man sich nicht mehr mit den Fragen zu beschäftigen braucht, die einem das Leben stellt. Für die anderen stellt es sich so dar, als könnte uns ein gutes politisches Projekt aus der Affäre ziehen und einem Unbehagen ein heilsames Ende bereiten, das deshalb metaphysisch begründet zu sein scheint, weil es keine konkreten Lösungen gibt.

Trotz alledem bin ich weiterhin der Ansicht, daß die häufig geäußerte Vorstellung von einer vorübergehenden Leere, die durch einen neuen »großen Entwurf« schon bald auszufüllen wäre, oberflächlich ist. Zweifellos ist es nicht falsch zu sagen, der Marxismus sei eine Religion des irdischen Heils gewesen. Genauso richtig ist, daß die großen Utopien dem Leben der Menschen jahrzehntelang einen Sinn gegeben haben – denjenigen, die daran glaubten, weil sie daran glaubten, genauso wie denjenigen, die sie bekämpften, weil sie sie bekämpften. Folglich bestand für jeden die Möglichkeit, ein Ziel zu haben und hierdurch sein Tun in einen bedeutsamen Rahmen einzuordnen. Allerdings muß man sich klar vor Augen führen, weshalb die verschiedenen Spielarten des Kommunismus nur vermöge einer heute veralteten, wahrhaften religiösen Struktur Sinn stiften konnten: selbst noch in ihren am stärksten säkularisierten materialistischen Lesarten enthielten sie die Idee eines »Jenseits« des gegenwärtigen Lebens. Zudem war dieses Jenseits noch theologisch angelegt, da es den Individuen übergeordnet und gleichzeitig in ein heilbringendes Moment eingeschrieben war, und zwar dasjenige der Revolution – der laizistischen Entsprechung zur Bekehrung. Sie verliehen dem politischen Projekt der Selbstaufopferung im Namen einer angeblich materialistischen, in Wahrheit aber alles andere als nicht transzendenten Sache, eine globale Bedeutung.

Trotz eines prinzipiellen Atheismus verstand es der Marxismus, diese absolute Transzendenz des Ideals mittels der radikalen Intimität bzw. Immanenz des Diesseits zu artikulieren. Der politische Aktivist kämpfte zweifellos für die Zukunft, für die kommenden Generationen, für die Anfänge der perfekten Gesellschaft, des Paradieses auf Erden, aber dieses Streben nach dem Jenseits schlug sich in einer ganzen Reihe konkreter Praktiken nieder, deren Absicht darin bestand, noch den kleinsten Kleinigkeiten des irdischen Lebens eine Bedeutung zu verleihen. Im Gegenzug waren noch die kleinsten Dinge des alltäglichen Lebens, der Verkauf einer linken Zeitung an einem Werkstor oder die Durchführung einer Versammlung, im immateriellen Horizont einer besseren Welt verwurzelt. Häufig wird die zwar mehr als zweifelhafte, aber durchaus beredte Meinung vertreten, das Wort Religion leite sich von *religere*, verbinden, ab; und eben diese Verbindung zwischen dem Hier und dem Anderswo stellte auch die Verbindung zwischen den politischen Aktivisten sicher. Die Zeitungslektüre war ihr Morgengebet. Was auch immer geschehen mochte, hier konnten sie den vielzitierten »Sinn der Geschichte« ausfindig machen, deren

Empfänger ihre persönliche Existenz war, und mag es auch auf einer noch so bescheidenen Ebene gewesen sein.

Auf dieser säkularisierten Neugestaltung des Religiösen beruht größtenteils die außergewöhnliche Faszinationskraft, die der Kommunismus eineinhalb Jahrhunderte lang ausübte.[4] Wie sollte es sonst zu verstehen sein, daß sich ihm Millionen, ja Abermillionen von Menschen blindlings hingegeben haben? Die Religion ist als Sinnstifterin unersetzlich. Und in der Zeit nach den Weltkriegen bedurfte es – weiß Gott! – des Sinnes. Und zwar so sehr, daß der Marxismus nach dem Ende des Zweiten Weltkrieges die einzige Lehre von Format zu sein schien, die dazu in der Lage war, die absolute Sinnlosigkeit in eine optimistische Geschichtsauffassung zu integrieren und auf diese Weise den beiden neuen Verkörperungen des Teufels die Stirn zu bieten: dem Nazismus und dem kolonialistischen Imperialismus. Rückblickend ist es tatsächlich kaum einsehbar, wie ein Intellektueller im Jahre 1945 den Werten der liberalen Demokratie und der europäischen »Zivilisation« noch in irgendeiner Weise Vertrauen entgegenbringen konnte! Das sage ich nicht aus Gründen der Rechtfertigung, sondern um zu versuchen, das Ausmaß der Illusion – und der später folgenden Desillusionierungen – besser zu verstehen.

Dieses Verhältnis sowohl der Weltgeschichte als auch des persönlichen Lebens zum Sinn ist verschwunden, ohne daß irgend etwas an seine Stelle getreten wäre. Und durch die Laisierung unseres Universums brach im Westen eine in gewisser Weise immer noch religiös strukturierte Lehre zusammen, noch bevor die Perestroika ihr im ehemaligen Ostblock definitiv ein Ende bereitete. Aus diesem Grunde hinterläßt das Ende des Kommunismus eine viel größere Leere als man zugibt, eine Leere, die nicht durch eine beliebige Ersatzideologie auszufüllen ist, es sei denn, sie besitzt dieselben theologischen Tugenden. Aber genau da drückt der Schuh: die gleichzeitigen Fortschritte der Laizität und des Individualismus stellen sich einer Rückkehr der Dogmen und der Autoritätsargumente in jeder Hinsicht in den Weg. Durch den Untergang des Kommunismus sind nicht nur die politischen Vorstellungen, die das Leben von Millionen von Menschen erfüllten, hinfällig geworden, sondern auch jede theologische Vision von Politik. Es ist nicht etwa so, als würden wir eine vorübergehende Zeit der Leere durchleben, des Rückzugs in die Privatsphäre, die bald schon durch das Auftauchen eines neuen großen ökologischen oder beliebigen anderen Entwurfs abgelöst würde. Denn ganz offensichtlich handelt es sich um eine strukturelle, eine, wenn man so will, »epochale« Krise, d. h., diese Krise steht im Zusammenhang mit dem Zerfall, den sämtliche Formen traditioneller Religiosität durch das laizistische und demokratische Universum erleiden.

Das erklärt auch, warum sogar im Bereich der Philosophie die Frage nach dem Sinn des Lebens so sehr aus dem Blickfeld geraten ist, daß allein schon die Erinnerung daran altmodisch erscheint. Ein erstaunlicher Niedergang, wenn man sich vor Augen führt, daß jahrtausendelang genau diese Frage im Zentrum einer Disziplin stand, deren Absicht es war – das muß heute wohl in Erinnerung gerufen werden –, die Menschen zur »Weisheit« zu führen. Das zeitgenössische Denken ist ein wissenschaftliches Denken geworden. Aber die Gelehrten beschreiben uns *die Welt, wie sie ist, nicht, wie sie sein sollte.* In ihren Arbeiten ist keine echte Weisheit ausmachbar, was sie im übrigen auch gar nicht für sich beanspruchen, denn ihnen geht es in erster Linie um den Nachweis von Fakten und Wahrheiten, nicht aber um die Verkündigung einer Ideologie oder Moral, und noch weniger um die Verbreitung einer prophetischen Vision von der Welt. Die Niederlage des Marxismus, der den letzten Versuch dieser Art darstellte, hat uns von derartigen Projekten geheilt. Sowohl an den Schulen als auch an den Universitäten hat sich die Philosophie entweder auf eine Betrachtung der anderen Wissenszweige oder ganz einfach auf die Vermittlung ihrer eigenen Geschichte beschränkt. Man macht die Studenten mit den großen Lehren der Vergangenheit, »von Platon bis Freud«, vertraut. Bei dieser Gelegenheit fordert man sie zweifellos zum »Nachdenken« oder zum »selbständigen Denken« auf, indem sie sich der überlieferten Bücher als Sprungbrett für ihre eigenen Gedankenflüge bedienen sollen. All das entspricht dem demokratischen Individualismus und seiner Forderung nach Autonomie. Mit solcherlei Übungen aber bildet sich jeder bestenfalls seine eigene subjektive Meinung. Im ungünstigsten Fall erlangt man auf diese Weise ein wenig Kultur, ein paar intellektuelle Orientierungspunkte und eventuell ein Mindestmaß an elementaren, moralischen Überzeugungen, die größtenteils von der Ideologie der Menschenrechte geprägt sind. Ein zwar sympathisches, aber außerordentlich ungenügendes Gepäck angesichts des in das Wort »Philosophie« selbst eingeschriebenen Ideals: Liebe zur Weisheit. Infolgedessen entwickelt sich diese Liebe auf eine unkontrollierte

Art und Weise am Rande der akademischen Disziplinen. Sie versucht ihren Weg in der Wiederauferstehung alter Formen des Spiritualismus zu finden, die an den herrschenden Geschmack angepaßt und der Sprache unserer Zeit angepaßt wurden. Ein Beispiel hierfür ist die Neuentdeckung des Buddhismus in der westlichen Welt vor mehr als zwanzig Jahren. Aber diese Suche nach dem Sinn im Zeitalter der Logik der demokratischen Säkularisierung endet häufig in einer noch radikaleren Verdunkelung.

Die Neuauslegung des Buddhismus: Vom Vergessen des Sinns zu dessen Negation

Die sechziger Jahre: In Kalifornien, wo man sich gegen die westliche Kultur auflehnt, die für dekadent und repressiv gehalten wird, entdeckt man den Fernen Osten. Die Bücher von Allan Watts und Daisetz Suzuki über den Zen-Buddhismus erregen ungeheures Aufsehen. Buddha kehrt nicht von den Hochebenen Tibets oder den Ufern des Ganges zu uns zurück, sondern von der Pazifikküste. Und wie immer folgt ganz Europa dem Beispiel Amerikas. Die größten Rockstars halten sich alle einen Guru von Rang und die Reise nach Katmandu wird zu einer Pflichtübung der neuen Initiationsriten. Weit davon entfernt, sich zu erschöpfen, verbreitet sich diese Mode heute immer weiter, was allein deshalb erstaunlich ist, weil die Revolten abgeflaut und die rebellischen Utopien erloschen sind. Die Liste der Bücher ist endlos, in denen Rezepte für die richtige Lebensführung enthalten sind, die uns auffordern »den Weg« zu entdecken, die uns in die Welt der östlichen Spiritualität einführen, die Tugenden der sanften Medizin wiederentdecken ... Lächerlich und dumm? Ein Irrationalismus, der eine Bedrohung für die demokratischen Prinzipien darstellt?

Ein früher Umgang mit den Texten der griechischen Antike hat mich davon überzeugt, daß es nutzlos ist, die großen Werke aus zweiter Hand lesen zu wollen, sie naiv mit Fragen zu konfrontieren, die die unseren sind, während der geschichtliche Abstand uns auf eine unwiderrufliche Weise von ihnen trennt. Was versteht man in San Francisco oder Paris von den östlichen Religionen, die man dort mittels zweifelhafter Übersetzungen entdeckt, ohne sich die geringsten Gedanken über die geschichtlichen und kulturellen Unterschiede zu machen? Wenn das Phänomen bei uns jedoch ein solches Ausmaß annimmt, dann muß es uns wohl irgend etwas sagen, bestimmte Leeren ausfüllen. Und in erster Linie natürlich diejenige, die der Niedergang der Frage nach dem Sinn hinterläßt. Das tut es allerdings auf eine sehr merkwürdige Weise, und zwar indem es, wie mir scheint, zu ihrem weiteren Verfall beiträgt.

Welche wesentliche Botschaft vermittelt der Buddhismus den meisten westlichen Menschen tatsächlich? André Comte-Sponville, der in seinen ersten Büchern stellenweise Anleihen beim Buddhismus machte, hat es sehr präzise formuliert: Im Gegensatz zur herkömmlichen Meinung ist nicht die Hoffnung, sondern die Hoffnungslosigkeit im eigentlichen Sinne des Wortes die

Voraussetzung für wahres Glück. Um sich von der Richtigkeit dieser Aussage zu überzeugen, braucht man nur einen Augenblick lang über folgendes nachzudenken: schon per definitionem bedeutet hoffen nicht glücklich sein, sondern in einem Zustand der Erwartung, des Mangels, des unbefriedigten und machtlosen Begehrens zu verharren. »Hoffen heißt begehren, ohne zu genießen, zu wissen oder etwas tun zu können.«[5] Ohne zu genießen deshalb, weil man immer nur auf etwas hofft, was man nicht hat; ohne zu wissen, weil die Hoffnung immer ein gewisses Maß an Unwissenheit bezüglich der Verwirklichung der angestrebten Ziele beinhaltet; ohne etwas tun zu können, weil niemand etwas erhoffen würde, was er vollständig zu verwirklichen vermag. Die Hoffnung versetzt uns nicht nur in einen Zustand negativer Spannung, sondern darüber hinaus verpassen wir durch sie die Gegenwart: Da man vollständig von der Idee einer besseren Zukunft beherrscht ist, vergißt man darüber, daß das einzige Leben, das es sich lohnt zu leben, schlichtweg das einzige Leben, das es für uns gibt, das ist, welches sich vor unseren Augen, hier und jetzt, abspielt. Schon ein tibetisches Sprichwort sagt, daß der gegenwärtige Augenblick und der Mensch mir gegenüber immer mehr zählen als alle anderen ...

Wieso sollte man unter diesen Voraussetzungen in einen »Zustand der Hoffnung eintreten«? Wenn man dem hinduistischen Aphorismus aus dem 15. Jahrhundert Glauben schenkt, müßte man die Hoffnung wohl fliehen wie die Hölle: »Der Hoffnungslose ist glücklich ... Denn die Hoffnung ist der größte Schmerz, und die Hoffnungslosigkeit die größte Glückseligkeit.«[6] Weise ist derjenige, der sich von der Welt loszusagen und einen Zustand der »Bindungslosigkeit« zu erreichen vermag. Wenn es noch eine Art von Hoffnung geben sollte, dann ist das die Hoffnung, eines Tages durch Geduld und Übung die Glückseligkeit der Hoffnungslosigkeit zu erlangen.

Folglich findet man im Nachdenken über den Tod und das Übel in allen seinen Formen den Sinn dieses Lebens. »Wenn du über den Tod und die Vergänglichkeit nachdenkst, wirst du beginnen, dein Leben mit Sinn zu erfüllen«, sagt der Dalai-Lama.[7] Denn nur dieses Nachdenken – vorausgesetzt, es geschieht auf die richtige Weise – kann uns dabei behilflich sein, uns von allen »Bindungen«[8] zu lösen, die uns für das Leiden empfänglich machen, unabhängig davon, ob diese Bindungen nun materieller oder gefühlsmäßiger Art sind.[9] »Ein Dharma-Schüler macht sich täglich Gedanken über den Tod, denkt über die Leiden der Menschen nach, das Leiden zur Zeit der Geburt, das Leiden des Alters, das Leiden der Krankheit und das Leiden des Todes. Jeden Tag gehen Tantriker in ihrer Vorstellung durch den Todesprozeß. Das ist wie ein täglich vollzogenes mentales Sterben. Wegen ihrer Vertrautheit mit dem Tode werden sie durchaus vorbereitet sein, wenn sie ihn dann tatsächlich erfahren.«[10] Neben der auf diese Weise erzielten günstigen Wirkung einer solchen Vorbereitung sind die ebenso zahlreichen wie schwierigen Übungen und Praktiken, die sie beinhaltet, deshalb von Interesse, weil sie der gesamten menschlichen Existenz eine klare Finalität zuschreiben. »Der Vorteil, sich des Todes bewußt zu sein, liegt darin, daß dies das Leben mit Sinn erfüllt; und da du höchste Freude empfindest, wenn die Zeit des Todes naht, wirst du ohne jedes Bedauern sterben.«[11] Und der Dalai-Lama betont: »Wenn du über den Tod nachdenkst und dir seiner fortwährend bewußt bist, wird sich dein Leben mit Sein erfüllen.«[12]

Die Finalität einer authentischen Existenz? Sie besteht in der radikalen Dekonstruktion der Illusion des Ich: immer nur ist es das Ich, das »gebunden« ist. Es ist das ewig egoistische Ich, das sich widersetzt und an seinen verschiedenen Besitztümern festklammert, anstatt vorzeitig mit dem universalen und unpersönlichen Geist zu verschmelzen, dessen Bestandteil zu sein das Ich sich selbst eigentlich schuldig sein müßte. Die Illusion der Bindung, wegen der wir »schönen Menschen, schönen Dingen oder angenehmen Erfahrungen«[13] anhaften, ist nichts weiter als eine Konsequenz der ursprünglichen Illusion, von der alle anderen abhängen, und zwar derjenigen des »Ich«[14]. Demzufolge ist das Gegenmittel »eine Weisheit, die klar erkennt, daß es kein derartiges, in und durch sich selbst existierendes Ich oder Selbst gibt«[15].

An dieser Stelle wird die tiefe Kluft offensichtlich, die buddhistische Reinkarnation und christliche Wiederauferstehung voneinander trennt. Es wäre völlig falsch zu glauben, die Reinkarnation sei das »östliche« Pendant zur Unsterblichkeit einer persönlichen Seele. Sie ist das genaue Gegenteil davon, d. h. nicht die Belohnung für die Treue zu Gott, sondern die Bestrafung, die das Schicksal für denjenigen bereithält, der noch nicht den eigentlichen Wachzustand erreicht hat, der es im Verlaufe seines Lebens nicht geschafft hat, sich von den Illusionen des Ich zu befreien und der demzufolge dazu verurteilt ist, nochmals in diesen Ozean des Leidens zurückzukehren, den das im Kreislauf aus Geburt und Tod *(Samsara)* gefangene Leben darstellt. Eine Nachprüfung also, damit das ganz und gar schlechte persönliche Ich eine weitere Gelegenheit erhält, sich doch noch zugunsten des Geistes aufzulösen, der völlig unpersönlich ist. Für die fernöstlichen Meister »ist das Subjekt nicht das, was gerettet werden muß, sondern das, wovor man sich retten muß«[16]. Im Gegensatz zu der Vorstellung, daß der Graben, der den Fernen Osten vom Westen trennt, unüberwindlich und die beiden Kulturen für immer vollkommen undurchlässig füreinander seien, gibt es in unserer philosophischen Tradition mehrere Entsprechungen zu dieser Wertschätzung der Hoffnungslosigkeit.[17] Natürlich bei den Stoikern, aber auch in Spinozas Definition der Freiheit »als Einsicht in die Notwendigkeit« oder bei Nietzsche, wenn er sich einsetzt für die »Unschuld des Werdens«, für die Anmut des Künstlers, der »ohne schlechtes Gewissen« oder »Ressentiment« schöpferisch tätig ist.

Ihre Moral der Hoffnungslosigkeit ist schön. Zweifellos ist sie für alle diejenigen eine Ermutigung, die davon träumen, ein für allemal der Angst vor der Endlichkeit ein Ende zu bereiten. Wer lebte schon nicht gern in einem Zustand der Gnade, in dem er jeden Augenblick des Lebens vorbehaltlos und ohne Ausflüchte auskosten könnte, jenes hiesige Leben, das sich diejenigen, die ihm einen »Projektcharakter« verleihen, unter Umständen durch Zukunftsfragen oder die Sehnsucht nach der Vergangenheit verderben lassen? Und trotzdem drängen sich Zweifel auf. Man sagt dem christlichen Gott zuweilen nach, er sei zu schön, um wahr zu sein, daß es alles in allem zu viele Gründe dafür gibt, ihn zu erfinden und die eben dafür sprächen, daß er eine Erfindung ist. Um ganz ehrlich zu sein, würde ich eher dazu neigen, ihn mir so vorzustellen, als verkörpere er jene das Ich vernachlässigende Weisheit[18]. Und zwar ganz einfach aus den nachfolgend genannten Gründen.

Ich kann machen, was ich will, es gelingt mir einfach nicht, das Universum für derartig perfekt oder die kosmische Ordnung für so harmonisch zu halten, daß die Forderung, mich ihr vorbehaltlos hinzugeben, damit ich die Gegenwart immer zu lieben vermag, auch nur die geringste Bedeutung hätte. Das Argument mag zwar – und zweifellos zu Recht – trivial erscheinen, aber es scheint mir dennoch unwiderlegbar zu sein: Wie kann ich die Versöhnung mit dem empfehlen, was ist, die totale Hingabe an das Schicksal, das *amor fati*, wenn die Welt uns das Gesicht von Auschwitz oder Ruanda darbietet? Welchen Sinn macht ein solcher Imperativ und an wen richtet er sich?

An den Mönch, wird man antworten, der auf den Hochebenen, zwischen Himmel und Erde lebt. Und man wird uns zweifelsohne eine gewisse Abgeschiedenheit verordnen. Der Mönch aber, wo noch im Wort das *monos* mitklingt, ist derjenige, der allein lebt. Er heiratet nicht, hat weder Familie noch Freunde. Im Gegensatz zu Christus weiß er auch nicht, was menschliche Liebe ist. Er will sein Ich ausmerzen. Meinethalben. Wir aber tun, ja mehr noch, wir wollen ganz entschieden das Gegenteil. Es gibt Diäten, bei denen man angeblich gleichzeitig essen kann und dabei dünner wird. Auf genau dieselbe Weise würde man gern lieben und nicht leiden, das erhalten, was das individualistische Universum in unseren Augen Gutes bietet und es mit einer gewissen Dosis Buddhismus aufbessern. Das ist schlechterdings unmöglich, und was kann der Buddhismus für jemanden, der kein Mönch ist und ihn demzufolge nicht wirklich ernst nimmt, jemals anderes gewesen sein als eine spirituelle Diät?[19]

Selbst wenn wir das Leben eines Mönches führten, so bliebe in gewisser Weise ein Ich übrig. Wie aber sollte ein Ich die Illusionen eines Ich zerstören können? Wenn es die Hoffnungslosigkeit *will*, befindet es sich dann nicht immer noch in gewisser Weise in einem Zustand der Hoffnung, und wenn es *bestrebt* ist, sich von jeder Form eines Projekts zu befreien, ist es dann nicht immer noch Bestandteil eines Projekts? Ein performativer Widerspruch: Der Dogmatiker hat zwar gut gedacht, er hat aber leider vergessen, sein eigenes Denken zu denken. Der »Weise« steht ständig außerhalb von sich selbst, ständig spricht er Imperative aus, verfällt wieder in die Kritik der Gegenwart und will die Welt verändern, und sei es auch nur, indem er seine Schüler dazu auffordert, sich von der Welt zu lösen ... Um es mit Hilfe eines Paradoxes zu formulieren, in dem man genausogut die Tiefgründigkeit des Buddhismus wie seine Achillesferse sehen kann, bestimmt er es als Sinn des Lebens, zu einer Weltsicht zu gelangen, in der die Frage nach dem Sinn verschwindet.

Die persönliche Struktur des Sinns

Es lohnt sich, darüber nachzudenken, was das Wort Sinn tatsächlich bedeutet? Beginnen wir mit einer Erfahrung, die wir alle schon gemacht haben, d. h., die Bedeutung eines Wortes zu suchen, das man nicht kennt, zum Beispiel die Bedeutung eines fremdsprachigen Wortes. Merkwürdigerweise drängt sich in einer solchen Situation der folgende Gedanke auf: »Was *soll* das bedeuten?« Ein merkwürdiger Gedanke deshalb, weil nicht ohne weiteres einzusehen ist, was das alles mit einer *Absicht* zu tun haben soll. Warum begnügt man sich eigentlich nicht damit zu fragen: »Was bedeutet dieses Wort?« Würde diese Frage nicht ausreichen, um die gewünschte Antwort zu erhalten? Warum ist die *Absicht*, d. h. in diesem Fall, die *Absicht* eines *Subjekts*, und demzufolge die unterschwellige Präsenz einer *Person*, eines *Ich*, so grundsätzlich mit der Vorstellung eines Sinns verbunden, daß wir selbst bei einer derartig einfachen Frage nicht darauf verzichten können?

Die Antwort ergibt sich wie von selbst. Damit ein Wort auch tatsächlich einen Sinn hat, muß es auf eine zweifache Äußerlichkeit oder, wenn man so will, eine zweifache Transzendenz hindeuten: einerseits die Transzendenz eines Signifikats (oder eines Referenten, was in diesem Zusammenhang nicht so wichtig ist); auf der anderen Seite diejenige der Intention eines Subjekts, das man notwendigerweise dahinter vermutet.

Ich will ein Beispiel hierfür anführen: Wenn ein Hinweisschild einen »Sinn« hat, dann nicht allein deshalb, weil es eine Richtung anzeigt (das tun beispielsweise auch die Sterne, und zwar zweifellos auf eine sehr viel schönere Weise, aber eben ohne jeden Sinn), sondern weil es *absichtlich* von jemandem (mag es sich auch um einen anonymen »Jemand« wie eine Verwaltung handeln) geschaffen wurde, der mit uns kommunizieren und uns bestimmte Informationen übermitteln will.

Man kann folgendes Axiom aufstellen: Alles das hat bzw. macht keinen Sinn, was nicht das Resultat eines Willens ist, mag er auch unbewußt sein wie bei einem Fauxpas, d. h. alles, was nicht in gewisser Weise Ausdruck einer Subjektivität ist. So wird beispielsweise niemand danach fragen, welches der »Sinn« eines Baumes, eines Tisches oder eines Hundes ist. Im Gegensatz dazu kann man jedoch fragen, welchen Sinn (was es bedeuten *soll*) ein Wort, eine Bemerkung, eine Haltung, ein Gesichtsausdruck, ein Kunstwerk oder ganz allgemein jedes andere Zeichen hat, von dem man, ob zu Recht oder zu Unrecht, annimmt, daß es der Ausdruck irgendeines Willens, das Merkmal irgendeiner Persönlichkeit sei. Wenn man also nach dem Sinn eines Sterns, eines Baumes oder Tieres fragte, so würde das lediglich den eigenen Aberglauben belegen. Es würde bedeuten, daß man, wie Berkeley es tat, der Ansicht ist, die Natur sei die Sprache eines verborgenen Willens, und zwar desjenigen von Gott. Und auch die Frage nach dem Sinn des Bösen kann man nur unter der Voraussetzung stellen, daß man die Realität eines freien Subjekts annimmt, d. h. die Realität eines verantwortlichen Willens, in dem es seinen Ursprung hat.

Auf diese Weise wird offensichtlich, daß ausschließlich der Humanismus dazu in der Lage ist, der Frage nach dem Sinn genau da gerecht zu werden, wo sämtliche Formen des Antihumanismus uns dazu auffordern, sie zugunsten einer Überantwortung an das Sein oder das Leben abzuschaffen. Denn Sinn gibt es nur im Verhältnis von einer Person zu einer anderen Person, in der Verbindung, die zwei Willen vereint, ob sie nun als rein menschliche gedacht werden oder nicht. Die Kosmologien, die uns dazu auffordern, das Ich zu sublimieren, uns über die Illusionen der Subjektivität zu erheben, um uns von uns selbst zu lösen und auf den Tod vorzubereiten, setzen somit als einzigen Sinn des menschlichen Lebens fest, so zu leben, daß man sich endgültig der Problematik des Sinns entledigt.

Und im übrigen sind sie aus genau diesem Grund entlastend und stehen in Einklang mit dem zeitgenössischen Materialismus, denn sie verdecken das grundlegende Paradox unserer Lage: Als Humanisten können wir niemals völlig von der Frage nach dem Sinn absehen, auch wenn das uns umgebende Universum der Arbeit und des Konsums uns fortwährend dazu drängen mag. Wir hören nicht auf, den Sinn dessen, was mit uns passiert, erfassen zu wollen, und wenn plötzlich und unvorhergesehen ein Unglück geschieht oder ein Todesfall mit der ganzen damit verbundenen Absurdität eintritt, dann können wir die Frage nach dem Warum nicht mehr unterdrücken. Als desillusionierte Humanisten aber, d. h. als Laien, sind wir nicht fähig, diese Frage zu beantworten, denn wir verfügen nicht mehr über das absolute, eigentlich göttliche Subjekt, das früher den Schlußpunkt für die unendliche Reihe von Fragen und partiellen Bedeutungen darstellte. Im Spannungsfeld dieses Widerspruchs stellt sich die grundlegende Frage nach dem Sinn in den demokratischen Gesellschaften. Ihn würden die neuen Formen der Spiritualität heute gern für nichtig erklären, indem sie uns davon zu überzeugen suchen, daß es reicht, sein Schicksal zu lieben, obwohl es doch gar nichts Liebenswertes hat. Gerade so, als müßte nach dem »Tod Gottes« selbst noch die Ahnung einer Transzendenz verschwinden. Es wäre allerdings durchaus möglich, daß wir, anstatt diesem Widerspruch aus dem Weg zu gehen, ihn vertiefen und denken müssen. Es ist vorstellbar, daß die Transzendenz nicht vollständig zugunsten der kosmischen Ordnung oder des Königs Individuum verschwunden ist, sondern sich gewandelt hat, um in den Rahmen zu passen, den ihr nunmehr der moderne Humanismus auferlegt hat.

Das Ende von Theologie und Ethik

Seit Nietzsche, eigentlich schon seit den »Aufklärern« und ihrer Kritik am Aberglauben, vertritt eine Vielzahl von Analysen die Auffassung, die Entstehung des demokratischen Universums sei die Folge eines Bruchs mit der Religion. »Tod Gottes«, »Entzauberung der Welt« (Weber, Gauchet), Ende des »Theologisch-Politischen« (Carl Schmitt), »Säkularisierung«, »Laisierung«. All diese mehr oder weniger erörterten und umstrittenen Begriffe stehen heute für die vielen verschiedenen Interpretationen[20] ein und derselben Realität: den Anbruch eines laizistischen Universums, in dem der Glaube an die Existenz eines Gottes nicht mehr unseren politischen Raum strukturiert.

Nicht daß ein solcher Glaube verschwunden wäre, wie Gauchet betont. Aber für die meisten von uns ist er zu einer persönlichen Angelegenheit geworden, zum Bestandteil der Privatsphäre, wobei der öffentliche Bereich dazu angehalten ist, diesbezüglich strikte Neutralität zu wahren.

Für die Mehrheit der Menschen hat infolgedessen nach dem juristischen auch das moralische Gesetz seinen heiligen Charakter eingebüßt, zumindest aber hat es die Verbindung mit den Ursprüngen der Offenbarungsreligionen verloren. Wie die gesamte übrige moderne Kultur, der sie angehört, »ist sie dem Menschen angemessen«. Durch das Ende der theologisch-ethischen, d.h. den Untergang der Moraltheologie, den Johannes Paul II. nicht müde wird zu verurteilen, treten wir in einen Kreislauf ein, dem zu entkommen sehr schwierig, wenn nicht gar unmöglich ist, denn die existentiellen Fragen, deren Antworten sich in einem traditionellen Universum mehr oder weniger wie von selbst ergaben, drängen sich in den demokratischen Gesellschaften mit einer bisher nicht gekannten Heftigkeit auf und werden in den unendlichen Strudel der Autonomie hineingezogen. Ehe, Kindererziehung, Treue, das Verhältnis zum Geld, zum Körper, die Fragen, die durch die wissenschaftlichen und technischen Entwicklungen aufgeworfen werden, all das wird nicht mehr durch klar erkennbare Regeln gesteuert. Um die Wahrheit zu sagen, je stärker sich diese Fragen aufdrängen, um so schwerer fällt es uns, kollektive Antworten darauf zu finden, da wir a priori über keine prästabilierten Kriterien verfügen; und je mehr diese Kriterien zusammen mit der Welt der Tradition und der Moraltheologie verschwimmen, desto zahlreicher sind die Aspekte des Lebens, die Eingang in den Bereich der individualisierten Fragestellungen finden.

So stellt sich also die Ethik dar, die auf dem Menschen gründet. Bedeutet der Beginn des modernen Humanismus, daß wir mit jeder Form von Spiritualität Schluß gemacht haben? Für die meisten von uns – ob Atheisten, Agnostiker oder Vertreter einer strikten Laizität – lautet die obligatorische Antwort »Ja«. Es drängte sich der Gedanke auf, daß die großen, im 17. Jahrhundert entstandenen laizistischen Ethiken *ausreichten*, wenn sie entsprechend aktualisiert und auf die sich uns stellenden Fragen angewendet würden. So klingt zum Beispiel der Kantsche Republikanismus noch in dem Bemühen nach, eine »Ethik der Diskussion« zu vervollkommnen (Habermas) oder ein »Prinzip Verantwortung« zu integrieren (Jonas, Apel), und der englische Utilitarismus greift auf mathematische Modelle zurück, um seine berühmte »Lust und Bestrafungskalkulation« durchzuführen. Aber genaugenommen liegen diesen großen moralischen Weltanschauungen immer noch unsere juristischen Systeme zugrunde. Wenn wir an die früheren Generationen oder auch an die Gläubigen in der heutigen Zeit denken, dann neigen wir spontan immer noch dazu, ihre Werte in die Kategorie der unvermeidlichen »Relikte« längst vergangener Traditionen einzuordnen. Wir sagen uns in etwa folgendes: »Sie hatten die Religion (oder die Kosmologie), wir haben die Moral.« Und tatsächlich genügt uns das, um zu wissen, wie wir uns in unserem alltäglichen Leben zu verhalten haben. Man braucht keine Religion, um ehrlich oder barmherzig zu sein. Man braucht nicht an Gott zu glauben, um seine »Pflicht« zu erfüllen. Mehr noch: Der Kampf für die Laizität ist immer noch gut für eine erbittert geführte Auseinandersetzung um die gesellschaftliche Vorrangstellung. Und im Falle des Islams beinhaltet sie nicht mehr und nicht weniger als die Kritik einer Theologie, die unfähig zu sein scheint, ihre eigene Trennung vom Politischen zu denken. Unser republikanischer, um nicht zu sagen antiklerikaler Eifer findet also immer noch genügend Anlässe, bei denen er erwacht und uns die Segnungen eines »Abtritts der Religion« zu Bewußtsein kommen läßt. Die Nennung des Namens von Salman Rushdie genügt, um uns daran zu erinnern.

Das Verfahren ist abgeschlossen. Aber es steht hier auch gar nicht zur Diskussion. Was dagegen zur Diskussion steht, das ist der Entwurf, dessen sich die zur Reife gelangte laizistische Moral bedient, um Schluß zu machen mit der Problematik der Transzendenz. Ich habe den Eindruck, als könnte sie zumindest auf zwei ganz entscheidende Gesichtspunkte der Transzendenz nicht völlig verzichten.

Zunächst einmal ist klar, daß die Forderung nach einer »Sorge um den anderen« und gegebenenfalls sogar nach einer »Selbstaufgabe« aus den großen laizistischen Ethiken nicht verschwunden ist. Ob sie nun vorschreiben, im Namen eines selbstlosen Tuns den Egoismus zu bekämpfen oder das Glück der Mehrheit höher zu bewerten als dasjenige des einzelnen, unsere modernen Morallehren verkünden Ideale, die den Anspruch erheben, in gewisser Weise *dem Leben übergeordnet zu sein.* Schon Nietzsche bemängelte, daß genau darin das deutlichste Kennzeichen für ein immer noch »religiös« bestimmtes

Denken zu sehen ist. Die Annahme, daß bestimmte Werte dem Leben selbst übergeordnet sind, ist in der Tat ein sicherer Beleg für die Reproduktion der zweifellos zentralen Struktur jeder Theologie, und sei es im Bereich des Atheismus: diejenige der Trennung zwischen einem Diesseits und einem Jenseits. Diesen Dualismus haben die humanistischen Morallehren ganz und gar nicht abgeschrieben. Ist es besser, »rot als tot« zu sein, Anhänger eines diktatorischen Regimes oder Gefangener in einem Lager, Befürworter des Münchener Abkommens von 1938 oder eines gerechten Krieges zu sein? Diese Fragen – und einige andere in dieser Art – setzen dem modernen Gewissen unaufhörlich zu. Auch wenn in unserem politischen oder persönlichen Verhalten sehr häufig die Feigheit die Oberhand gewinnt, so ändert das nichts an dem Problem. Ohne daß wir darüber nachdenken müßten, bezeichnen derartige Fragestellungen für uns auch weiterhin die Grenze zwischen Gut und Böse. Und wenn unser Engagement einmal auf eine weniger formale, sondern gewissermaßen fleischlichere Art und Weise eingefordert wird, weil das Leben von uns nahestehenden Menschen auf dem Spiel steht, dann wird uns bewußt, daß der Gedanke der Todesgefahr keinesfalls aus dem Bereich unserer moralischen Überlegungen verschwunden ist, obwohl er es doch strenggenommen sein müßte, wenn der Humanismus, so wie Nietzsche es wollte, wirklich die Konsequenzen einer kompromißlosen Dekonstruktion der Religion bis zum Letzten auf sich genommen hätte, d.h., wenn er mit einer Apologie der vitalen Kräfte, einer individualistischen Anthropologie der »Selbstsorge« verschmolzen wäre.

Zu diesem merkwürdigen Fortbestehen der Transzendenz, dem scheinbar unauffindbaren Jenseits, gesellt sich die Ahnung, daß die Moral, nicht einmal die vollkommenste, in Wahrheit »nicht reicht«. Wenn es in erster Linie darum geht, »sich richtig zu verhalten«, die »richtigen« Verhaltensregeln zu wählen, sie jederzeit korrekt anzuwenden ... und sie anzuerkennen, dann hindert uns nichts daran, zu denken, daß die Kantschen oder utilitaristischen Formeln uns zweifelsfrei anzeigen können, welches in jedem Fall die zu treffenden Entscheidungen sind. Es ist daher kein Zufall, wenn die modernen Rechtstheorien heute zunehmend zu einer logischen und mathematischen Reflexion der »vernünftigen Wahl« führen.[21] Logischerweise weiß tatsächlich jeder Mensch, der die universalistischen Prinzipien der modernen Ethiken anerkennt, daß die von ihm zu treffenden Entscheidungen weder unendlich noch vollkommen willkürlich sind. Das ist unbestreitbar. So ist es zum Beispiel unmöglich, zugleich für die Menschenrechte einzutreten und Rassist zu sein. Und in diesem Sinne ist es genauso unmöglich, einen Unterschied in der rechtlichen Stellung zwischen Mann und Frau zu akzeptieren, zu denken, das persönliche Interesse stehe a priori über dem der anderen usw.

Es wäre also durchaus möglich, einen Moralautomaten zu entwickeln, einen Roboter, der sich in jeder Situation vollkommen angemessen verhielte.[22] Trotzdem ist es klar, daß wir mit ihm nicht unser Leben verbringen wollten. Und das – neben anderen – aus einem einleuchtenden Grund: Die Einhaltung von Regeln, mag sie auch noch so vortrefflich sein, *besitzt als solche noch keinen menschlichen Charakter und folglich auch keinen Sinn,* wenn man davon ausgeht, daß »bedeuten sollen« (so wie in der Frage: was *soll* das bedeuten?) stets eine mit einem *Subjekt* verbundene Eigenschaft ist. Moral ist nützlich und sogar notwendig, aber sie bleibt der negativen Ordnung des Verbots verhaftet. Wenn die laizistischen Ethiken – auch die ausgefeiltesten und vollkommensten – den letzten Horizont unserer Existenz bilden sollten, dann würde uns etwas fehlen, und zwar das Wesentliche, um ehrlich zu ein. Selbstverständlich ist dieses »Wesentliche« die Erfahrung jener Werte, die von den Kommunitaristen als »fleischliche« oder »substantielle« bezeichnet werden und die uns die beste Vorstellung davon vermitteln.[23] An erster Stelle wäre die Liebe zu nennen (sowohl die zwischen Menschen als auch die zwischen gesellschaftlichen Gruppen, denen man angehört).

Die Respektierung der demokratischen Formen und Verfahren begründet den Rechtsstaat. Im Rahmen der politischen und moralischen Ordnung stellt er zweifelsohne den obersten Wert, den unentbehrlichen Schutzwall dar. Müßte man sich jedoch darauf beschränken, d. h. bei einer Moral des Gesetzes stehenbleiben – und jede moderne Moral beschränkt sich darauf –, dann wäre es die Politik nicht wert, ihr auch nur eine einzige Stunde zu opfern. Zweifellos war es das, was Camus sagen wollte, als er erklärte, daß ihm seine Mutter näher stünde als das Recht. Das ist auch die Fragestellung, die André Comte-Sponville in seinem Buch *Ermutigung zum unzeitgemäßen Leben* entwickelt, indem er an eine altbekannte Tradition anknüpft: Wenn wir wüßten, was Liebe ist, bräuchten wir nur noch die Moral zu fabrizieren! Vorausgesetzt natürlich, sie ist echt – wobei zu überlegen wäre, was das eigentlich ist –, würde sie jeden kategorischen Imperativ, jede Aufforderung, dem anderen Respekt zu zollen, jedes Verbot, das auf dem Egoismus lastet, oder jede Aufforderung zur Selbstaufopferung überflüssig machen. Es ist normalerweise vollkommen überflüssig, einer Mutter zu sagen, daß sie ihrem Kind zu essen geben soll ...

Auch hierbei handelt es sich erneut um eine Form der Transzendenz. Nicht mehr um diejenige Gottes, die uns von außen aufgezwungen wird. Noch nicht einmal um diejenige formaler Werte, die uns bereits auf rätselhafte Weise über die egoistische Immanenz an sich hinauszugehen scheinen, sondern um eine Transzendenz, die jenseits von Gut und Böse anzusiedeln ist, denn sie gehört der Ordnung des Sinnes an und geht weit über die bloße Respektierung des Gesetzes hinaus.

Folglich muß das Mißverständnis ausgeräumt werden, demzufolge die auf eine »Metaphysik der Subjektivität« reduzierte Moderne in der Gleichung enthalten sei: Allmacht des Egos = narzistischer Individualismus = Ende der Spritualität und der Transzendenz zugunsten des vollständigen Eintauchens in eine anthropozentristische und materialistische Welt der Technik.

Ganz im Gegensatz zu diesen herkömmlichen Gemeinplätzen antimoderner Ideologien wäre es aber auch durchaus möglich, daß der Humanismus, weit davon entfernt, die Spiritualität – und sei es zugunsten der Ethik – zu zerstören, uns zum ersten Mal in der Menschheitsgeschichte den Zugang zu einer authentischen Spiritualität verschafft, die kein theologisches Beiwerk mehr schmückt und nicht mehr in einer dogmatischen Repräsentation der Gottheit, sondern im Menschen selbst verwurzelt ist. Das wahrhaft Neue am Humanismus sind nicht die von ihm vertretenen Werte, denn es bedurfte weder Kants noch Benthams, um zu erfahren, daß man nicht lügen, vergewaltigen, verraten oder seinen Nächsten systematisch Böses antun soll. Die für den Menschen der Moderne grundlegenden Werte sind – unabhängig davon, was man gelegentlich darüber äußern mag –, um ehrlich zu sein, weder originell noch sehr modern. Neu jedoch ist die Tatsache, daß sie ausgehend vom Menschen gedacht und nicht von einer Offenbarung abgeleitet werden, die ihm vorausgeht und ihn umfaßt. Neu ist zweifellos, daß auch die unbestimmbare Transzendenz, von der die Werte zeugen, zum Menschen selbst gehört und sich infolgedessen mit dem für den modernen Humanismus konstitutiven Prinzip der Prinzipien vereinbaren läßt: demjenigen der Ablehnung der Autoritätsargumente.

Ablehnung der Autoritätsargumente oder Ablehnung der Transzendenz?

Der Gedanke, daß man eine Meinung akzeptieren müsse, nur weil sie diejenige der Obrigkeit ist – unabhängig davon, um welche Obrigkeit es sich handelt –, widerstrebt den Menschen der Moderne so sehr, daß dieser Gedanke sie überhaupt zu modernen Menschen macht. Zwar mögen wir manchmal einer Person oder Institution unser Vertrauen schenken, aber sogar diese Geste besitzt nicht mehr ihren althergebrachten Sinn, denn wenn ich bereit bin, das Urteil von jemand anderem zu übernehmen, dann im Prinzip deshalb, weil ich gute

Gründe dafür habe, und nicht, weil diese Autorität mir von außen etwas vorschreiben würde, ohne daß ich sie zuvor entsprechend meiner innersten Überzeugung und, wenn möglich, nach reiflicher Überlegung dazu berechtigt hätte.

Man wird – und das zu Recht – einwenden, daß die Wirklichkeit weit davon entfernt ist, mit einem solchen Prinzip übereinzustimmen, daß die Menschen immer noch den jeweils herrschenden Moden oder Führungspersönlichkeiten folgen. Allerdings beruht das demokratische Universum sowohl im politischen als auch im intellektuellen und wissenschaftlichen Bereich vorgeblich auf dieser neuen Konzeption einer im Bewußtsein jedes einzelnen wurzelnden Legitimität, und nicht auf einer überlieferten Tradition oder charismatischen Faszination. Und gerade im Namen einer solchen Legitimität treten diejenigen der Entäußerung an einen *Führer* unaufhörlich entgegen, die sich auf die genannten Ideale berufen.

Descartes' »Meditationen« haben diesem neuen Denken die Weihe verliehen, noch bevor es eineinhalb Jahrhunderte später in der Französischen Revolution seine faktische Bestätigung fand: Wenn wir mit der Vergangenheit tabula rasa machen und die Meinungen, Anschauungen und Vorurteile, die einer kritischen Überprüfung nicht standgehalten hätten, ganz entschieden in Zweifel ziehen müssen, dann deshalb, weil man nur das glauben sollte, dessen wir uns durch uns selber sicher sein können. Hieraus ergibt sich auch das neue Wesen der einzigen Sicherheit, die vor allen anderen Geltung erlangt und die im individuellen Bewußtsein und nicht mehr in der

Tradition gründet: diejenige des Subjekts im Verhältnis zu sich selbst. Es ist durchaus möglich, daß alle meine Meinungen falsch sind, genauso ist es durchaus möglich, daß ein trügerischer Gott oder ein böser Geist Gefallen daran finden, mich über alles zu täuschen. Eine Sache jedenfalls ist sicher: Ich muß existieren, damit sie mich täuschen können. Das Modell jeder Wahrheit ist in der absoluten Sicherheit der Selbstpräsenz des eigenen Ich enthalten.

Die Gläubigen neigen zuweilen dazu, die moderne Welt als eine Welt zu beschreiben, aus der die gelebte Erfahrung zugunsten der kalten Vernunft verbannt oder entwertet worden sei, die in den materialistischen Sphären der Wissenschaften und kaufmännischen Produktion triumphiert. Nichtsdestoweniger ist das rationalistische Prinzip der Ablehnung des Autoritätsarguments untrennbar mit einer wahrhaften Sakralisierung der gelebten Erfahrung verbunden, denn gerade weil die Religion bestrebt ist, sich mir in Form einer äußeren Autorität, eines »offenbarten« Textes oder kirchlichen Würdenträgers aufzudrängen, d. h. auf eine Weise, die sich der Überprüfung durch mein eigenes Gewissen entgegenzustellen scheint, muß sie der Kritik ausgesetzt werden. Das ist bekanntlich das Los, das ihr die meisten Philosophen des 18. Jahrhunderts bereiteten, die in diesem Sinne an der kartesianischen Vorurteilslosigkeit festhielten.

Infolgedessen erweist es sich als oberflächlich, die »reiche und empfindbare« gelebte Erfahrung den »intellektuellen und trockenen« wissenschaftlichen Experimenten oder logischen Beweisführungen entgegenzusetzen. Unter dem modernen Blickwinkel einer Ablehnung der Autoritätsargumente sind alle Bereiche, in denen sich ein Glaube ausbildet, gleichermaßen dem Prinzip der Selbstpräsenz unterworfen, unabhängig davon, ob es sich um spirituelle, ethische oder eben wissenschaftliche Bereiche handelt: Habe ich das, was ich glaube, gesehen zu haben, auch wirklich gesehen, habe ich mich nicht getäuscht, habe ich mich nicht von meinen Sinnen oder durch irgendeinen trügerischen Trick, der mir vielleicht nicht aufgefallen ist, täuschen lassen? In diesem Falle würde die Erfahrung, von der ich glaubte, ich hätte sie gelebt, nicht wirklich *meine* sein, denn ich wäre mir, ohne es zu bemerken, buchstäblich selbst fern gewesen, außer mir oder neben mir. Habe ich die Gründe, die bei mir zu der einen oder anderen Schlußfolgerung führen, richtig miteinander verknüpft? Läge nämlich eine Petitio principii, ein logischer Fehler vor, gäbe es eine Art Sprung, eine Äußerlichkeit zwischen mir und meiner Schlußfolgerung, die von da an nicht mehr *meine* wäre. Habe ich beim von mir durchgeführten Experiment alles richtig gemacht, die »Variablen isoliert«, meine Hypothesen korrekt formuliert? Wenn nicht, entzögen sich mir meine Schlußfolgerungen abermals, und ich würde eher in die dichten Wolken des Irrtums gelangen als in den Himmel der wissenschaftlichen Wahrheit. So stellen sich die Fragestellungen dar, mittels derer die Arbeit dieser angeblich kalten und fleischlosen Vernunft unaufhörlich in Beziehung auf eine konkrete und leidenschaftliche Subjektivität gesetzt wird.

Hochmut des modernen *Ego*, das alles vereinnahmen, jede Abhängigkeit von einem Außen tilgen will, von dem es jedoch offensichtlich in jeder Hinsicht abhängt? Stammt es im übrigen nicht von der Erde ab, und nicht von sich selbst? Ist es nicht seit seiner Geburt eingebettet in eine Sprache, eine Kultur, eine soziales und familiäres Umfeld, denen es in einem größeren Maße angehört als diese ihm angehören? Und spiegelt sich diese ursprüngliche Endlichkeit nicht selbst noch in seinem unvermeidlichen Schicksal als ein Sterbliches wider, das weder die Stunde noch den Ort seines eigenen Verschwindens bestimmt? Diesen Fragen, die Romantiker und Anhänger der Aufklärung einander gegenüberstellen, ist eine Mehrdeutigkeit zu eigen, denn es gibt keinen Gegensatz zwischen der Forderung nach Autonomie, von der die Menschen der Moderne beseelt sind, und dem Fortbestand bestimmter Formen der Heteronomie, ja sogar der radikalen Abhängigkeit. Das moderne Prinzip beinhaltet ganz im Gegenteil das Auftauchen bislang unbekannter Arten der Heteronomie. Nur sind diese Heteronomien umgestaltet, denn sie müssen auf der Grundlage der neuen Anforderungen des Individuums artikuliert werden.

Wir dürfen das Autonomieideal nicht mit der absurden metaphysischen Bejahung der Selbstgenügsamkeit des absoluten Ich verwechseln. Damit würde man schlichtweg den falschen Weg einschlagen. Selbstpräsenz und Selbstbestimmung als antiautoritäre Prinzipien bedeuten nicht, daß jede Verbindung mit einem Äußeren aufgehoben oder in Frage gestellt wäre. Selbst der kartesianische Zweifel, dem die überkommenen Vorurteile unterliegen, beinhaltet nicht, daß jede Tradition als solche abzulehnen wäre. Vielmehr beinhaltet er die Forderung, daß die Tradition *in gewisser Weise meine eigene wird* und daß ich sie zu diesem Zweck überprüfe. Man könnte vorläufig sagen, daß die Transzendenz auf diese

Weise von ihrer *vorgeordneten* Stellung im Verhältnis zu meinem Bewußtsein in eine *nachgeordnete* rückt. Ob nun radikale Abhängigkeit oder absolute Transzendenz, in jedem Fall aber und in erster Linie sind sie in meiner Sicherheit und meiner realen Erfahrung verankert, in der Unabhängigkeit des Ich und der Immanenz des Selbst.

Wir wollen noch einen Schritt weiter gehen: Das moderne Prinzip der Ablehnung der Autoritätsargumente tilgt die Abhängigkeit von einer Andersheit so wenig, daß es diese Abhängigkeit sogar mehr als jedes andere Prinzip bestätigt. Die Frage nach dem Status des Sinns, der Spiritualität in einer laizistischen Welt stellt sich in folgender Weise: Wie – um die Sprache der Phänomenologie zu benutzen – läßt sich »die Transzendenz in der Immanenz des Selbst« denken?

Die Transzendenz in der Immanenz

In seinen *Ideen zu einer reinen Phänomenologie und phänomenologischen Philosophie* wies Husserl der »strengen Wissenschaft«, die er zu begründen beabsichtigte, die Aufgabe zu, einen seit Descartes bestehenden, klassischen Widerspruch der modernen Philosophie aufzuheben: Einerseits, vom Standpunkt des Subjekts aus, das nur das seinem Bewußtsein unmittelbar Gegebene für absolut sicher halten kann, versteht sich die Beziehung zur Welt nicht von selbst. Man kennt das althergebrachte Argument des Traums, der uns an die Existenz von Dingen glauben läßt, die keine andere Realität besitzen, als die, in unserem Bewußtsein vorhanden zu sein. Demzufolge ist jede »Transzendenz« problematisch.[24] Hieraus erklärt sich die Versuchung des Idealismus, die Existenz der materiellen Welt zu negieren und das Sein auf die Vorstellung zu reduzieren. Trotzdem kann ich nicht die Tatsache unberücksichtigt lassen, daß sich meine auch noch im tiefsten Inneren meiner selbst verborgenen Bewußtseinsinhalte auf Objekte beziehen, die sich außerhalb von mir zu befinden scheinen.[25] Wenn ich die Augen auf die Welt richte, dann scheint unzweifelhaft festzustehen, daß sie nicht von meinem eigenen Bewußtsein erschaffen wurde. In mir (Immanenz) trage ich also das lästige Gefühl eines »Außer mir« (Transzendenz).

Auf den ersten Blick scheint es sich irgendwie um ein scholastisches Problem zu handeln. Im Angesicht dieser vorgeblich »technischen« Frage entwickelt die Phänomenologie jedoch eine These, deren Tragweite deutlich über den engen Rahmen der Schulphilosophie hinausgeht. Mittels eines Paradoxes, das bereits ihr ganzer Gegenstand ist, versucht sie aufzuzeigen, daß meine Bewußtseinsinhalte *mehr enthalten, als sie faktisch enthalten*, daß alles Sichtbare sozusagen einen Anteil Unsichtbares aufweist, daß es im Inneren jeder Präsenz eine Abwesenheit gibt. Ohne mich einer intellektuellen Beweisführung zu bedienen, nehme ich unaufhörlich bestimmte Strukturen wahr, die jedoch in meinem Bewußtsein im eigentlichen Sinne nicht *tatsächlich* vorhanden wären, wenn es sich bei ihm lediglich um einen objektiven Spiegel, ein einfaches Aufnahmegerät (eine Kamera oder Tonband) handelte. Ein berühmtes Beispiel hierfür ist der Würfel, von dem ich, wenn ich sage, daß ich ihn »sehe«, in Wahrheit immer nur drei Seiten erkennen kann. Was mir genaugenommen »tatsächlich immanent« ist, sind diese drei Seiten, nicht der Würfel als solcher, dessen sechs Seiten, die nicht auf einmal gesehen werden können, immer das transzendieren, was meiner subjektiven Vorstellung wirklich gegeben ist. Und trotzdem ist diese Transzendenz in einem anderen Sinne auch »in mir« enthalten, denn ich brauche keinerlei Beweis, um zu »wissen«, daß ich einen Würfel vor mir habe. Niemand wird sagen: »Ich sehe da drei Quadrate vor mir, woraus ich folgere, daß ich es mit einem Würfel zu tun haben muß ...« Folglich ist es nicht falsch zu behaupten, daß meine Wahrnehmung »mehr enthält, als sie enthält«.[26] Ein anderes Beispiel: Wenn ich eine musikalische Phrase höre, reduziert sie sich nicht auf eine Reihe von einzelnen Noten, die nicht miteinander zusammenhängen (tatsächliche Immanenz). Sie bildet im Gegenteil, und zwar ganz unmittelbar und ohne eine rationale Prozedur, eine bestimmte Struktur, die die tatsächliche Immanenz transzendiert, ohne sich mir dabei jedoch von außen mittels eines Autoritätsarguments aufzudrängen.

Diese »immanente Transzendenz« beinhaltet die ultimative Bedeutung der gelebten Erfahrungen in ihrer reinsten Ausprägung. Die musikalische Phrase hätte keinen Sinn, wenn ich darin lediglich vereinzelte Noten erkennen würde, die wie Atome aneinandergereiht sind (was der Fall wäre, würde ich ein Tonband sein). Es muß also möglich sein, die Transzendenz zu denken und zu beschreiben, ohne die Sphäre der Immanenz zu verlassen. Obwohl die Phänomenologie sich keiner naturwissenschaftlichen Beweisführung bedient und sie auch nicht die Exaktheit der mathematischen und physikalischen

Wissenschaften aufweist, ist sie im Hinblick auf die Beschreibung der objektiven Zwänge, denen wir unterliegen, doch eine »strenge« Disziplin. Man ahnt, daß ein derartiges Verfahren zwar sehr komplex, aber auch sehr vielseitig ist, denn das »Übermaß«, das die Formen der Transzendenz kennzeichnet, die wir sozusagen »in uns« tragen, kann allen geistigen Bereichen zu eigen sein, angefangen bei der Ästhetik über die Ethik oder die Religion bis hin zur Wissenschaft.

Ohne weiter auf die Einzelheiten dieser Arbeit einzugehen, wird man sofort begreifen, in welchem Maße sie einer modernen Vorstellung der Transzendenz zu entsprechen vermag, denn die Transzendenz ist – jenseits jeder Art von Autoritätsargument – in der Immanenz des subjektiv Erlebten enthalten und geht gewissermaßen von ihr aus, sie befindet sich also »unterhalb« davon und ist nichts ihr Aufgezwungenes mehr, das von oben kommt. Dies beinhaltet auch, daß die Offenbarung – wenn es denn eine Offenbarung gibt[27] – unter diesem Blickwinkel einer neuen, andersartigen Beziehung zum Individuum aufs neue interpretiert werden sollte. Von Gott sagt der Phänomenologe nicht, daß er uns im Namen einer uns auferlegten Tradition befiehlt, dieses oder jenes Gesetz zu befolgen, dieses oder jenes Ziel zu erreichen, sondern daß er uns durch das Antlitz unseres Nächsten, des anderen Menschen, »in den Sinn kommt«.[28] Der tiefsinnigen Intuition Rousseaus und Fichtes zufolge ist das menschliche Antlitz unmittelbar, vor jeder Überlegung und jenseits jeder Beweisführung, Träger eines Sinns, der über mich hinausgeht und mich anruft.[29] Und aus dieser Anrufung, die nach einer Antwort, einer Verantwortung verlangt, geht die Ethik hervor. Auf diese Weise könnte eine Phänomenologie der Transzendenz den Raum einer »laizistischen Spiritualität« umreißen: Ausgehend vom Menschlichen als solches und aus ihm heraus wird eine bestimmte Vorstellung des Heiligen offenbar.

Demzufolge muß man versuchen, die faktische Realität der Formen der »Abhängigkeit« oder Transzendenz zu erfassen, die anzuerkennen das moderne Prinzip der Ablehnung von Autoritätsargumenten uns nicht nur nicht verbietet, sondern das für uns im Gegenteil sogar eine Aufforderung darstellt, sie in neuen Begriffen zu denken.

Das Gewicht der Vergangenheit, die Geburt des historischen Bewußtseins und die Entdeckung des Unbewußten

Wie man es auch drehen und wenden mag, wir sind alle »Erben«. Soziologie, Psychoanalyse und Geschichtswissenschaften stellen es immer wieder fest. Dieser Befund ist sogar ihr eigentlicher Gegenstand. Und all diejenigen, die den individualistischen Illusionen der »Tabula rasa« unterliegen, angefangen bei den übertriebenen Kartesianern bis zu den französischen Revolutionären, die die politische Welt ausgehend vom Jahr 1 neu errichten wollten, zahlen den hohen Preis der Wiederkehr dieses Verdrängten. Aber es wäre falsch, genau wie die Traditionalisten zu denken, daß die metaphysischen Illusionen eines in sich selbst begründeten Subjekts dem Prinzip der Moderne entsprechen. Sie widersprechen ihm vielmehr, denn die Moderne zeichnet sich in der Tat weniger dadurch aus, das Gewicht der historischen Wahrheit zu verwerfen, als vielmehr dadurch, diese historische Wahrheit auf eine neue Weise zu denken, die sich nicht mehr mit derjenigen der auferlegten Tradition, sondern mit derjenigen einer Vernunft deckt, aus der sich zwangsläufig die Vermutung ableitet, daß es außerhalb von ihr notwendigerweise etwas Irrationales gibt.

Wir sollten einen Augenblick bei dieser Feststellung innehalten. Viel radikaler, als dies jemals geschehen ist, behauptet das Vernunftsprinzip die Abhängigkeit der Menschen von dem, was ihnen vorausgeht, sie umgibt und auf sie folgt. »Nichts ist ohne Vernunft.« Diese Formulierung ließe sich – allerdings fälschlicherweise – folgendermaßen verstehen: Alles ist vernünftig, und das Subjekt, das sich nunmehr auf wissenschaftlichem Gebiet betätigt, ist dazu in der Lage, die Welt zu beherrschen, sie sich mittels eines Unterwerfungsverfahrens gewissermaßen geistig einzuverleiben, worin die Traditionalisten die mit Sicherheit unheilvollste Eigenschaft der Moderne sehen. Dasselbe Prinzip läßt sich jedoch auch – und das mit mehr als gutem Recht – ganz anders verstehen: Es bedeutet, daß mein gegenwärtiges Leben für mich immer ungreifbar bleibt, daß die Kette der Ursachen, durch die ich mit der Vergangenheit verbunden bin, unendlich ist, und zwar sowohl im Rahmen der kollektiven (Geschichte und Soziologie) als auch der individuellen (Psychoanalyse) Ordnung. Zwar kann ich daran arbeiten, diese Abhängigkeit so weit als möglich zu überwinden, aber ich bin gezwungen zu akzeptieren, daß sie niemals endet und der Wille zur Beherrschung sich unmöglich vollständig durchsetzen wird. Hieraus erklärt sich auch das Gefühl, daß die Aufgabe der Wissenschaften, im Gegensatz zu dem, was frühere Generationen dachten, niemals zum Abschluß kommen dürfte. Ganz wie Kant es schon gesehen hatte, verkehrt sich das Vernunftsprinzip in sein Gegenteil, denn indem es die Unendlichkeit der Reihe von Ursache und Wirkung behauptet, legt es uns nahe, den Gedanken zu akzeptieren, daß wir das »Ende der Kette« niemals erreichen und daß es allein schon deshalb vernünftig ist, anzunehmen, daß es etwas Irrationales gibt.

Auch wenn wir nicht mehr dem traditionellen Denken verhaftet sind, unser Leben sich nicht mehr an der Offenbarung orientiert, ist unser Verhältnis zur Vergangenheit deshalb in gewisser Hinsicht doch nicht weniger heteronom. Das Vernunftsprinzip bedingte nicht die Zerstörung der historischen Wahrheit, die Tilgung der Vergangenheit, sondern den Umstand, daß beide auf eine besondere, mehr durch meine Vernunft bewirkte als von außen gegebene Art und Weise mit mir verbunden sind. In der Immanenz des Selbst, ohne die ich mich von neuem den Bequemlichkeiten des Autoritätsprinzips anheim geben würde, kann ich somit meine Abhängigkeit akzeptieren, die Transzendenz *meines eigenen Herren* anerkennen. Demzufolge handelt es sich um die Entdekkung des gesellschaftlichen und individuellen Unbewußten, die jedoch nichts mit der Wiedereinführung eines traditionellen Prinzips in der Moderne zu tun hat, sondern bei der es um ihre Neuformulierung in Begriffen geht, die dem modernen Bewußtsein angemessen sind.[30]

Die Idee des Unbewußten[31] entsteht nicht etwa deshalb, weil es im Inneren des Selbst zu einem mysteriösen Zusammenbruch der göttlichen Transzendenz kommt, sondern weil sie sich, ausgehend vom Vernunftsprinzip, selbst noch demjenigen Ich, das bis zuletzt an der Illusion der Selbstgefälligkeit festhält, als eine unumgängliche Schlußfolgerung darstellt. Der von der Schulphilosophie vertretene Gegensatz zwischen Freud und Descartes stellt eine viel zu grobe Vereinfachung dar. Es wäre viel angebrachter, zwischen zwei verschiedenen Vorstellungen des Unbewußten zu unterscheiden. Die eine, traditionelle, ordnet es der unvordenklichen Vergangenheit einer Offenbarung zu, die angeblich am Anfang jeder Geschichte steht. Die andere, moderne, leitet sie vom Vernunftsprinzip ab. Die Freudsche Theorie der Fehlleistung zeigt uns das auf ganz ausgezeichnete Weise: Die Fehlhandlung ist zunächst und in erster Linie die Wirkung einer mir unbekannten Ursache. Und die Tatsache, daß diese Ursache häufig unvernünftig, affekt- oder triebbedingt (»dynamisch«) ist, ändert nichts an der grundsätzlichen Rationalität des analytischen Verfahrens. Paradox der Vernunft, das Kant auf so vorzügliche Weise mittels der Antinomien beschrieb, die sich für uns aus dem metaphysischen Wahnsinn ergeben: Er ist einerseits ein Projekt sowohl der Selbst- als auch der Weltbeherrschung, und andererseits ist er die Bestätigung der radikalsten Enteignung, die es gibt, diejenige unserer unergründlichen Verbindung mit der Vergangenheit.

Auf diese erste intellektuelle Öffnung, in der sich die Humanwissenschaften einnisten, folgt eine zweite, noch größere im ethischen Bereich.

Von oben nach unten: Die Transzendenz innerhalb der Grenzen des Humanismus

Ich bin nicht nur in eine Welt hineingeboren, die ich weder wollte noch erschaffen habe, sondern darüber hinaus ist der Sinn meiner Geburt für mich genauso wenig faßbar wie der meines Todes. Ich kann zweifellos versuchen, ihre wissenschaftlichen Voraussetzungen zu erfassen, den Fortpflanzungs- bzw. Alterungsprozeß der Zellen untersuchen, aber mag dieses biologische Verfahren auch noch so gut durchdacht und interessant sein, nichts daran ermöglicht es mir, das Wunder des Lebens oder die Bedeutung der Endlichkeit in den Griff zu bekommen. Es gibt auch hier einen unsichtbaren, äußerlichen, oder wenn man so will, transzendenten Anteil, der eine Ergänzung zu demjenigen darstellt, den die Vernunft bei der Determination der Vergangenheit offenbar werden ließ.

Die Wissenschaften – auch die am weitesten entwickelten – sind dazu in der Lage, teilweise das zu beschreiben und sogar zu erklären, was ist. Die Tatsache jedoch, daß die Dinge »sind« – die »Seinsfrage« – gehört nicht in ihren Zuständigkeitsbereich. Darüber können sie uns nichts sagen; heute wie gestern bleibt das Geheimnis vollständig ungelöst. Wenn die Astrophysik vom »Big Bang« spricht, schneidet sie sicher erneut die alte, zunächst theologische, dann metaphysische Frage nach dem Ursprung des Universums an, die Leibniz im 17. Jahrhundert zum Zentrum jeder Philosophie gemacht hatte: »Warum gibt es etwas, wo es doch auch nichts geben könnte?« Und an diesem Punkt deckt sie sich, jenseits der unausweichlichen fachspezifischen Formulierung, mit dem Allgemeininteresse. Dennoch ahnen wir auch noch in unserer Hoffnung auf eine solide Antwort, daß es der Philosophie nicht gelingen wird, das Geheimnis zu lüften, das die Frage nach dem Ursprung umgibt. Ein elementares, strukturelles Hindernis steht einer solchen Antwort im Wege: Sie müßte, um eine Antwort geben zu können, ihren Kompetenzbereich verlassen, in gewisser Weise wieder zu einer Theologie oder Metaphysik werden, sie dürfte nicht mehr empirisch sein ..., und damit würde die erwartete Solidität verlorengehen. Dieser zwangsläufige Verzicht verleiht der alten Endlichkeit der Sterblichen eine bisher nie dagewesene Bedeutung.

Noch in der Philosophie des 17. Jahrhunderts wurde der Mensch ausgehend, und, wenn man so sagen kann, *in der Nachfolge* von Gott gedacht. Zuerst war der Schöpfer, das absolute und unendliche Wesen, und im Verhältnis zu ihm definierte sich das menschliche Wesen als Mangel, Endlichkeit. Aus diesem Umstand erklären sich seine bekannten Schwächen, seine angeborene Unwissenheit natürlich genauso wie seine nicht zu unterdrückende Neigung zur Sünde. Diese Perspektive, in der Gott logischerweise, moralisch und metaphysisch *vor* dem Menschen kam, stimmte noch mit dem Theologisch-Ethischen, mit der religiösen Fundierung der Moral überein.

Diese Hierarchie wird durch das Aufkommen der modernen Wissenschaften und das gleichzeitige Entstehen eines laizistischen Raums zerstört. Bereits Ernst Cassirer hatte den Gedanken formuliert, daß im Verlaufe des

Zeitalters der Aufklärung der Primat des menschlichen Wesens in allen Bereichen der Kultur seine Bestätigung erfährt. Und das in einem solchen Maße, daß Gott, von dem man allgemein angenommen hatte, er habe den Menschen erschaffen, und über den Voltaire sagte, er habe es »ihm ordentlich heimgezahlt«, als eine »Idee« dieses Menschen zu erscheinen beginnt.

Im Bereich der Moral kündigt diese Umkehrung das Ende des Theologisch-Ethischen an. Nunmehr gründen die Prinzipen der Achtung des Anderen im Menschen selbst, in seiner Vernunft und seiner Freiheit, die seine Würde ausmachen, und nicht mehr in einer Gottheit. Und Christus, der Mensch-Gott schlechthin, ist in den Augen der Aufklärer nur noch ein heiliger Mann, ein Mensch, der die universalistischen Prinzipien in sich verkörpert und anwendet, die dann wenig später in der Erklärung der Menschenrechte von 1789 ihren angemessensten Ausdruck erfahren sollten. Kant und seine Schüler werden sagen, er verkörpere »das moralische Ideal der Menschheit«, was ihnen diffamierende Atheismusanschuldigungen einbrachte: Wenn die Ethik sich von selbst mit der christlichen Lehre deckt, benötigt man weder Gott noch Christus, um sie zu begründen.

Dieser Wandel ist bestens bekannt. Die Art und Weise jedoch, in der man ihn in der Regel beschreibt, klammert die entscheidende Frage aus, und zwar diejenige nach der Rolle, die die Religion nunmehr übernimmt. Und das, obwohl diese Frage allein schon deshalb nur schwer zu umgehen ist, weil die Aufklärer sich meist selbst als Christen verstanden und aufrichtig glaubten, das Verständnis für die Botschaft der Evangelien auf ein authentisches

Niveau zu heben. Und in der Tat bildet diese Botschaft, die weit davon entfernt ist, zu verschwinden, weiterhin den Horizont der laizistischen Morallehren.

Die entscheidende Bedeutung dieser »religiösen Revolution« besteht, so glaube ich jedenfalls, in Folgendem: *Ohne als solcher zu verschwinden, ist der Inhalt der christlichen Theologie nicht mehr der Ethik vorgeordnet, um sie wahrhaftig zu begründen, sondern sie ist ihr nachgeordnet, um ihr einen Sinn zu geben.* Demzufolge beruft der Mensch sich nicht mehr auf Gott, um den anderen zu achten, ihn als Zweck und nicht mehr bloß als Mittel zu betrachten. Auf diese Weise lassen sich Atheismus und Moral miteinander versöhnen. Aber deshalb erlischt nicht die Bezugnahme auf das Göttliche, auf die Vorstellung von einem Gott, von dem Levinas unter Bezugnahme auf die Aufklärer sagt, daß er einem »in den Sinn kommt«. Aus sehr elementaren Gründen besteht sie vielmehr weiterhin fort. Sie verleiht dem Faktum, daß man das Gesetz achtet, gewissermaßen einen Sinn, ergänzt die Pflicht um die Hoffnung, den Respekt um die Liebe, das jüdische um das christliche Element.

Die Hypothesen dieses Buches

Die erste Hypothese dieses Buches lautet, daß die Frage nach dem Sinn nicht von derjenigen nach dem Heiligen – nach demjenigen, weshalb es nicht sinnlos ist, ein *Opfer* in Erwägung zu ziehen – zu trennen ist. Die zweite lautet, daß beide Fragen heute auf der Grundlage eines zweifachen Prozesses miteinander verwoben sind. Auf der einen Seite die »Entzauberung der Welt« oder, besser gesagt, die breite Bewegung hin zur Vermenschlichung des Göttlichen, die seit dem 18. Jahrhundert für die fortschreitende Laisierung in Europa kennzeichnend ist. Im Namen der Ablehnung der Autoritätsargumente und im Namen der Gewissensfreiheit wurde der Inhalt der Offenbarung im Verlaufe der letzten zwei Jahrhunderte fortwährend »humanisiert«. Gegen diese Tendenz hat der Papst in seinen Enzykliken wiederholt Stellung bezogen. Und in diesem Zusammenhang muß man auch, unabhängig davon, was man darüber denken mag, seinen Widerstand interpretieren. Gleichzeitig aber wohnen wir auch einer langsamen und unerbittlichen Vergöttlichung des Menschlichen bei, die mit der Entstehung der modernen Liebe im Zusammenhang steht, deren Eigenheiten uns die Historiker der Mentalitäten vor kurzem nähergebracht haben. Auch die allerjüngsten ethischen Problematisierungen belegen dies: Sowohl die Bioethik als auch die humanitären Aktionen sind ein Beweis dafür, daß es heute der Mensch als solcher ist, der heilig zu sein scheint. Wie stellt sich im Zeitalter des Menschengottes die Frage nach dem Sinn dar?

Um die Umrisse einer solchen Frage ansatzweise skizzieren zu können, werde ich zunächst die letzten Erschütterungen des langsamen Prozesses der *Vermenschlichung des Göttlichen* in Augenschein nehmen. Seit dem 18. Jahrhundert tritt der »Theismus«, die Idee eines »praktischen Glaubens«, der nicht das Ergebnis einer philosophischen Beweisführung ist, immer deutlicher innerhalb des christlichen Universums selbst zutage. Und das ausgehend von einer humanistischen Fragestellung. »Ausgehend«, d. h. auch *nach ihr und im Verhältnis zu ihr*, keinesfalls aber vor ihr. Die Bewegung verläuft nunmehr vom Menschen zu Gott, und nicht mehr umgekehrt. Die Autonomie ist es, die zur Heteronomie führen muß, wobei diese, indem sie sich dem Menschen von außen aufdrängt, nicht mehr der Autonomie gegenübersteht. Die traditionalistischen Christen werden darin das deutlichste Kennzeichen des menschlichen Hochmuts erkennen. Die laizistischen Christen dagegen werden dies als den Beginn eines authentischen Glaubens ansehen, der auf dem Untergang des Theologisch-Ethischen basiert.[32] Genau das ist auch der eigentliche Gegenstand der Auseinandersetzung, die Papst Johannes Paul II. mit seiner Enzyklika über den *Glanz der Wahrheit* eröffnet hat. Er benennt den Widerspruch zwischen denjenigen, die dem *Gewissen huldigen*[33], und den Anhängern einer Rückkehr zur Moraltheologie und ruft – auch innerhalb der Kirche selbst – zu einer »Ethik der Diskussion« auf. Diese Umkehrung der Perspektive bedeutet in der Tat nicht die Negierung der Transzendenz. Sie ist vielmehr als Vorstellung in die menschliche Vernunft eingeschrieben. Allerdings offenbart sie sich jetzt in der Selbstimmanenz – die Ablehnung des Autoritätsarguments verpflichtet – einem Subjekt, das, zumindest auf moralischer Ebene, ein Autonomieideal einfordert.

Erstes Kapitel

Die Vermenschlichung des Göttlichen: Von Johannes Paul II. zu Eugen Drewermann

Die Kirche leistet Widerstand, und das nicht ohne Grund: wenn alles zu einer Vermenschlichung der Ursprünge des Rechts, der Moral und der Kultur tendiert und diese Vermenschlichung eine Infragestellung der früheren vertikalen Transzendenzen beinhaltet[1], wie läßt sich dann noch glaubhaft eine Moraltheologie vertreten? Wie läßt sich die Offenbarung mit dem Gewissen in Einklang bringen oder, um es in den Worten von Johannes Paul II. zu sagen, »der Glanz der Wahrheit« mit der »individuellen Freiheit«? Ist das Christentum nicht dazu verdammt, zu einem einfachen Glauben unter anderen zu werden, zu einem Gefühl der Achtung, das getragen wird von dem Sockel laizistischer Morallehren, die jetzt den Kern seines konkreten Inhalts bilden? Die Entzauberung der Welt beschränkt sich nicht auf die einfache Trennung von Religion und Politik. Sie begnügt sich nicht mit dem Ende des Theologisch-Ethischen, sondern sie hat tiefgreifende Auswirkungen auf die individuellen Glaubensformen und persönlichen Meinungen. Eine Vielzahl von Umfragen belegen, daß die meisten Katholiken zu »Deisten« – im voltairianischen Sinne des Wortes – geworden sind.[2] Sie mögen zwar das Gefühl einer Transzendenz bewahren, aber sie wenden sich zunehmend von den traditionellen Dogmen ab und gleichzeitig einer Ideologie der Menschenrechte zu. Man bekennt sich noch zum Katholizismus, aber man unterzieht die Gebote des Papstes der kritischen Prüfung des humanistischen Denkens und glaubt nicht mehr an die tatsächliche Unsterblichkeit der Seele, die wirkliche Jungfräulichkeit Marias oder die wahrhafte Existenz des Teufels …

Die Vermenschlichung oder Laisierung der Religion

Infolgedessen verbergen zwei Bäume den Wald, zwei sich mehr oder weniger entsprechende Diskurse verdecken den Kern der Kontroversen, die heute das Universum der Religion durchziehen.

Der erste, derjenige der »Revanche Gottes«, nährt sich von Fundamentalismen jeder Art. Er behauptet – mit zuweilen guten Argumenten –, daß wir eine »Rückkehr des Religiösen« erleben: Die ganz und gar von ihrer historischen Überlegenheit überzeugte moderne abendländische Welt erzeuge ihre eigenen Gegenpole, es sei denn – und dabei handelt es sich um eine weitere Variante dieses Diskurses –, die Reaktion auf die moderne Welt käme von außen, als letzte Zuckungen der Entkolonisierung. Der Islam Khomeinis, das Christentum des Erzbischofs Lefebvre oder das Judentum der extremen Rechten in Israel müßten verstanden werden als die unterschiedlichen

Facetten ein und derselben beunruhigenden Erscheinung: des Fundamentalismus.

Auf der anderen Seite jedoch belegen alle seriösen soziologischen Untersuchungen das Ausmaß der Tendenz zur Säkularisierung, der die demokratischen Staaten Europas ausgesetzt sind. Insbesondere in Hinblick auf die Jugendlichen müßte man eigentlich sogar von einer regelrechten »Entchristianisierung« sprechen.[3]

Die Untersuchungsergebnisse dürften wohl alles andere als falsch sein. Sie haben jedoch auch den Nachteil zu verschweigen, in welcher Weise die etablierten Religionsgemeinschaften selbst, gewissermaßen *von innen heraus*, auf die sich durch die Laisierung der Welt ergebenden Probleme reagieren. Von diesem Standpunkt aus betrachtet, sind die Fundamentalismus- bzw. Entchristianisierungskonzepte nämlich völlig unzureichend. Auf ihrer Grundlage ist es nicht möglich zu verstehen, wie sich das Verhältnis eines Großteils der Gläubigen zur modernen Welt gestaltet und wie sie in ihr leben. Sie tragen im Gegenteil sogar dazu bei, die beiden zentralen Fragestellungen, die die Kirche heute spaltet, zu verschleiern und verhindern damit, daß sie öffentlich diskutiert werden können. Gerade diese beiden Fragen aber verschaffen, wie wir sehen werden, einen Einblick in die durch die Emanzipation der Gläubigen von den traditionellen Entwürfen des Theologisch-Politischen hervorgerufenen Wirkungen. Und selbst für die Nichtgläubigen sind sie der Beleg für eine Tendenz zur Vermenschlichung der Religion, über die nachzudenken sich sehr lohnt.

Die erste Kontroverse, der die Enzyklika *Veritatis splendor* ein Ende zu machen versucht, entspinnt sich um die Frage der Vereinbarkeit zwischen den Fortschritten des Humanismus und dem Gedanken einer offenbarten moralischen Wahrheit. Eine zumindest seit dem 18. Jahrhundert geradezu klassische Frage, die aber durch die innerkirchlichen Entwicklungen auf eine einzigartige Weise wieder aktuell geworden ist. Die zweite, ebenfalls nicht neue Kontroverse wird beispielhaft verkörpert durch den deutschen Theologen Eugen Drewermann. Sie bezieht sich auf den Status der Interpretation der Evangelien, d. h. die Frage danach, ob die Botschaft Christi ganz traditionell verstanden werden muß, also als Darstellung unbestreitbarer historischer Wahrheiten, die den Menschen von *außen* das Licht bringen, oder im Gegenteil als ein Diskurs mit einer den Mythen oder den großen Epen vergleichbaren symbolischen Bedeutung. Ihre psychoanalytische Entschlüsselung liefere den Beleg dafür, daß die Botschaft Christi *aus dem Inneren des Menschen selbst heraus* an ihn gerichtet ist.

Ich sagte bereits, daß es auch für Nichtgläubige lohnenswert ist, über diese beiden Fragestellungen nachzudenken. Es könnte tatsächlich möglich sein, daß sie in den anerkannten Religionsgemeinschaften den Gegenpol desjenigen Prozesses darstellen, durch den uns die laizistischen Morallehren von sich aus dazu bewegen, eine fehlende Spiritualität, einen »Gott, der einem in den Sinn kommt«, ins Auge zu fassen. Der Vergöttlichung des Menschlichen, dieser neuen Religion des Anderen, die uns die zeitgenössische Religion so oft anempfiehlt, entspräche neben dem Willen, das Göttliche zu vermenschlichen, es dem Menschen verständlicher zu machen und ihm näherzubringen, auch derjenige Wille, unsere Beziehung zum Göttlichen in Begriffe zu fassen, die keine Gemeinsamkeiten mehr mit den Autoritätsargumenten aufweisen. Es hat den Anschein, als sei die Verinnerlichung der Spiritualität für die Religion selbst zu einer unumgänglichen Forderung geworden.

Gewissensfreiheit oder offenbarte Wahrheit?

Es versteht sich fast von selbst, daß die Bewahrer der Tradition gegen die beschriebene Tendenz ankämpfen. Eine leicht nachvollziehbare Reaktion, wenn man einräumt, daß das Wesen der Religion gerade *traditioneller* Natur ist. Jedes Zugeständnis an eine naturgemäß unbegrenzte Gewissensfreiheit stellt eine Bedrohung des Offenbarungsgedankens selbst dar, denn ich kann nicht in gutem Glauben erklären, das Prinzip der Ablehnung der Autoritätsargumente in dem einen Bereich anzuwenden und in dem anderen nicht, es bis zu einem gewissen Punkt gelten zu lassen, darüber hinaus aber nicht. Die Freiheit des Denkens ist entweder vollkommen, oder sie ist nicht. Genau das ist die Gefahr, der Johannes Paul II. noch heute – heute mehr als je zuvor – glaubt, entgegentreten zu müssen. Hieraus erklärt sich auch jener offenbarte und unantastbare »Glanz der Wahrheit«, den es gegen die »Verirrungen« modernistischer Katholiken zu rehabilitieren gilt. Der Papst bestimmt die Irrtümer, denen er mit seiner Enzyklika zu begegnen trachtet, folgendermaßen:

»So ist man in manchen modernen Denkströmungen so weit gegangen, *die Freiheit derart zu verherrlichen, daß man sie zu einem Absolutum machte, das die Quelle aller*

Werte wäre. (...) Dem Gewissen des einzelnen werden die Vorrechte einer obersten Instanz des sittlichen Urteils zugeschrieben, die kategorisch und unfehlbar über Gut und Böse entscheidet. Zu der Aussage von der Verpflichtung, dem eigenen Gewissen zu folgen, tritt unberechtigterweise jene andere, das moralische Urteil sei allein deshalb wahr, weil es dem Gewissen entspringt. Auf diese Weise ist aber der unabdingbare Wahrheitsanspruch zugunsten von Kriterien wie Aufrichtigkeit, Authentizität, ›Übereinstimmung mit sich selbst‹ abhanden gekommen, so daß man zu einer radikal subjektivistischen Konzeption des sittlichen Urteils gelangt. (...) Diese unterschiedlichen Auffassungen bilden den Ausgangspunkt jener Denkrichtungen, die eine Antinomie zwischen Sittengesetz und Gewissen, zwischen Natur und Freiheit behaupten. (...) ... es sind dies Tendenzen, die in ihrer Verschiedenheit darin übereinstimmen, die *Abhängigkeit der Freiheit von der Wahrheit* abzuschwächen oder sogar zu leugnen.«[4]

Man sieht hier genau, worüber sich der Papst Sorgen macht, und zuweilen habe ich zugegebenermaßen einige Schwierigkeiten, nachzuvollziehen, warum viele Christen so ohne weiteres bereit sind, ihm seine »autoritäre Position« vorzuwerfen. Die Kirche ist weder eine politische Partei noch ein selbstverwaltetes Unternehmen, und vom Standpunkt der *Tradition* aus betrachtet, ist die von Johannes Paul II. angeregte Auseinandersetzung ebenso berechtigt wie zielgerichtet. Er wirft zwei Fragen auf, von denen man sich nur schwer vorstellen kann, wie ein Christ sie zu umgehen vermag: Kann das menschliche Gewissen selbständig der Ursprung von Gut und Böse sein oder ihn auch nur ausmachen, wie es das Ende des Theologisch-Ethischen tatsächlich nahezulegen scheint? Wenn dies so wäre, was die Kirche nicht akzeptieren kann, ohne Schaden zu nehmen, wie ließe es sich dann vermeiden, einer Ethik der Authentizität zu verfallen, bei der die Aufrichtigkeit den Vorrang gegenüber der Wahrheit erhalten würde? Der Einwand liegt auf der Hand, und Johannes Paul II. kann nichts weiter tun, als ihn in Erinnerung zu rufen: Es reicht nicht, aufrichtig zu sein, mit sich selbst in Einklang zu stehen, um jene Wahrheit zu besitzen, die zunächst und in erster Linie eine Übereinstimmung mit den göttlichen Geboten erfordert. Auch hier ist es für mich nur schwer einsehbar, was die Christen, zumindest in diesem Punkt, vom Papst anderes erwarten könnten; genauso schwer fällt es mir zu sehen, wie das Oberhaupt der katholischen Kirche in bezug auf die Liebe für andere Tugenden eintreten sollte als für die Treue.[5] Wenn sich auch noch der Papst dazu durchringen würde, die Gewissensfreiheit zum einzigen Maßstab für die Wahrheit zu machen und der Grad der Überzeugung das Viatikum einer neuen Moraltheologie sein sollte, bedeutete das dann nicht tatsächlich, »die Abhängigkeit der menschlichen Vernunft von der göttlichen Weisheit und (...) die Notwendigkeit und Tatsächlichkeit der göttlichen Offenbarung für die Kenntnis auch natürlicher sittlicher Wahrheiten« zu verneinen?[6]

Angesichts der Forderungen eines Humanismus, der seiner Meinung nach dazu führt, den Gedanken einer spezifischen, nicht aus der Ideologie der Menschenrechte ableitbaren christlichen Moral in Frage zu stellen, spricht der Papst also eine vierfache Ermahnung zur Ordnung aus:

• Zunächst muß den Prinzipien des Theologisch-Ethischen, d. h. der Unmöglichkeit, »das Vorhandensein einer letzten religiösen Grundlage der sittlichen Normen in Frage« (§ 36) zu stellen, wieder nachdrücklich Geltung verschafft werden. »Das Gewissen ist keine autonome und ausschließliche Instanz, um zu entscheiden, was gut und was böse ist«, denn die Wahrheit ist nicht vom Menschen geschaffen worden. Sie entstammt seit eh und je »dem göttlichen Gesetz, *der universalen und objektiven Norm der Sittlichkeit*«. (§ 60)

• Diese moralische Wahrheit ist absolut, sie hängt genauso wenig von den Verhältnissen ab wie von der Berücksichtigung der Folgen unseres Handelns: »Wenn die Akte in sich schlecht sind, können eine gute Absicht oder besondere Umstände ihre Schlechtigkeit zwar abschwächen, aber nicht aufheben. (...) Darum können die Umstände oder die Absichten niemals einen bereits in sich durch sein Objekt sittenlosen Akt in einen ›subjektiv‹ sittlichen oder als Wahl vertretbaren Akt verwandeln.« (§ 81) Mit Hilfe einer philosophischen Begrifflichkeit verurteilt der Papst hiermit zugleich die Ethik der Authentizität (die die Aufrichtigkeit mit der Wahrheit verwechselt) und den Utilitarismus (der den Zweck einer einzelnen Handlung relativiert, indem er sie in Beziehung zu ihren Wirkungen setzt[7]). Das Anliegen des Papstes ist klar: Es geht darum, zu verhindern, daß sich die Christen ein »gutes Gewissen« verschaffen, indem sie Handlungen, die »im Widerspruch zur Wahrheit stehen«, unter Berufung auf gute Absichten oder außergewöhnliche Umstände entschuldigen.

• Entsprechend dieser Logik ist es also vollkommen

opportun, sich nicht »an der gegenwärtigen Welt zu orientieren«: Nur weil in der modernen Welt die persönliche Freiheit zu einem Heiligtum gemacht worden ist, darf der Inhalt der christlichen Ethik nicht verändert werden, um sie an den Zeitgeschmack anzupassen. Der wahre Christ ist vielmehr ein »Widerstandskämpfer« und, warum nicht, ein »Revolutionär«. Er muß die Welt eher verändern, als sich ihr anpassen.

• Schließlich, und das ist die eigentliche Angriffsspitze der Enzyklika, bilden das Gewissen und die Freiheit nur scheinbar einen Gegensatz. Nach den Worten des 2. Vatikanischen Konzils »wollte Gott den Menschen sich selbst anvertrauen«. Er hat ihm nicht die Freiheit genommen, ganz im Gegenteil. Da er jedoch den Menschen nach seinem Ebenbild erschaffen hat, kann er nur wirklich zu sich selbst finden, wenn er in seinem täglichen Tun den Prinzipien der göttlichen Wahrheit Folge leistet. In der Theologie spricht man von »partizipativer Theonomie.« (§ 41) Im Klartext bedeutet dies, daß das moralische Gesetz zwar von Gott und nicht vom Menschen stammt (Theonomie), aber das schließt seine Selbstbestimmung nicht aus, da er, indem er in gewisser Weise am Göttlichen teilhat, nur durch die Unterwerfung unter das ihm auferlegte Gesetz seine wirkliche Freiheit erlangt: »*Wahre sittliche Autonomie* des Menschen bedeutet in der Tat nicht Ablehnung, sondern nur Annahme des Sittengesetzes, des Gebotes Gottes (...). Wenn Heteronomie der Moral tatsächlich Leugnung der Selbstbestimmung des Menschen oder Auferlegung von Normen bedeutete, die mit seinem Wohl nichts zu tun haben, dann stünde sie im Gegensatz zur Offenbarung des Bundes und der erlösenden Menschwerdung Gottes.« (§ 41)

Diese Ausführungen bilden ein kohärentes Ganzes. Von einigen Vorbehalten abgesehen (auf die ich noch zurückkommen werde), mangelt es ihnen weder an Eleganz noch an argumentativer Schärfe, und vom Standpunkt der Tradition aus betrachtet erscheinen sie eher begründet. Auch unter christlicher Perspektive sollte man jedoch nicht das Ausmaß und die Legitimität der Säkularisierungstendenz unterschätzen, denen sie gerade begegnen wollen. Wenn man das Ausmaß dieser Tendenz anerkennt, wofür ja schon das Bedürfnis spricht, eine solche Enzyklika zu verfassen, genügt es dann, die althergebrachten Wahrheiten in Erinnerung zu rufen? Ich möchte nicht mißverstanden werden: Die Frage lautet nicht, ob die vom Papst gegebenen Antworten »angemessen«, strategisch geschickt oder effizient sind, sondern ob sie sich – bezüglich des Wahrheitsbegriffs und nicht in taktischer Hinsicht – auf einer Ebene mit der Herausforderung befinden, die der moderne Humanismus darstellt.

In dieser Hinsicht weist die von Johannes Paul II. vertretene Position einige Schwächen auf. Man ahnt, daß sie nicht ausreicht, um den Strom einzudämmen, gegen den der Papst anzuschwimmen versucht. Wenn der Christ unserer Tage, und mag er auch noch so guten Willens sein, versucht, der offenbarten moralischen Wahrheit, die seine Freiheit einschränken soll (und sei es nur, um sie besser zum Ausdruck zu bringen), mit einem konkreten Inhalt zu füllen, wird er auf den *Katechismus der katholischen Kirche* verweisen. Dieses Werk aber ist an manchen Stellen mit den Prinzipien des laizistischen Humanismus und selbst mit der Botschaft der Evangelien derart unvereinbar, daß es mehr als zweifelhaft erscheint, ob die »partizipative Theonomie« an die Stelle der Gewissensfreiheit treten kann. Von der Lektüre von *Splendor veritatis* hätte man erwarten können, daß die Offenbarung das Gewissen nicht unterdrückt, sondern erleuchtet und dadurch befreit. Wie aber ist dieses erstrebenswerte Ziel zu erreichen, wenn sich herausstellt, daß die Konzeption der Wahrheit, ist sie erst einmal *in concreto* genau bestimmt, jeder Vorstellung von Gewissen feindlich gegenübersteht?

Ein einziges, aber gewichtiges Beispiel genügt, um die Schwierigkeit zum Vorschein zu bringen, und zwar die Todesstrafe. Ich halte mich nicht lange mit der Tatsache auf, daß unter Berufung auf eine traditionelle Vorstellung von Natur die Homosexualität genauso als eine Todsünde verurteilt wird wie die freie Partnerschaft, die Onanie oder sämtliche Methoden zur künstlichen Befruchtung. Von den Evangelien haben wir uns weit entfernt, aber es ist leicht einsehbar, daß der Kateschismus einer Textgattung angehört, die nicht gerade den feinsinnigsten zuzurechnen ist. Halten wir uns also nicht weiter mit diesen Punkten auf. Aber die Todesstrafe? Wie läßt sich das Faktum rechtfertigen, daß das Oberhaupt der Katholiken einer moralischen Wahrheit, die ja »glänzend« sein soll, einen solchen Inhalt gibt? Wie kann er sich dahingehend äußern, die »Rechtmäßigkeit des Rechtes und die Pflicht der gesetzmäßigen öffentlichen Gewalt (anzuerkennen), der Schwere des Verbrechens angemessene Strafen zu verhängen, ohne in schwerwiegendsten Fällen die

Todesstrafe auszuschließen?«[8] Das Prinzip einer solchen Strafe widerspricht nicht nur dem »Zeitgeist«, sondern es steht auch der von Johannes Paul II. leidenschaftlich vertretenen Vorstellung diametral entgegen, *daß weder die Absichten noch die Umstände eine wesenhaft schlechte Handlung in eine gute Handlung umwandeln können.* Ist die Tatsache, einen anderen Menschen willentlich zu töten, Bestandteil jener Theonomie, die die Gewissensfreiheit in ein anderes Licht stellen soll? Und wenn der Christ sich in diesem Punkt ganz bewußt der Position der Institution Kirche widersetzt, warum sollte er es dann nicht auch in anderen Fällen tun, die seiner Auffassung nach nicht mit der Botschaft Christi in Einklang zu stehen scheinen.

Auch wenn es vielleicht nicht so aussehen mag, so verfolgen diese Bemerkungen nicht das Ziel, in den Chor derjenigen einzustimmen, die die Autorität der Kirche brandmarken. Ihr Zweck besteht vielmehr darin, die ganze Schwierigkeit aufzuzeigen, die der Begriff der »partizipativen Theonomie« in sich birgt, sobald man seine konkrete Bedeutung genau zu bestimmen versucht. Die Gewissensfreiheit – auch diejenige eines Christen – ist nämlich sehr viel leichter mit allgemeingültigen Prinzipien als mit besonderen Verboten in Einklang zu bringen. Auf diese Weise hat der Humanismus im Herzen der Kirche selbst seine Spuren hinterlassen. Das verdeutlicht zunächst einmal die Tatsache, daß sie sich veranlaßt fühlt, den Primat der Wahrheit über die Freiheit wieder herzustellen. Gleichzeitig stellt sie sich damit nicht nur der Kritik ihrer Anhänger, sondern auch derer, die mit dem allgemeinen Prinzip einer »partizipativen Theonomie« übereinstimmen könnten.

Von jetzt an ist es ausgeschlossen, der Frage auszuweichen, ob es noch eine Spezifizität der christlichen Ethik gibt, wenn diese nicht bestrebt ist, mehr zu sein als eine einfache Glaubensdreingabe zu dem, was in der Vorstellung der meisten Christen im Grunde genommen nichts weiter ist als die Ideologie der Menschenrechte. Die Botschaft ist wunderbar und stellt, zumindest für einen Teil der Christenheit, ein historisches Erbe dar. Muß man aber noch Christ sein, um ihr anzuhängen? Die Achtung des Menschen, die Anerkennung des Anderen, seiner Würde oder seines Leidens sind keine Prinzipien, die das Christentum für sich allein beanspruchen kann. Die katholische Kirche hat so lange Zeit benötigt, sich von konterrevolutionären Tendenzen frei zu machen, daß diese Prinzipien für viele in mehrfacher Hinsicht ihr geradezu entgegenzustehen scheinen. Aus diesem Umstand resultiert auch die für jeden Christen zweifellos entscheidende Frage, welche zusätzlichen Qualitäten sein Glaube im Vergleich zur allgemein verbreiteten laizistischen Moral aufweist. Weit davon entfernt, zum Theologisch-Ethischen zurückzukehren, sieht es danach aus, als eigneten sich die Gläubigen zunehmend die auf der Erklärung der Menschenrechte basierenden laizistischen Elemente an und als würden sie ihren Glauben dieser gemeinschaftlichen Grundlage hinzufügen. Also eher eine Art ethisch-religiöser, denn theologisch-ethischer Sinnüberschuß. In dieser Umkehrung der Begriffe, dieser Veränderung der Rangordnung im Verhältnis zwischen Ethik und Religion sind es natürlich die Auswirkungen des Humanismus, die offen zutage treten. Und sie sind es auch, die Anlaß dazu geben, den Status der offenbarten Wahrheit zu hinterfragen. Somit ist es kein Zufall, daß wir es hier erneut mit einem *Interpretationsproblem* zu tun haben, also mit dem subjektiven Anteil, der am Verständnis der Wahrheit beteiligt ist.

Zeitloses Symbol oder historische Wahrheit: Muß die Botschaft Christi »vermenschlicht« werden?

Sind die verschiedenen Episoden aus dem Leben Christi, von denen die Evangelien berichten, historische Fakten oder Symbole, die den Tiefen der menschlichen Seele entstammen und eine zeitlose Bedeutung aufweisen? Im ersten Fall gehörten sie der Ordnung einer zugleich offenbarten und positiven Wahrheit an, die sich den Gläubigen vollkommen unstrittig aufdrängt; im zweiten Fall gehörten sie dem Bereich des mythologischen oder psychologischen Sinns an und bedürften einer Interpretation.

Was bei dieser Kontroverse auf dem Spiel steht, ist genauso klar wie entscheidend: Es geht erneut darum, zu entscheiden, ob die Gegebenheiten der Religion ihren Status der *radikalen Äußerlichkeit* im Verhältnis zu den Menschen beibehalten oder ob sie sich im Gegenteil ihrer alten Kleider entledigen müssen, damit sie ihre wahre Bedeutung verinnerlichen können. Wenn man aber davon ausgeht, daß das Religiöse gebunden ist an den Gedanken einer radikalen Äußerlichkeit des Göttlichen im Verhältnis zum Menschen, bedeutet dann seine Verinnerlichung nicht zugleich seine Verneinung? Aus diesem

Umstand erklärt sich jedenfalls die alte, fast irrationale Reserviertheit der Kirche gegenüber historischen Betrachtungsweisen des Phänomens Religon.[9]

Unter Berufung auf die Humanwissenschaften, die Psychoanalyse sowie auf die vergleichende Kulturgeschichte hat Eugen Drewermann mit seinen erfolgreichen Büchern eine Diskussion heraufbeschworen, in der die kirchlichen Autoritäten geradezu zwangsläufig schon sehr bald ein neuerliches Anzeichen für das »Fortschreiten« der humanistischen Ideologie erkennen mußten.[10] Um so mehr, als Drewermann ein katholischer Priester war und auch heute noch ist, unabhängig davon, daß er in Ungnade gefallen ist. Sämtliche seiner Arbeiten können als Versuch gelesen werden, den Anteil der *Äußerlichkeit* an der christlichen Botschaft so weit wie möglich zu verkleinern. Es geht darum, die Religion auf allen Ebenen, d.h. nicht nur auf der institutionellen, sondern auch auf der hermeneutischen Ebene, von ihren Zwängen zu befreien, damit ihr Gehalt nur noch dem Inneren des menschlichen Herzens zu entstammen scheint.

Somit gehört die Auseinandersetzung um die Frage, ob die Wahrheit der Evangelien eine historische oder symbolische ist, zur selben Kategorie wie diejenige, auf die *Veritatis splendor* eine Antwort geben wollte. Wieder geht es um die innere Freiheit des menschlichen Gewissens in ihrem Verhältnis zur Offenbarung, um den mit dem Niedergang der althergebrachten Formen des Theologisch-Ethischen in Zusammenhang stehenden Prozeß der Verinnerlichung des Religiösen. Es ist einsehbar, warum die Polemik so unerbittlich ist, denn wenn die Religion definiert ist durch ihre Äußerlichkeit im Verhältnis zu den Menschen, durch die Tatsache, daß ihr offenbarter Inhalt wesenhaft von anderswo kommt, wie sollte da die Anwendung einer humanistischen Hermeneutik, die sie auf ihre symbolischen Bedeutungen reduziert, nicht die Gefahr in sich bergen, sie zu zerstören? Führt eine derartige Lektüre nicht dazu, den Unterschied zwischen Mythos und Religion aufzuheben und das Christentum auf eine Stufe mit dem Buddhismus, der ägyptischen Religion oder der griechischen Mythologie zu stellen?

Das zentrale Problem ist demzufolge dasjenige der Interpretation, und in diesem Punkt ist die Position Drewermanns vollkommen klar. In seinem Aufsatz mit dem Titel *Dein Name ist wie der Geschmack des Lebens* (1986)[11] versucht er, die wahre, in seinen Augen also nicht faktische Bedeutung des »Mythos« der Geburt herauszuarbeiten. Drewermann legt dar, daß die Geburt von Gottes Sohn kein historisches Ereignis, sondern auf einer Realitätsebene anzusiedeln sei, die nur durch die Bilder des Mythos beschrieben werden könne. Somit erweise es sich als notwendig, die Geschichte der Geburt Jesu in Bethlehem *symbolisch* zu lesen. Und das ganze Buch hindurch betont Drewermann immer wieder, daß diese Symbole an »Lebenserfahrungen«, an von den Menschen Erlebtes gebunden werden müssen, damit sie, ähnlich wie die Märchen und Legenden, die »Volksdichtung«, in der bereits die Romantiker ihre Archetypen entdeckten, lange bevor die Psychoanalyse ihre therapeutische Kraft erkannte, bei uns eine Wirkung hervorrufen können. Die offizielle katholische Theologie beschränkt sich darauf, solche Fakten zu sanktionieren, an die die Christen auf gebieterische Weise glauben sollen, die aber, weil sie von außen kommen, keine wirkliche Bedeutung für sie haben.

Aus den genannten Gründen betrachtet Drewermann die Jungfräulichkeit Marias als einen symbolischen Mythos und nicht als eine wunderbare historische Tatsache. Maria hat also tatsächlich das männliche Sperma empfangen, was sie nicht daran hindert, in einem anderen Sinne jungfräulich zu sein. Diese Behauptung aus der Feder eines katholischen Priesters wird von Erzbischof Degenhardt, stellvertretend für die kirchlichen Autoritäten, als absolut unzulässig bewertet. Die Dokumente[12] der Kontroverse zwischen dem Priester und seinem Erzbischof wurden sehr bald veröffentlicht und kurze Zeit später ins Französische (1993) übersetzt. Die Einzelheiten dieser gelehrten und harten Auseinandersetzung interessieren hier wenig. Es bereitet Drewermann keine Mühe zu zeigen, daß selbst nach Auffassung der traditionalistischsten Exegeten die Faktizität der Jungfräulichkeit Marias zweifelhaft ist, und der christliche Glaube im übrigen nichts gewinnt (vielmehr alles zu verlieren hat), wenn er sein Los von übernatürlichen Ereignissen abhängig macht, deren Glaubwürdigkeit mit jedem Tag nachläßt. Wesentlich ist etwas ganz anderes, nämlich die Unterscheidung, die Drewermann vornimmt zwischen der Geschichte im faktischen Sinne des Wortes, d. h. der *Historie*, und der Geschichte als *Erzählung*, d. h. der erzählten Geschichte, die im Verständnis der Historie sowohl wahr als auch falsch sein kann. So verstanden ist die Jungfräulichkeit Marias, genauso wie beispielsweise die Vermehrung des Brotes und andere Wunder, der *erzählten Geschichte*, nicht aber der *Historie* zuzurechnen. Es handelt sich um symbolische Erzählungen, nicht um positive und empirische Fakten. An dieser Stelle ist es angebracht, die Argumentation Drewermanns kurz zusammenzufassen: Drewermann vertritt die Meinung, daß der Glaube keine historischen Fakten definiere. Der wahre Glaube lasse keine Rückschlüsse darauf zu, was sich historisch tatsächlich ereignet haben muß. Wenn bestimmte Passagen der historischen Forschung Schwierigkeiten bereiten, müssen wir uns damit bescheiden zu sagen, daß wir darüber nichts wissen, oder wir müssen erklären, was wir im Rahmen der aktuellen Methoden wissen können. Es bestünde ein großer sprachlicher Unterschied zwischen historischer Tatsache und Geschichte, und er würde nicht müde zu behaupten, daß die Vermehrung des Brotes zur Geschichte gehöre!

Diese Ausführungen rufen beim Bischof große Verärgerung hervor, der sich darüber mokiert, als er erfährt, daß die Vermehrung des Brotes wohl eine »schöne Geschichte« sei, wo er doch zu hören erwartete, es handele sich um eine historische Tatsache! Um so mehr, als Drewermann seine Überlegungen auf den Punkt bringt, indem er mit den Möglichkeiten der deutschen Sprache spielt: Unter Geschichte verstehe man das, was auf eine Erfahrung oder Gelebtes verweist, und es gebe Texte, die das auf eine sehr angemessene Weise in einer Sprache zum Ausdruck bringen würden, die sich keiner historischen Begrifflichkeit bediene. Wenn man von Geschichte im historischen Sinne spricht, dann würde das bedeuten, daß man das, was gesagt wird, als eine Information über bestimmte Fakten verstehen solle. Dieser Unterschied erkläre sich aus dem Umstand (...), daß die

Glaubenserfahrungen im wesentlichen innerer Art seien. Hieran müsse man glauben, während man nicht sagen könne, daß es sich in allen Einzelheiten auf die eine oder andere Weise in der wahrnehmbaren Wirklichkeit ereignet habe.

Um diese Auseinandersetzung nicht allzu einfach erscheinen zu lassen, oder zumindest um sie etwas vollständiger wiederzugeben, muß hinzugefügt werden, daß Drewermann im Bewußtsein der Gefahr, das Imaginäre dem Realen einfach nur antithetisch gegenüberzustellen, versucht, die Existenz eines dritten Realitätstyps einzuführen. Auch diesbezüglich möchte ich ihn mit seinen eigenen Worten zitieren:

»Das Problem für viele unserer Hörer wird sein, daß, wenn wir sagen: ›unhistorisch‹ oder ›womöglich nicht im äußeren Sinn dingfest zu machen‹, dies sich anhört wie ›nur noch phantasiert‹, ›nur noch frei erfunden‹. Was wir brauchten (...), ist, daß wir den Wirklichkeitsbegriff ändern müssen, dem wir in der Neuzeit unterliegen. (...) Die Wahrheit ist, daß es Wirklichkeiten gibt, die so niemals unterzubringen sind – und das gerade sind die religiösen Wahrheiten.«[13]

Zwischen der reinen Einbildung auf der einen Seite und den durch die Beobachtung oder die wissenschaftliche Vernunft erfaßten Tatsachen andererseits gäbe es demnach die Realität des »Symbolischen«, wie die Psychoanalyse sie uns näherzubringen versucht. Ich bezweifle, daß eine derartige Auslegung die Bischöfe zu beruhigen vermag. Um eine genaue Vorstellung von ihrer Tragweite zu erhalten, muß sie in Beziehung zu den allgemeinen Absichten gesetzt werden, die Drewermann in seinen ersten Büchern[14] formuliert: Er will die beiden verfeindeten Schwestern Psychoanalyse und Religion wieder miteinander versöhnen. Wie ist ein derartiges Vorhaben zu verstehen und zu würdigen?

Auf den ersten Blick, geben wir es zu, scheint dieses Ziel unvernünftig zu sein. Freud selbst hat sich diesbezüglich geäußert, und seine Worte lassen an Eindeutigkeit nichts zu wünschen übrig. In *Die Zukunft einer Illusion* setzt er die großen monotheistischen Religionen mit einer ungeheuren Zwangsneurose gleich, von der die Menschheit als Ganzes erfaßt sei. Die Texte des Gründervaters der Psychoanalyse verdeutlichen, daß die beiden Standpunkte nicht miteinander vereinbar zu sein scheinen, und das aus einem entscheidenden Grund: Jede Religion setzt ein radikal transzendentes Moment voraus. Unabhängig davon, was man unter dem Heiligen versteht, verweist es immer auf eine dem Menschen äußerliche Entität, weshalb es dem Menschen auch ein Glaubensbekenntnis abverlangt. Die Psychoanalyse jedoch akzeptiert keine andere Äußerlichkeit als die des Unterbewußtseins. Wenn sich also überhaupt noch von Transzendenz (das Unterbewußtsein im Verhältnis zum Bewußtsein) sprechen läßt, dann kann es sich dabei nur um eine Transzendenz handeln, die, wenn man so sagen darf, sich innerhalb unserer Subjektivität befindet. Von diesem Standpunkt aus betrachtet, wären sowohl der Teufel als auch der liebe Gott lediglich Phantasmen, Projektionen unterbewußter Konflikte. Im übrigen bestätigt Drewermann dies vollkommen unbefangen, wenn er erklärt, daß der Teufel eine Zusammensetzung all dessen sei, was zu uns gehört und was wir uns nicht auszuleben getrauen, d.h. die Summe unseres verdrängten Begehrens und des von uns verdrängten tieferen Lebens. Kurz gesagt, er ist nirgends sonst als in uns selbst. Der Diskurs des Priesters tritt hinter denjenigen des Psychoanalytikers zurück, der genausogut Atheist sein könnte. Und es ist kaum einsehbar, warum das, was für den Teufel gilt, d. h., daß er lediglich eine Projektion *unseres* Unterbewußtseins ist, nicht auch für Gott zutreffen sollte … Unter diesen Voraussetzungen fällt es schwer zu verstehen, wie Psychoanalyse und Religion ein anderes Verhältnis zueinander unterhalten könnten als Feuer und Wasser. Natürlich ist sich Drewermann all dessen bewußt. Wie versucht er die Schwierigkeit zu beheben? Zunächst einmal ist anzumerken, daß er sich eher auf Jung als auf Freud beruft. Und das ist sicherlich kein Zufall, denn im Gegensatz zu Freud postuliert Jung eine Transzendenz bestimmter »Archetypen« im Verhältnis zu den einzelnen Subjekten (zum Beispiel diejenigen, die mit dem Bild der Eltern in Verbindung stehen und die angeblich noch aus der Urzeit der Menschheitsentwicklung stammen). Er reduziert also nicht alles auf die individuelle Persönlichkeitsentwicklung. Drewermann ist davon überzeugt, das diese Lesart der Psychoanalyse die Theologie zu bereichern vermag, denn nur sie ermögliche es uns, so meint er, die wahre Bedeutung der biblischen Botschaft zu verstehen.

Nimmt man zum Beispiel die Erzählung der Genesis (der Erbsünde) wörtlich, stößt man auf eine ganze Reihe unüberwindbarer Schwierigkeiten. Unter historischen und wissenschaftlichen Gesichtspunkten ist sie für uns heute wenig wahrscheinlich. In diesem Zusammenhang möchte ich an die absurde Zensur erinnern, die an den Schulen in den Vereinigten Staaten noch bis vor kurzem auf der Lehre Darwins lastete! Auf der anderen Seite jedoch deckt sich diese Erzählung in symbolischer Hinsicht mit unseren Erkenntnissen über die Ursprünge der Angst: Wenn uns die Sicherheit abhanden kommt, die uns der Glaube an die Liebe Gottes gewährt, dann kann sich die sinnentleerte Existenz des Menschen nur noch in den Windungen der verschiedenen neurotischen Erkrankungen verlieren. So wie der Schizophrene, der das Gefühl der absoluten Fremde der Welt hat, finden sich Adam und Eva in einem Universum wieder, das ihnen nicht mehr freundlich gesonnen ist. Sobald Gott hinter der Gleichgültigkeit der Natur verschwindet, stellt die Erde für den Menschen keine behagliche Bleibe mehr dar. Bei dieser Art des Vergleichs zwischen einer psychisch begründeten Angst (diejenige der schizoiden Persönlichkeit) und der metaphysisch begründeten Angst des von Gott getrennten Menschen geht es nicht darum, die eine Disziplin aus der anderen abzuleiten. Wenn Drewermann bestrebt ist, die Religion ausgehend von der psychoanalytischen Theorie der Angst zu verstehen – was dazu führt, daß er die faktische Existenz des Übernatürlichen (der Wunder) leugnet –, dann will er letztere damit zugleich über die einfache Psychologie erheben, d. h. in die Dimension des Heiligen: Angesichts der durch die Psychoanalyse eröffneten neuen Perspektiven ... müsse die Theologie sich selbst korrigieren und neu definieren. Im Gegenzug aber müsse die psychoanalytische Auffassung akzeptieren, durch die Theologie vervollständigt und vertieft zu werden, wenn sie nicht in einer anderen Form von Positivismus verharren wolle.[15]

Was den ersten Aspekt betrifft, so bin ich mir nicht sicher, ob der *traditionelle* christliche Glaube in Gefahr ist, und ich kann gut verstehen, daß zwischen der Kirche und Drewermann eine unüberwindliche Meinungsverschiedenheit besteht. Allerdings verfolgt Drewermann mit der Berufung auf die Psychoanalyse nicht das Ziel, die Religion zu kritisieren. Mir scheint, als bezeuge sie vielmehr seine Absicht, den Humanismus und die Spiritualität, die Sorge um die Gewissensfreiheit und das Gefühl der Transzendenz grundlegender Werte am Ende doch noch miteinander zu versöhnen. Die rein psychologischen Betrachtungsweisen der Angst greifen immer, unabhängig von ihren Verdiensten, zu kurz. In diesem Zusammenhang wäre es außerordentlich interessant, wenn durch den Dialog zwischen Psychoanalyse und Theologie die Dimension des Heiligen in den Humanwissenschaften zutage träte.

Dennoch ist die Konzeption des Göttlichen, die sich aus dieser »Psychologie« ableitet, äußerst ambivalent[16], und diese Ambivalenz ist wiederum ausgesprochen bezeichnend für die neuen Formen des Religiösen.

Wenn Drewermann das heilige Wesen aller Kreaturen behauptet, steht er einerseits tatsächlich den radikalen Grünen sehr nahe. Angeregt durch die Philosophien der Romantik, stimmt er mit der Grundidee von Hans Jonas überein, daß der Mensch das vollkommenste Produkt der Natur sei, der sich von den anderen Lebewesen lediglich durch den Entwicklungsgrad, also in quantitativer und nicht in qualitativer Hinsicht, unterscheidet, auch wenn sich für ihn aus diesem Unterschied besondere Verantwortlichkeiten ergeben. Aus diesem Umstand erklärt sich auch seine demonstrative Nähe zum Buddhismus, von dem sein freundschaftlicher Dialog mit dem Dalai-Lama zeugt.[17] Gleiches gilt sowohl für seine berühmte These zur Unsterblichkeit der tierischen Seele[18] als auch für seine nicht minder berühmte Kritik des »mörderischen Fortschritts«[19]. Das Buch, das diesen Titel trägt, gehört zu der langen Reihe der Dekonstruktionen des modernen Anthropozentrismus. Genauso wie die radikale Ökologie, und mit denselben Worten, verurteilt er eine bestimmte Form des Monotheismus, von dem er annimmt, daß er den Kartesianismus und das Denken der Aufklärung ankündigt, die wesentlich verantwortlich sind für die gegenwärtige »Verwüstung der Erde«. In dieser Hinsicht bietet Drewermanns Buch gegen den Fortschritt nichts wirklich Neues, denn er versucht lediglich, den allzu einfachen Gedanken zu untermauern, daß wir nur die Wahl haben zwischen einem »mörderischen Humanismus« jüdischen und kartesianischen Ursprungs einerseits und der Rückkehr zu einer Naturreligion andererseits, in der alle Kreaturen denselben Stellenwert besitzen (was der Ökologismus als »biosphärischen Egalitarismus« bezeichnet).

Diese pantheistische Vision scheint, was im übrigen auch Drewermann anerkennt, unvereinbar mit der christlichen Konzeption eines persönlichen Gottes, der mit seinem Glanz über alle irdischen Wesen hinausragt. Indem er christliche Motive mit anderen, kosmologischen, buddhistischen oder animistischen Motiven vermengt, die nichts dem Christentum verdanken, sondern sich im Gegenteil in vielerlei Hinsicht davon absetzen, nähert er sich der dubiosen esoterischen Mystik, die seit den sechziger Jahren immer mehr Anhänger bei der jungen Generation gefunden hat.[20] Genau wie in den »New Age«-Ideologien zeichnet sich diese Art der Naturauffassung durch eine Kritik des abendländischen Denkens aus. Beide sind verbunden mit einer radikalen Dekonstruktion des Anspruchs des modernen Subjekts, sein Schicksal mit Hilfe des Willens und des Verstandes selbst bestimmen zu wollen. Aus diesem Grund kann sich diese Konzeption mit dem psychoanalytischen Vorhaben einer »Auflösung des Subjekts« zusammentun und für die Notwendigkeit eintreten, daß das Individuum der Absicht entsagen soll, sein eigenes Leben durch das moralische Gewissen des Über-Ich beherrschen zu wollen. Den Umweg über das Unterbewußtsein nimmt man in Kauf, um schließlich das »metaphysische Subjekt« zu entthronen, dem unterstellt wird, Herr über die Natur und über sich selbst zu sein. Hieraus erklärt sich auch die Verurteilung zunächst des »Pelagianismus« und dann des Kantianismus, und damit die Verurteilung aller Pflichtgebote, die versuchen, die Ziele der Ethik mit Begriffen wie Notwendigkeit, Imperativ, Gesetz usw. zum Ausdruck zu bringen.

Infolge dieser Vermittlung durch die Psychoanalyse tritt eine zweite Konzeption des Göttlichen zutage: Um der Angst zu begegnen, die mit der Einsamkeit des Menschen verbunden ist, muß man die Existenz eines persönlichen Gottes »postulieren«, der uns liebt, sich um uns kümmert und uns die Unsterblichkeit gibt. Die Frage, wie diese Vorstellung von Gott mit der ersten in Einklang gebracht werden kann, bleibt vollkommen unbeantwortet. Vor allem aber bestätigt sie auf eine für die »traditionalistischen« Christen beunruhigende Weise die Ansicht Voltaires: Wenn man das Bild Gottes allzu sehr an die Erwartungen der Menschen anpassen will, läuft man Gefahr, ihn auf eine einfache Projektion unserer subjektiven Bedürfnisse zu reduzieren. Eine Befürchtung, die um so gerechtfertigter ist, als diese Ansicht sich mit derjenigen Lesart der Evangelien deckt, die sie symbolisch und nicht als historisches Faktum deutet. Die schärfsten Kritiker der Religion, von Feuerbach über Marx bis zu Freud, sehen in ihr ebenfalls nichts anderes als eine – im marxschen Sinne des Wortes – »fetischisierte« menschliche Schöpfung. Wir haben selbst die Vorstellung erzeugt, derer wir bedurften, und indem wir diesen Produktionsprozeß vergessen, geben wir uns der Illusion der objektiven Existenz des Erzeugnisses hin.

Durch diese Vermenschlichung des Göttlichen, um die sich Drewermann unablässig bemüht, wird jedenfalls einer der grundlegenden Forderungen des laizistischen Universums wenn schon nicht nachgekommen, wohl aber Rechnung getragen, und zwar der Einforderung einer Spiritualität, die mit der Gewissensfreiheit und Autonomie vereinbar ist, die wir durch die Ablehnung der Autoritätsargumente vor Augen haben. Auf diese Weise tritt die Religion in den Bannkreis einer der gegenwärtig dominierenden Moralvorstellungen ein, und zwar denjenigen der Ethik der »Authentizität« und der Selbstsorge, die den Menschen so heilig spricht, daß das Göttliche nicht mehr in Gestalt der nunmehr mit dem »Dogmatismus« gleichzusetzenden »Heteronomie« erscheinen darf. Das Göttliche findet sich jetzt nicht mehr in einem großartigen, vollkommen außerhalb der menschlichen Sphäre angesiedelten Begriff, sondern in der Liebe, die jeder von uns in sich trägt: Allein die Liebe, schreibt Drewermann, führe zur Unsterblichkeit. Dies erführen wir nur an der Seite eines Menschen, der uns liebt, wie wir ihn lieben. Nur zu zweit gelange man in den Himmel.[21] Diese wie von einer Grundsee getragene Botschaft bestürzt die offizielle katholische Kirche. Und das um so mehr, als der Vermenschlichung des Göttlichen in der Theologie diejenige des Bösen in der modernen Gesellschaft entspricht ...

Die Metamorphosen des Teufels

Welche Rolle sollte Satan am Ende dieses Jahrhunderts, unmittelbar vor Anbruch des Jahres 2000 noch zukommen, mit dem bis vor kurzem die Hoffnung verbunden wurde, daß all die schönen Versprechungen der Aufklärung in Erfüllung gehen würden: der durch den wissenschaftlichen und technischen Fortschritt bedingte gesellschaftliche Fortschritt, der Sieg der Vernunft über den Aberglauben, das von der kirchlichen Obrigkeit emanzipierte Denken, der dauerhafte Frieden. Haben wir den Teufel nicht so sehr aus unseren Anschauungen verbannt, daß selbst die Christen in ihm nur noch eine Metapher sehen? Noch bis zu Beginn des 18. Jahrhunderts baten die Katholiken im »Vater unser« den Herrn, sie vom »Teufel« zu erlösen. Jedenfalls war das der Wortlaut des Gebets. Diese Formulierung ist auf eine sehr bezeichnende Weise aus dem berühmten Gebet verschwunden und verändert, gewissermaßen vermenschlicht worden, gerade so, als wäre mit der Vermenschlichung des Göttlichen diejenige des Teufels einhergegangen, denn der moderne Gläubige bittet seinen Herrn nur noch, ihn vom »Bösen« zu befreien. Die erste Metamorphose des Teufels besteht darin, daß sich seine Personifizierung im Laufe der Zeit verflüchtigt hat.

Und dennoch hat sich nichts Entscheidendes verändert, denn bereits die bloße Erwähnung dessen, was in Ruanda oder Bosnien geschieht, vermittelt einem das nicht zu unterdrückende Gefühl, daß, selbst wenn der Teufel tot ist, wir weit davon entfernt sind, das Dämonische aus der Welt geschafft zu haben. Allerdings besteht ein Unterschied zwischen *Böses tun* und *das Böse* tun. Und diese Unterscheidung ist nicht neu: Schon Platon betonte, daß ein Arzt seinen Patienten manchmal Leid zufügen müsse, ohne ihm gegenüber irgendwelche bösen Absichten zu hegen. Genau wie sein Lehrmeister Sokrates zweifelte er sogar daran, daß der Mensch willentlich Böses tut, sich vornehmen könnte, Böses zu tun. Genau das aber ist der beunruhigende Verdacht, der sich heute aufdrängt. Denn es ist nicht allein das Schauspiel des Unglücks der anderen, das uns mehr oder weniger den Hals zuschnürt, sondern die Tatsache, daß wir, ohne die Ursachen dafür wirklich nachvollziehen zu können, davon überzeugt sind, daß die Katastrophen, von denen die Menschen heimgesucht werden, fast um ihrer selbst willen gewollt sind. Scheinbar gibt es eine Logik des Hasses[22], die sehr weit über die Identifizierung der ursprünglichen »Verantwortlichen« eines wie auch immer gearteten Konflikts hinausgeht. Vergewaltigungen, willkürliche Morde, Massenmorde und ausgefeilte Foltermethoden sind, wo man auch hinschaut, gang und gäbe geworden, im Lager der Henker genauso wie in dem der Opfer, sobald sich ihnen nur die Möglichkeit dazu bietet. Das sage ich nicht etwa, um die politische Verantwortlichkeit der einen oder anderen zu leugnen, sondern um deutlich zu machen, daß das erstaunlichste für uns, die wir das Glück haben, im Schoße relativ friedlicher Gesellschaften zu leben, in der Tatsache besteht, daß der Machtmißbrauch nicht die Ausnahme, sondern die Regel ist, sich am Ende immer und überall Tausende daran beteiligen.

Das Merkwürdige ist, daß derartige Verbrechen manchmal nicht (oder nie?) im Einklang zu stehen scheinen mit den Zielsetzungen des Krieges im eigentlichen Sinne. Warum muß man, um den Sieg davonzutragen, Mütter dazu zwingen, ihre Säuglinge bei lebendigem Leibe in eine Betonmischmaschine zu werfen, wie es in Bosnien der Fall gewesen sein soll.[23] Warum müssen die Hutus Säuglinge mit dem Buschmesser zerhacken, um deren Körperteile als Keile für Bierkästen zu nutzen, oder warum müssen sie ihnen vor den Augen ihrer Eltern den Kopf abhacken? Warum foltert man erst den Feind, bevor man ihn hinrichtet, wenn man ihn denn schon hinrichten muß? Daß Soldaten, mehr noch als Platons Arzt, gezwungen sind, »Leid zuzufügen«, mag man gegebenenfalls noch billigen. Eben deshalb ist der Krieg verachtenswert. Aber selbst in diesem äußersten Fall, der zweifellos sehr viel entmutigender ist als derjenige der Medizin, ist es strenggenommen nicht notwendig, »das Böse zu tun«, um zu siegen. Bis zu den tragischsten und brutalsten Konflikten gibt es eine Ethik des Soldaten, der, um seine gräßliche Arbeit zu erledigen, nicht notwendigerweise ein

Lump sein muß. Es kann noch Platz bleiben für Heldentum, Mut, ritterliche Einstellung und selbst Mitgefühl.

Aber es hat den Anschein, als böte der Krieg die Gelegenheit, unmerklich und völlig ungestraft von etwas Gräßlichem zu etwas Bösem überzugehen, so als sei das Böse nicht mehr das Mittel, sondern der Zweck, keine tragische Wirklichkeit, sondern ein Zeitvertreib, um nicht zu sagen ein erhebendes Unternehmen ... Demzufolge war es nicht wirklich Zufall oder Aberglaube, wenn die Glaubenslehre vom »Bösen« sprach. Selbst Kant, der, ohne es immer einzugestehen, dem Denken von Sokrates sehr nahe stand, dachte, daß es vom Teufel ausgehe. Einer seiner Schüler, Benjamin Erhard, ging in einer merkwürdigen kleinen Schrift mit dem Titel *Die Apologie des Teufels* so weit, sich vorzustellen, nach welchen Prinzipien ein Wesen handeln würde, das, vollkommen unnachsichtig und ohne zu zögern, nur Schlechtes tut. Diese Prinzipien konnten natürlich nur die des Antichrist sein.

Selbst heute noch hält die katholische Kirche, die ihren Kampf gegen die »modernistischen« Katholiken, die das Christentum an den Zeitgeschmack anpassen wollen, weiter führt, das Dogma beharrlich aufrecht, daß der Teufel wirklich existiert. Mag es Eugen Drewermann und anderen Theologen, die Anhänger der Psychoanalyse sind, noch so sehr mißfallen, der Gegner ist kein zu interpretierendes Symbol, eine von unserem Unterbewußtsein hervorgebrachte psychische Entität, sondern niemand anders als der Fürst der Finsternis, der zwar kein Geschöpf aus Fleisch und Blut ist, da es sich bei ihm um einen Geist handelt, der aber nichtsdestoweniger mächtig genug ist, die Gestalt eines Menschen anzunehmen und so das sehr wohl offenkundige Phänomen der »Besessenheit« verursachen kann. Demzufolge ist die so veraltet scheinende Praxis des Exorzismus alles andere als überflüssig.[24] Zumindest legt dies ein Dokument nahe, das 1975 von der Heiligen Glaubenskongregation unter dem Titel *Christlicher Glaube und Dämonologie* herausgegeben wurde. Dieselbe Meinung vertritt Paul V. in einer Rede vom 15. November 1972: »Wer die Existenz des Satans leugnet oder ihn als ein unabhängiges Phänomen betrachtet, der, im Gegensatz zu jeder anderen Kreatur, nicht von Gott erschaffen wurde, oder ihn für eine Pseudo-Realität hält, für eine imaginäre und phantastische Personifizierung unserer Krankheiten, deren Ursprung man nicht kennt, verstößt gegen die biblische und kirchliche Lehre ...« Gegen die Manichäer und andere Anhänger Zoroasters muß also an der Vorstellung festgehalten werden, daß Gott – und niemand sonst – den Teufel geschaffen hat, ansonsten gäbe es zwei gleichwertige Prinzipien und Gott wäre nicht der »Allmächtige«; um den Herrn aber nicht für die Erschaffung des Bösen an sich verantwortlich zu machen, was eine Sünde wäre, muß man annehmen, daß Satan, der ursprünglich ein erhabener Engel war, seine Bosheit sich selbst und seiner freienEntscheidung für das Böse zuzuschreiben hat.[25]

Trotz der Bemühungen des Papstes ist der große Feind auf die Erde hinabgestiegen. Die Vermenschlichung des Göttlichen, die Verinnerlichung der religiösen Inhalte durch den menschlichen Geist bedeutete gleichzeitig die Verinnerlichung des Bösen. Rousseau, der immer bereit war, die Schwachstellen der Geschichte zu erfassen, hatte dies als einer der ersten begriffen und ausgesprochen: »Mensch, suche nicht den Urheber des Bösen«, schrieb er in *Emile.* »Der Urheber bist du selbst. Es gibt kein anderes Böse als dasjenige, das du erzeugt und das du erleidest, und sowohl das eine als auch das andere kommt von dir.«[26] Diese Säkularisierung ist ein Fakt, und der Diskurs der katholischen Kirche überzeugt immer weniger. Und dennoch hat sich das von Grund auf Böse nicht damit zufriedengegeben, vom Teufel zum Menschen, von einem übersinnlichen zu einem fleischlichen Wesen überzugehen. Es hat eine *zweite* Metamorphose stattgefunden, denn das Teuflische scheint heute die *persönliche* Sphäre generell verlassen zu haben, überhaupt keinem Subjekt mehr zuschreibbar zu sein, sondern nur noch den Umständen, dem gesellschaftlichen, familiären oder anderen Umfeld, das es erzeugt haben soll. Obwohl es zunächst so scheinen mag, ist nicht sicher, daß der »Fortschritt«, den damit die Vernunft gegenüber dem Aberglauben erzielt hat, eindeutig ist. Aber dennoch gewinnt der kontextualistische Diskurs auf allen Gebieten an Boden. Selbst Hannah Arendt, die über jeden Verdacht erhaben ist, mit dem Determinismus der Humanwissenschaften zu sympathisieren, hat sich der Vorstellung einer »Banalität des Bösen«[27] angeschlossen. Der pflichtbewußte kleine Beamte, gute Familienvater und Ehemann Eichmann hätte ganz pragmatisch und mechanisch, wie in einem ganz normalen Unternehmen, seine Pflicht erfüllt, »ohne darüber nachzudenken« ... Ich bin vom Gegenteil überzeugt, und wenn ich alles genau abwäge, frage ich mich, ob die Religion, indem sie das »Böse« in einer *personifizierten* Entität verurteilt und den Willen, das Böse an sich zu tun, einem bewußten Subjekt zuschreibt, nicht auch diesbezüglich eine tiefere Wahrheit besaß als alle unsere zeitgenössischen Diskurse ... Ich behaupte nicht, daß das Geheimnis des Bösen hierdurch aufgeklärt worden wäre, aber zumindest wurde es benannt und blieb, auch für die Ungläubigen, als Problem bestehen. Baudelaire sagte, daß die größte List des Teufels darin besteht, uns davon zu überzeugen, daß er nicht existiere. Alles deutet darauf hin, als sei diese List erfolgreich gewesen, als habe sie uns überzeugt.

Die Entmenschlichung des Bösen oder die Erklärung durch die Umstände: Der Diskurs des Anwalts

Wenn ein außergewöhnlich grausames Verbrechen von sich reden macht – Verbrechen dieser Art kommen natürlich auch bei uns vor, sie werden aber in erster Linie jeden Tag in großem Ausmaß in Ländern organisiert, in denen es Krieg gibt –, entpuppt sich jeder Anwalt gern als Anhänger der Humanwissenschaften. Bei der Ermittlung der mildernden Umstände drängen sich soziologische und psychoanalytische Erklärungen wie von selbst auf. Demzufolge muß der »schwierigen Vergangenheit« eines Mörders Rechnung getragen werden, der später zu einem Opfer einer Gesellschaft, eines Milieus, einer Familie, einer genetischen Veranlagung oder einer politischen Macht geworden ist, die ihn angeblich zu dem gemacht haben, was er ist. Diese Beweisführung ist derartig ritualisiert und kodiert, daß sie sich selbst lächerlich macht. Auf diese Weise kann der Anwalt, der den Mörder seiner Eltern verteidigt, in seinem Plädoyer vor Gericht erklären: »Sie werden doch kein Waisenkind verurteilen wollen!« Wenn dieser Scherz irgendeine Aussagekraft besitzt, dann sicherlich deshalb, weil er, wie immer, sehr viel aufschlußreicher ist, als er auf den ersten Blick zu sein scheint. Er ist, um ehrlich zu sein, sogar sehr aufschlußreich, denn in einem derartigen Plädoyer findet eine implizite Bezugnahme auf alle Humanwissenschaften, d. h. auf den (zumindest in quantitativer Hinsicht) wesentlichen Teil der Diskurse statt, die sich heute mit dem Menschen befassen. Eine letzte Metamorphose des Teufels: Gegenüber den Religionen, die das Böse einer transzendenten persönlichen Entität zuschrieben, aber auch gegenüber dem Humanismus Rousseauscher Prägung, der sich, selbst auf die Gefahr hin, ihn dadurch zu diabolisieren, damit zufriedengab, es dem Menschen selbst zuzuschreiben, vollziehen die Humanwissenschaften einen weiteren Schritt auf dem Weg der Säkularisierung des Bösen. Sie fordern uns dazu auf, ihm in einem Kontext, einem, wie man so schön sagt, »Milieu« nachzugehen. Gerade so, als sei der im Grunde für sein Tun nicht verantwortliche Mensch immer nur das Produkt einer ganzen Reihe von miteinander verschränkten Geschichten: diejenige seiner Klasse bzw. Nation, diejenige seiner Familie und seiner Kultur oder, seit der Markteinführung der »Sozio-Biologie«, diejenige seiner Gene und Hormone ... Die auf diese Weise in Gang gesetzte intellektuelle Maschinerie funktioniert dermaßen vorzüglich, daß das Böse sich letzten Endes nirgendwo mehr findet.

Aus diesem Sachverhalt erklärt sich der Eindruck einer eklatanten Diskrepanz zwischen dem, was wir beobachten, und dem, was wir in der Lage sind, zu denken. Ein Abgrund tut sich auf zwischen der beinahe alltäglichen Realität des uns umgebenden Schreckens und den Konzepten, die, indem sie für sich beanspruchen, ihn begreifbar zu machen, diesen Schrecken auf ein Nichts reduzieren ... Dieser Abgrund ist für uns Demokraten um so rätselhafter, als er teilweise im tiefsten Innern unseres modernen Menschenbildes wurzelt.

Unsere von der Gleichheit faszinierten Gesellschaften mußten – und das ist in mehrfacher Hinsicht auch gut so – in der Tat die Vorstellung verwerfen, daß es eine Aristokratie von Gut und Böse gibt. »Die Menschen werden frei und gleich an Rechten geboren und bleiben es.« Und wenn dieses Recht überhaupt eine Entsprechung in der Realität finden soll, dann ist davon auszugehen, daß man nicht unwiderruflich gut oder böse geboren wird, sondern die Umstände einen dazu machen. Uns widerstrebt der Gedanke eines »naturgegebenen« Bösen. Aus diesem Grund, und weil wir denken, daß nichts für immer und ewig festgeschrieben ist, haben wir schließlich auch die Todesstrafe abgeschafft, die jede Hoffnung auf eine Läuterung des Kriminellen zunichte macht. Aus dieser Perspektive heraus wurden auch die begrifflichen Instrumentarien geschaffen, die es ermöglichen, das Böse auf determinierende Sachverhalte zurückzuführen, die es auf eine beinahe mechanische Weise erzeugen. Da wir es mit Hilfe einer Kausalkette erklären können, wird es für uns auch wirklich verständlicher, weniger rätselhaft und beunruhigend. Aber in genau dem Moment, in dem wir glauben, es erfaßt zu haben, gleitet es uns aus den Händen, weil es nämlich durch eine dem Menschen äußerliche Geschichte verursacht wird, ist letztlich niemand dafür verantwortlich zu machen.

Dieses Verfahren der Zurückführung auf Determinismen besitzt heute tausend verschiedene Gesichter. Es steht in einem solchen Maße für die herrschende Ideologie, daß der eine oder andere unter Berufung auf die Gesellschaftswissenschaften selbst die offensichtlichsten Formen des zeitgenössischen Bösen »banalisiert«. Dies gilt beispielsweise für den Nazismus, der doch im Kollektivbewußtsein unbestreitbar als das schlimmste Verbrechen unseres Jahrhunderts gilt. In Deutschland löste diese Frage bereits in den siebziger Jahren eine Polemik von seltener Schärfe aus und erregte großes Aufsehen. Sie ist so beispielhaft, daß es lohnt, sich etwas eingehender mit ihr zu befassen.

In ihrem Bemühen, über das Stadium der einfachen moralischen Entrüstung hinauszugelangen, formulierten einige Historiker das Vorhaben, unter Rückgriff auf die Soziologie versuchen zu wollen, endlich eine Interpretation oder vielmehr eine Erklärung dafür zu geben, wie es Hitler gelungen ist, die »Endlösung« in die Tat umzusetzen. Die Hypothese seines »Wahnsinns« erschien ihnen unzureichend, im Grunde genommen zu personenbezogen, um einem gesellschaftlichen und politischen Phänomen dieses Ausmaßes gerecht zu werden. Sie beabsichtigten also, die *Mechanismen* erkennbar werden zu lassen, mit deren Hilfe das politische System des Dritten Reiches den Genozid durchführen konnte, um so den *Kontext und die Produktionsbedingungen* des Verbrechens gegen die Menschlichkeit offenzulegen. Hans Mommsen und Martin Broszat, um sie namentlich zu nennen, sind liberale, fortschrittlich gesinnte Historiker, die der Naziideologie keinerlei – auch keine unterschwelligen oder unbewußten – Sympathien entgegenbringen. Sie betonen im Gegenteil ständig, wie sehr sie diese Ideologie, so wie jeden von uns auch, mit Widerwillen erfüllt. Darüber hinaus sind beide hervorragende Historiker, die auch von ihren Kollegen als solche anerkannt werden. Aber, und das ist das Wesentliche der ganzen Angelegenheit, dieser Rückgriff auf die Humanwissenschaften bedingt, wenn man nicht achtgibt, naturgemäß eine Banalisierung. Durch die Zerlegung des nationalsozialistischen Räderwerks und die Analyse des grausamen Wettlaufs der verschiedenen rivalisierenden Interessengruppen, die Zerlegung der Entscheidungsprozesse usw. gelingt es ihnen Schritt für Schritt, ein erstaunliches Porträt Hitlers zu zeichnen: dasjenige eines für seine politischen Entscheidungen nicht verantwortlichen »schwachen Diktators«, der das Ergebnis unendlich vieler kleiner Entscheidungen und Verschiebungen war, die ihrerseits fast mechanisch durch die Funktionsweise des politischen Lebens in Deutschland in Gang gesetzt wurden. Alles in allem ein vollkommener Sieg des Kontextes über die menschliche Verantwortung, denn der einzig wahre Verantwortliche war letzten Endes nur das »System«, d. h. niemand! Es ist bezeichnend, daß diese These nicht etwa deshalb Aufsehen erregte, weil man sie für falsch hielt, sondern sie im Gegenteil in Verdacht stand, richtig genug zu sein, um die Verharmlosung des Verbrechens zu rechtfertigen. Mit Hilfe des Nachweises, daß es ausschließlich und völlig unabhängig von den erklärten *Absichten* der Politiker allein durch die äußeren Umständen erzeugt worden war, entzog man den Menschen die Verantwortung, um sie einer abstrakten Entität zu übertragen. Somit bestätigten Mommsen und Broszat Hannah Arendts These von der »Banalität des Bösen« ...

Gegen eine auf soziologischen Erkenntnissen[28] beruhende Analyse haben andere Historiker[29] die Notwendigkeit betont, dem Willen und der Rolle großer Persönlichkeiten wieder mehr Wert beizumessen, selbst wenn es sich bei ihnen wie im Falle Hitlers um große Verbrecher handelt. Es ginge also nicht so sehr darum, die politischen Mechanismen in Augenschein zu nehmen, sondern gerade die vielzitierten »erklärten Absichten«, denen die Soziologie keine Beachtung schenken wolle. Bereits in der *Weltanschauung* der Nazigrößen zeichnete sich die düstere Zukunft ab, die dann später im großen und ganzen tatsächlich dieser Weltanschauung entsprochen hätte. Wie zu vermuten war, wurden diese Historiker als Konservative bezeichnet, die sich den Fortschritten wissenschaftlicher Erkenntnis mit anachronistischen Argumenten widersetzten ...

Ich habe nicht die Absicht, den Streit an dieser Stelle zu entscheiden. Ich möchte lediglich nochmals einen seiner zentralen Punkte hervorheben, der auch für das breite Lesepublikum leicht nachvollziehbar ist: Die »wissenschaftliche« Betrachtungsweise der Welt des Menschen, jener Welt, die Dilthey noch als »Welt des Geistes« bezeichnete, um sie vor dem Zugriff der Naturwissenschaften zu schützen, strebt nach Objektivität. Dieser Begriff ist hier im eigentlichen Sinne des Wortes zu verstehen: Der zum Objekt gewordene Mensch wird vergegenständlicht, in ein einfaches Ding verwandelt, und seine Verhaltensweisen, unabhängig davon, ob sie gut, schlecht oder sogar böse sind, werden, nachdem man sie analysiert hat, nur noch als das Ergebnis von unbewußten und automatisch ablaufenden Mechanismen gesehen. Es versteht sich von selbst, daß das Plädoyer des Verteidigers überzeugt. Sein Diskurs wird immer ergiebiger, denn er verfügt schließlich über stichhaltige Argumente, mit deren Hilfe er die sokratische Lebensweisheit bestätigt, mit anderen Worten, jetzt ist bewiesen, daß keiner willentlich böse ist! Die Welt des Geistes jedoch geht aus der ganzen Sache als Verlierer hervor, und wir verstehen nicht mehr, was humanitäres Handeln, im weitesten Sinne des Wortes, noch von solchen Handlungsweisen unterscheidet, die wir als »unmenschlich« beurteilen. In dem Maße, wie man uns die Verantwortung für das Böse nimmt, wird uns aus genau denselben Gründen auch die Verantwortung für das Gute genommen. Wenn keiner mehr willentlich böse und alles durch die Umstände determiniert ist, dann bedeutet dies, daß jemand auch nur noch gut ist, wenn entsprechend günstige äußere Umstände vorliegen. Die Verantwortlichkeit des Menschen verflüchtigt sich, aber mit ihr auch Gut und Böse. Der Teufel bedarf keiner weiteren Metamorphosen mehr. Seine List war ein vollkommener Erfolg.

Läßt sich, auch wenn alles dagegen spricht, daran noch zweifeln? Die Erklärungen, die von der Soziologie und anderen Humanwissenschaften angeboten werden, sind mit Sicherheit alles andere als falsch. Wer könnte heute noch bestreiten, daß das gesellschaftliche oder affektive Umfeld, ganz zu schweigen vom genetischen Erbe, eine bewußte oder unbewußte Rolle für unsere Verhaltensweisen spielt? Trotzdem drängt sich der Verdacht auf, daß diese wissenschaftlichen Betrachtungsweisen immer unvollständig sind, daß ihnen einen Teil (das Wesentliche?) dessen, was sie vollständig zu erfassen vorgeben, entgeht? Um es in einem Satz zu sagen, es wäre falsch, eine *Sachlage*, die bestimmte Verhaltensweisen zwar begünstigen, sie aber nicht notwendigerweise erzeugen muß, mit einer *Determination* zu verwechseln, die sie mechanisch und unabwendbar hervorbringt. Wer könnte ernsthaft glauben, daß diejenigen, die den Entschluß fassen, Vergewaltigung und Folter zu politischen Prinzipien zu erheben, nicht wissen, was sie tun? Wie könnte man sich damit abfinden, daß sie keine Henker mehr sind, sondern zu Opfern einer »schwierigen« Geschichte gemacht werden? Es läßt sich äußerstenfalls noch hinnehmen, daß die alkoholisierten Scheusale, die vor Ort die schmutzige Arbeit erledigen, von unkontrollierten sadistischen Instinkten, einer nationalistischen Propaganda oder der Wirkung von Drogen auf ihre Nervenzellen angetrieben werden. Man erzählt sogar, daß eine dieser Drogen, die von den russischen Soldaten in Tschetschenien genommen wurde, den schönen Namen »Brutalin« trug. Das mag alles noch angehen. Aber was ist mit denjenigen, die das »Brutalin« verordnen, die das Blutvergießen an ihren Schreibtischen planen, die den Befehl erteilen, ein Dorf dem Erdboden gleichzumachen und genau wissen, was das bedeutet? Die Scheinheiligkeit, mit der sie beteuern, nicht auf derartige Mittel zurückzugreifen, ist sie nicht, um die gebräuchliche Formulierung zu benutzen, die Huldigung des Lasters an die Tugend? Ihr Verhalten mit einer gestörten Libido oder Schwierigkeiten in ihrer Kindheit zu erklären, wäre angesichts der politische Tragweite des Phänomens lächerlich. Greift man ausschließlich auf soziologische Erklärungen zurück, wird man zwangsläufig mit dem Problem der Verschiedenartigkeit konfrontiert: weder sind alle Serben Anhänger des Nationalkommunismus, noch fühlen sich alle Kroaten durch ihre faschistoiden politischen Führer repräsentiert. Natürlich kann jede Sachlage determinierend sein. Aber keine einzige ist für sich genommen ausschlaggebend. Das beweist die wenn auch marginale Existenz von Dissidenten und Widerstandskämpfern in allen totalitären Regimen ...

Es ist übrigens ein glücklicher Umstand, daß einige Vertreter der Humanwissenschaften hellsichtig sind und den intellektuellen Mut aufbringen, dies einzuräumen. Sie sind jedoch gezwungen, sich den herrschenden Denkrichtungen in ihren Disziplinen zu widersetzen. Vor allem eine der Strömungen innerhalb der Psychoanalyse war geeignet, der radikalsten Form des Reduktionismus zu verfallen. Der große Freud höchstpersönlich war nicht darüber erhaben. An vielen Stellen fallen ihm zur Personifizierung des Bösen lediglich Plattitüden ein: Der Teufel ist das Unbewußte, der »Gegenwunsch«, die Libido, der Sex, die verdrängten Triebe, ein böser Vater und andere Entdeckungen, die einem Studenten im ersten Semester zur Zierde gereichen würden. In diesem Zusammenhang möchte ich einen Brief Freuds an Fliess vom Januar 1897 zitieren: »Das ›Fliegen‹ ist erklärt, der Besen, auf dem sie (die Hexen) reiten, ist wahrscheinlich der große Herr

Penis ...« Alles sehr schön, aber irgendwann mußte sich herausstellen, daß derlei Argumente zu fadenscheinig sind. Als Freud in seine Überlegungen den Mechanismus der »Projektion« und insbesondere des Todestriebes mit einbezieht, kommt er dem Problem mit Sicherheit schon sehr viel näher. Aber das Geheimnis ist deshalb immer noch nicht gelüftet, denn das Böse ist kein einfacher Ausdruck des Geistes, kein rein psychischer Mechanismus, es entspringt einer sehr wohl realen Äußerlichkeit. Das erkennt auch einer der besten zeitgenössischen Analytiker, André Green, nicht ohne eine gewisse Demut, an. Am Ende eines sehr schönen Artikels mit dem bezeichnenden Titel *»Warum das Böse?«* faßt Green seine Überlegungen in einer Weise zusammen, die es lohnenswert erscheinen läßt, daß man über sie nachdenkt: »Ich bin nach wie vor davon überzeugt, daß es das Böse gibt und daß es keine Abwehr, kein äußeres Erscheinungsbild von etwas anderem oder die Tarnung einer Psychose ist. Man muß das Böse dort aufsuchen, wo es grassiert. In der Außenwelt ... Meine Absicht war es, aufzuzeigen, daß wir, ohne unser Wissen und ohne daß wir darauf geachtet hätten, nicht nur von Gewalt umgeben sind, was eine banale Feststellung wäre, sondern vom Bösen. Soziologische oder politische Begründungen bieten sicherlich Erklärungsangebote. Wenn man sie jedoch einer genauen Überprüfung unterzieht, halten sie nicht stand.« Im Zusammenhang mit denjenigen Opfern der Judenvernichtung, die die Vernichtungslager überlebt haben, fügt Green noch folgendes hinzu: »In ihren Zeugenaussagen weist alles darauf hin, daß sie immer noch nichts verstanden haben. Und wir noch weniger.«[30]

Das Böse kennt also kein »Warum«. Diese »Feststellung« wird die Wissenschaftler enttäuschen. Dennoch ist sie in Wahrheit weniger einfach, als sie zu sein scheint. Sie suggeriert, daß das Geheimnis, um eine Formulierung von Kant zu benutzen, in den Tiefen der menschlichen Seele verborgen liegt. Vor allem aber bedeutet sie, daß es ein Geheimnis sowohl des Bösen als auch des Guten *geben muß*, damit diese beiden für die Moralvorstellung grundlegenden Begriffe überhaupt einen Sinn erhalten. Im Verhältnis zur Logik der Natur sind beide barocke Überschreitungen. Der Vergleich mit dem Tierreich ist außerordentlich aufschlußreich: So wenig wie Tiere im eigentlichen Sinne des Wortes böse sind, selbst wenn sie ihresgleichen großes Leid zufügen (es gibt unzählige Beispiele für die »Grausamkeit« in der Tierwelt), so wenig sind sie zu jener unvorhersehbaren, beinahe hätte ich gesagt unerwarteten Selbstlosigkeit in der Lage, durch die sich manchmal die Menschen auszeichnen. Mögen Tiere auch noch so ergeben und anhänglich sein, ihr ganzes Verhalten ist vorhersehbar und festgelegt, um nicht zu sagen unausbleiblich. Der Mensch dagegen ist das antinatürliche Wesen[31] schlechthin, besser gesagt, er ist das einzige Naturwesen (denn schließlich ist er ja auch ein tierisches Lebewesen), das nicht nur nicht von eben dieser Natur programmiert ist, sondern sich ihr entgegenstellen kann. Und genau hierin besteht das Geheimnis seiner Freiheit, verstanden als Fähigkeit, den natürlichen Kreislauf des Instinktlebens zu transzendieren. »Überschreitung« heißt auch Transzendenz. Wenn Gut und Böse geheimnisvoll sind, manchmal genauso unvorhersehbar wie unverständlich, dann ist das deshalb so, weil sie es sein müssen, damit es sie gibt. Automaten und selbst Tiere sind deshalb nicht in der Lage, gut oder böse zu sein, da sie nicht von jener geheimnisvollen Freiheit, jener unverständlichen Unabhängigkeit im Verhältnis zur Natur beseelt sind. Eine Mechanik oder ein Instinkt sind dafür verantwortlich, daß ihr Leben bzw. ihr Verhalten von unantastbaren und unveränderlichen Gesetzen bestimmt wird, denen ihre Gattung seit Jahrtausenden unterliegt. Im Gegensatz dazu ist das menschliche Wesen von keinem Code vollständig programmiert. Bereits Rousseau stellte fest, daß es sich dem obersten Naturgesetz, nämlich demjenigen der Selbsterhaltung, in so bemerkenswerter Weise entzieht, daß es sich selbst zu töten, zu opfern oder sich Ausschweifungen hinzugeben vermag, die dessen Leben kosten. Und Fichte fügte hinzu, daß ihm diese grundlegende Unbestimmtheit, die eine Freiheit beinhaltet, die immer wählen kann, ob sie Freiheit zum Bösen oder Freiheit zum Guten ist, von den Augen abzulesen sei. Im Gegensatz zum Auge eines Vogels, das einem Spiegel gleicht, durchschaut der Blick des Anderen aus einem unerklärlichen Grund das menschliche Auge, das sich als Träger eines Sinns erweist, von dem niemand im voraus zu entscheiden vermag, welcher es ist. Das sei das tiefe, aber notwendige Geheimnis der menschlichen Freiheit, sagte Kant. Aus denselben Gründen, aus denen es keine schmeichelhafte Lobrede ohne die Freiheit zu tadeln gibt, ist das moralisch Gute untrennbar mit der Möglichkeit des Bösen verbunden, d. h. mit jenem geheimnisvollen Postulat, nach dem der Mensch in letzter Instanz über eine unergründliche Wahlfreiheit verfügt.

Über ein von Bösartigkeit geprägtes Verhalten sagt man, ohne daß man sich dessen wirklich bewußt wäre, daß es »unmenschlich« ist. Man treibt die Verspottung und die Mißachtung des eigentlichen Sinns der Wörter sogar so weit, es als »tierisch« zu bezeichnen. Es handelt sich um einen gewaltigen Fehler: Das Böse ist nicht nur menschlich, sondern es ist sogar eines der menschlichen Wesensmerkmale, eines der wesentlichen Unterscheidungsmerkmale, durch die sich der Mensch von allen anderen Lebewesen abhebt. In der Tierwelt gibt es keine Mörder. In der belgischen Stadt Gent hingegen gibt es ein merkwürdiges und furchterregendes Museum: das Foltermuseum. Dort sind unzählige Werkzeuge ausgestellt, die dazu dienen, anderen Menschen kaum vorstellbares Leid zuzufügen. Das Erstaunliche an diesem düsteren Museum ist der dort dokumentierte unerschöpfliche Reichtum der menschlichen Vorstellungskraft, wenn es darum geht, anderen zu schaden. Alexis Philonenko hat versucht, diesen zu beschreiben.[32] Er ist zu Recht zu dem Schluß gekommen, daß dieser Reichtum vollkommen menschlich, leider allzu menschlich ist ... Die totale Rätselhaftigkeit des Bösen, das Unbehagen, das es jeder philosophischen Überlegung bereitet, ist auf den Umstand zurückzuführen, daß dieselben Menschen, die wir vergöttlichen, es über die anderen Menschen bringen. Dem Bild des Mensch-Gottes entspricht dasjenige des Mensch-Teufels. Zwischen der Religion, die das Teuflische in den Zügen einer personifizierten Entität darstellte, und den Humanwissenschaften, die darum bemüht sind, es ein für allemal abzuschaffen, zeichnet sich somit eine dritte Ordnung des Diskurses ab: diejenige, die das Geheimnis des Bösen im eigentlichen Sinne des Wortes vermenschlicht, d. h. verinnerlicht, ohne jedoch den Anspruch zu erheben, ihm ein Ende gemacht zu haben. Hieraus erklären sich sowohl die Dringlichkeit als auch die Schwierigkeit der moralischen, humanitären und anderen Reaktionen, die die Wahrnehmung des Bösen als solches hervorruft. Ist die säkularisierte Ethik noch dazu in der Lage, aus sich selbst die Kraft zu schöpfen, die dafür notwendig ist, den Kampf siegreich zu beenden? Ist es nicht vielmehr eine unvermeidliche Folge der Vermenschlichung des Göttlichen, daß wir in einem »pflichtlosen« Zeitalter leben, in dem es keine großen Kämpfe und kein entschiedenes Eintreten für das Gute mehr gibt? Diese Frage verdient es in der Tat, gestellt zu werden …

Zweites Kapitel

Die Vergöttlichung des Menschlichen: Die Säkularisierung der Ethik und die Geburt der modernen Liebe

Unser zu Ende gehendes Jahrhundert nimmt gern etwas prahlerisch für sich in Anspruch, unter den Auspizien einer »Rückkehr der Ethik« zu stehen. Ganz im Gegensatz zur herrschenden Atmosphäre verschafft sich der Wertediskurs in allen möglichen Bereichen Geltung: im Aufschwung, den die karitativen Organisationen erfahren, in den Kämpfen gegen den Rassismus und den »Ausschluß« von Randgruppen, in der Forderung nach einer strengeren Disziplin der Massenmedien, in einer Moralisierung des wirtschaftlichen und politischen Lebens, in der Sorge um die Umwelt, in der wachsenden Macht der Richter, in der Bioethik, im Kampf für den Schutz von Minderheiten, im Kampf gegen die sexuelle Belästigung, die Abtreibung, das Rauchen ... Die Liste der neuen Imperative, die den Gedanken einer neuen und allgemeinen Sorge um das Wohl der anderen, wenn nicht sogar eines »Würgeengeltums« glaubwürdig erscheinen lassen, ist unendlich lang.[1]

Gerade deshalb, werden einige erwidern, ist die eigentliche Ethik, diejenige der kategorischen und erhabenen Pflicht, nirgendwo mehr ausmachbar. Die Rhetorik der strengen Pflichten, die Philosophie des »Du mußt, also kannst du es auch«, der republikanische Rigorismus hätten zu nichts geführt, wären der individualistischen Logik des Wettbewerbs, des Konsums und des Glücks gewichen, kurz gesagt, einer Forderung nach Authentizität, nach Nähe zu sich selbst, die man in einer Antiphrase als »Ethik« bezeichnen würde. Das Ende der Verwurzelung moralischer Normen im rigorosen Universum einer offenbarten Religion oder auch nur eines laizistischen Bürgersinns, mit dem dieser Prozeß abgeschlossen wird, würden vielleicht zwar noch nicht den Beginn des Laxismus bedeuten, wohl aber die Liquidation der Begriffe Mühe und Aufopferung zugunsten eines universalen Egoismus. In diesem Zusammenhang braucht man sich nur die Trägheit der demokratischen Staaten anzusehen, wenn es um die Verteidigung der eigenen Prinzipien geht! Nicht anders ist es mit dem Aufschwung des Korporativismus, der »Politikverdrossenheit« vieler Durchschnittsbürger und der Zunahme der »Affären« auf höchster Ebene. Hier wie anderswo wäre das »sinkende Niveau« die Regel ... Die Sorge um die eigene Person, den eigenen Wohlstand und denjenigen der nächsten Angehörigen, der zügellose Wettbewerb, die Suche nach materiellem und seelischem Wohlbefinden hätten infolge der Abnutzung des Gefühls einer vollkommenen Abhängigkeit von einem göttlichen Prinzip oder von der Nation die Forderung der Selbstaufgabe ersetzt. Die Wahrheit der laizistischen Ethiken ließe sich an dieser »Dämmerung der Pflicht« ablesen, deren dauerhaftes Schauspiel uns die moderne Welt, dieses Universum des Wettbewerbs und des Konsums, böte.

Moralischer Fortschritt oder »Dämmerung der Pflicht«?

Untergang oder Rückkehr der Ethik, moralischer Fortschritt oder Hingabe der Menschheit an den Individualismus und unendlichen Konsum? Neben der Auseinandersetzung um die moderne Kultur beherrscht diese Fragestellung das zeitgenössische Denken. Alljährlich erscheint eine Fülle neuer Arbeiten, die diese Kontroverse endgültig zum Abschluß bringen und den Optimismus der Vertreter einer »moralischen Generation« relativieren wollen.

Am Anfang dieser durchaus berechtigten Fragen steht in den sechziger Jahren das Erscheinen einer Weltanschauung, die sich durch den Anspruch auf »Authentizität« auszeichnete und im Namen des Respekts vor den Individuen die Abschaffung aller Dogmatismen moralischen oder religiösen Ursprungs forderte. Folgt man den Überlegungen von Gilles Lipovetsky[2], so wäre das Auftauchen einer derartigen Ethik alles andere als eine dem speziellen Lebensgefühl der sechziger Jahre zuzuschreibende Nebensächlichkeit. Vielmehr stellte sie einen eindeutigen Hinweis auf den endgültigen Abschluß eines langen Säkularisierungsprozesses dar, der seit dem 18. Jahrhundert zur vollkommenen Laizität führt. Der neue Anspruch auf individuelle Autonomie fände seinen Ausdruck in der Zerstörung der Aufopferungsideale, die noch die ersten republikanischen und rigorosen laizistischen Morallehren beherrschten. Es lohnt sich, etwas eingehender über Lipovetskys Diagnose nachzudenken. Und das nicht nur deshalb, weil sie bereits an sich von großem Interesse ist, sondern auch, weil sie von vornherein die Vorstellung verwirft, neue Formen des Heiligen könnten zeitgenössische Werte mit Leben erfüllen. Damit die Worte nicht weiter wie leere Schlagworte klingen, bedarf zweifellos zunächst einmal die Kategorie der Authentizität einer näheren Bestimmung.

Die Ethik der Authentizität

Zunächst einmal ist dieser Ethik jene anti-aristokratische Forderung zu eigen, die bereits sehr deutlich in den Protestbewegungen der sechziger Jahre zum Ausdruck kommt. Die alte Welt, d. h. das politische Universum, das die Französische Revolution zu zerbrechen beabsichtigte, war beherrscht vom Hierarchiebegriff. Es gab sowohl eine Hierarchie unter den Menschen, auf der das Feudalwesen beruhte, als auch eine der Normen – wobei man meinte, die göttlichen Normen seien den menschlichen Normen übergeordnet. Alle demokratischen Bewegungen der letzten zwei Jahrhunderte haben immer auch auf der Notwendigkeit bestanden, auf die Gleichheit und auf die Laizität gleichermaßen hinzuwirken. Insofern stellt der Mai 1968 keine Ausnahme von der Regel dar. Immer noch war der Fortbestand gesellschaftlicher, politischer, moralischer, ästhetischer oder kultureller Hierarchien für alle (oder fast alle?) offensichtlich. Gegen diesen Sachverhalt richtete sich die Ethik der Authentizität in allererster Linie. In der Form, wie sie in den sechziger Jahren auftaucht, wollte sie gegen den althergebrachten Begriff der Sonderrechte auf eine absolute

Gleichheit der Werte und Bedingungen hinwirken. Um dies begreiflich zu machen, reicht es, ein in hohem Maße symbolträchtiges Beipiel anzuführen: Es soll kein Unterschied mehr bestehen zwischen »guten« und »schlechten« sexuellen Praktiken. Die berühmte Forderung der jungen Generation nach einer sexuellen Befreiuung bedeutet, daß dem normativen und »repressiven« Hierarchiebegriff sowohl auf diesem als auch auf allen anderen Gebieten ein Ende gemacht werden soll. Es gibt keine natürliche, religiöse oder rechtliche Norm mehr, die Bestand hätte, sondern nur noch die einzig als wahrhaft moralisch angesehene Forderung, jeden er selbst sein zu lassen, vorausgesetzt, daß er es auch wirklich ist. Aus diesem Grund läßt sich das als ein Recht auf Authentizität für alle begriffene egalitäre Motiv so einfach mit dem Gedanken eines »Rechts auf Unterschied« in Einklang bringen. Im kulturellen Bereich findet dieses Schlagwort eine ganze Reihe von Entsprechungen: Jede Unterscheidung zwischen E- Musik und U-Musik, zwischen klassischem Roman und Comics, dem europäischen Abendland und den Völkern der dritten Welt sowie zwischen dem, was man fälschlicherweise entsprechend immer noch aristokratisch geprägter Kategorien als »Hochkultur« und »niedere Kultur« bezeichnete, muß aufgehoben werden. Es kann hier nicht darum gehen, diesen universalen Anspruch auf Gleichheit durch Authentizität (das Recht, man selbst zu sein) zu beurteilen. Vielmehr soll aufgezeigt werden, wodurch sich dieser Anspruch auszeichnet und was er im Verhältnis zu den traditionellen Morallehren der Pflicht an Neuem enthält. Darüber hinaus ahnt man wohl, daß er, wie es bei vielen großen Bewegungen der modernen Geschichte der Fall war, sowohl Verhängnisvolles als auch Großartiges beinhaltet.

Das zweite wesentliche Merkmal dieser neuen Ethik ist ihre Ablehnung jeder Form von Verdienst. In der »bürgerlichen Moral« – eine Rubrik, der man gern jede Form der Bezugnahme auf eine zwingende Pflicht zuordnete – war das Dispositiv immer dasselbe: Es gab eine allgemeine Norm, die die besonderen Individuen transzendierte (das gilt zum Beispiel für die Lehrpläne an den Schulen im Rahmen des französischen Republikanismus); das moralische Bemühen bestand nun darin, sich so weit wie möglich diesem Ideal anzunähern, das einem in gewissem Sinne äußerlich war. Selbst wenn der Autonomiebegriff des Subjekts nicht abgelehnt wurde, dachte man doch, daß diese Autonomie ein fernes, nur schwer zu erreichendes Ziel sei und keine aktuelle Wirklichkeit darstelle. Bemühen und Verdienst waren untrennbar miteinander verbunden, wobei letzteres im Grunde genommen nur die Folge aus ersterem war. Transzendenz der Norm, Willenskraft und Verwirklichung des idealen Selbstbildes, das sind die Stichworte, die noch bis vor kurzem die Morallehren der Pflicht und, wenn man ehrlich sein will, für die meisten die Moral an sich definierten.

Sobald es »verboten ist zu verbieten«[3], sobald jede Art von Norm als repressiv verstanden wird, wird das Individuum für sich selbst zu seiner eigenen Norm. Auch hier macht die Forderung nach Authentizität ihre Rechte geltend: *be yourself*, gebietet sie mit dem kleinen Rest an bindender Aussagekraft, der ihr geblieben ist. Und erneut geht sie eine Verbindung mit dem Recht auf Verschiedenheit ein: Nunmehr muß jeder werden, was er ist, und da das »Selbst-Sein« das Siegel einer neuen Legitimität trägt, lassen sich die Unterschiede, die der Prozeß am Ende erzeugen wird, nicht a priori beurteilen. Das Wesentliche besteht darin, der Transzendenz der Normen ein Ende zu machen und zu guter Letzt das richtige Verständnis für die unbestreitbare Tatsache zu erlangen, daß die einzige Transzendenz, die es weiterhin gibt, diejenige des Ich im Verhältnis zu sich selbst ist, d. h. diejenige eines noch nicht authentischen Ich im Verhältnis zu einem authentischen Ich. Kurz gesagt, eine Transzendenz, die vollständig dem Bereich der Immanenz des individuellen Ego angehört. Um die auf diese Weise entstandene Distanz zu überwinden, nutzt man verschiedene Techniken und Praktiken: Unterschiedliche Sportarten wie beispielsweise Jogging (wobei zu betonen ist, daß es sich um ein neues und einzigartiges Massenphänomen handelt) helfen einem genauso dabei, »sich wohl in seiner Haut zu fühlen«, wie eine ganze Flut neuer Therapieformen, die zumeist von der Psychoanalyse oder fernöstlichen Denkweisen beeinflußt sind, dazu beiträgt, »sich geistig wohl zu fühlen«.

Bedeutet die Säkularisierung der Ethik den Untergang des Heiligen?

Somit vollendet die Ethik der Authentizität die Auslöschung dessen, was die ersten laizistischen Morallehren noch von der Vergangenheit bewahrt hatten. Obwohl sie scheinbar keinen theologischen Bezug mehr aufweisen, enthalten sie immer noch ein religiöses Element, denn das heilige und unantastbare Wesen der Pflichterfüllung, der Gedanke einer radikalen Abhängigkeit des Menschen von bestimmten transzendenten Normen haben – auch in säkularisierter Form – ihr theologisches Wesen bewahrt.

Der erste Zyklus der Laisierung würde sich somit im wesentlichen dadurch auszeichnen, »daß bei der Emanzipation des Geistes von der Religion eine ihrer zentralen Vorstellungen übernommen wurde, nämlich der Begriff der unendlichen Schuld, absoluter Pflicht«[4]. Kantianischer Rigorismus und republikanischer Patriotismus sind gute Beispiele hierfür, weil diese beiden eng miteinander verknüpften Traditionen die Selbstaufopferung sowie den Kampf gegen den Egoismus über alles andere stellten, während sie gleichzeitig nachdrücklich für die laizistischen, ja sogar antiklerikalen Werte eintraten: »Indem die Modernen das ethische Ideal bis zur äußersten Reinheit entwickelten, den Kult der laizistischen Tugenden propagierten, die Verpflichtung zur Aufopferung des Ich auf dem Altar der Familie, des Vaterlandes oder der Geschichte verherrlichten, haben die Modernen weniger mit der moralischen Tradition des Selbstverzichts gebrochen als vielmehr das religiöse Schema des unbegrenzten Pflichtgebots wiederbelebt; die übergeordneten Verpflichtungen gegenüber Gott wurden lediglich auf die profane menschliche Sphäre übertragen. Sie haben sich in unbedingte Verpflichtungen sich selbst, den anderen oder der Gemeinschaft gegenüber verwandelt. Der erste Zyklus der modernen Moral hat wie eine Religion der laizistischen Pflicht funktioniert.«[5]

Die zentrale These der zitierten Analyse lautet, daß die

strenge, heroische und aufopferungsvolle Zeit der demokratischen Gesellschaften vorüber sei. Seit den fünfziger Jahren dieses Jahrhunderts, in deren Verlauf sich die Ethik der Authentizität herausgebildet hätte, wären wir in eine zweite Phase der Säkularisierung eingetreten, die durch »das Ende der Pflicht« gekennzeichnet sei. »Das ›du sollst‹ ist der Beschwörung des Glücks, die kategorische Pflicht der Stimulierung der Sinne gewichen.« Wir unterlägen deshalb einer »neuen Logik im Prozeß der Säkularisierung der Moral (...), die nicht mehr die Ethik als eine von den offenbarten Religionen unabhängig bestehende Sphäre zu behaupten versucht, sondern auf gesellschaftlicher Ebene ihren religiösen Charakter auflösen will: die Pflicht.« Hieraus folgt, daß »eine Gesellschaft zum ersten Mal oberste Gebote nicht nur nicht verherrlicht, sondern sie bagatellisiert und diskreditiert sowie das Ideal der Entsagung entwertet, indem sie systematisch die unmittelbaren Bedürfnisse, die Leidenschaft des Ego, das ganz persönliche und materialistische Glück anregt (...). Da das Wirkungsfeld der Ethik im wesentlichen außerhalb der Pflichtsphäre angesiedelt ist, bringt sie nunmehr das Zeitalter des ›Endes der Religion‹ (Marcel Gauchet) in seiner ganzen Radikalität zur Entfaltung.«[6] So erklärt sich auch die immer nachhaltiger vorgebrachte Forderung nach Authentizität, das Einklagen des Rechts darauf, man selbst zu sein, ohne dabei Rücksicht auf Werte zu nehmen, die einem von außen auferlegt sind. In den »postmoralischen« Gesellschaften ist also »das Etikett ›ethisch‹ allgegenwärtig, aber die Aufopferungsbereitschaft ist verlorengegangen (...), denn die gewählte Ethik bürdet einem kein wahres Opfer, keine Selbstaufgabe auf.«

Ist das zu bedauern? Keinesfalls, meint Lipovetsky, der diesbezüglich mit dem Grundgedanken der ersten Theoretiker des Liberalismus übereinstimmt, denn nicht die puritanistischen Aufrufe zur Entsagung seien dem Gemeinwohl förderlich, sondern vielmehr die tatsächlich nicht auf Opferbereitschaft ausgerichtete Logik der richtig verstandenen Interessen. Eine schmerzlose Logik, denn sie fordert keine Selbstaufopferung für den anderen. Es mangelt nicht an Beispielen, mit deren Hilfe sich diese theoretische Argumentation untermauern ließe. Ich würde an dieser Stelle gern den Fall der berühmten französischen Mineralwassermarke Perrier heranziehen. Als sich herausstellte, daß einige Flaschen der bekannten Marke unbeabsichtigt durch eine chemische Substanz vergiftet worden waren, entschloß man sich umgehend, alle ausgelieferten Flaschen aus dem Verkehr zu ziehen. Die Kosten dieser Rückrufaktion beliefen sich auf ungefähr 200 Millionen Francs, d. h. etwa 60 Millionen Mark. Handelte es sich hierbei vielleicht um ein großzügiges Opfer? Keineswegs, denn bezüglich der »Kommunikation« des Images war diese Aktion äußerst einträglich, denn mit ihrer Hilfe konnte das Unternehmen sein Reinheitsimage nicht nur aufrechterhalten, sondern sogar noch verbessern. Folglich wird das Gemeinwohl infolge eines Eigeninteresses und nicht infolge einer wie auch immer gearteten heroischen Achtung von Werten gefördert. Vielleicht sollte in diesem Zusammenhang auch das Beispiel des Einsatzes zugunsten eines anderen Landes erwähnt werden, in dem Krieg, Unterdrückung oder Hunger herrschen. Das Päckchen Reis, das unsere Kinder mit in die Schule gebracht haben, um den Kindern in Somalia zu helfen, veranschaulicht diese Art des Einsatzes auf geradezu perfekte Weise: Dieses Engagement hat sie weder Zeit noch Geld gekostet. Ihre Eltern haben es ihnen mitgegeben, und obwohl das Päckchen Reis für sie nur eine kleine Ausgabe darstellte, macht es allen ein gutes Gewissen, ohne jedem einzelnen Großes abzuverlangen. Ungeachtet der Tatsache, daß diese Handlungsweise keinerlei Selbstaufopferung verlangt, ist sie doch »objektiv« gut. Sie kann sich sogar als nützlich erweisen, und wenn sie in größerem Maßstab zur Anwendung kommt, so wie es bei Téléthon, der großen, im französischen Fernsehen ausgestrahlten Benefiz-Veranstaltung, oder aus Anlaß einiger humanitärer Hilfsaktionen der Fall war, kann sie sogar dazu beitragen, Not zu lindern oder zahlreiche Menschenleben zu retten. Falls es dessen noch bedürfte, so stellen derlei Beispiele den Beweis dafür dar, daß das Gute auch ohne Schmerz getan werden kann und trotzdem nicht seine grundlegenden Eigenschaften einbüßt. Sicher, eine kleine Zahl von Aktivisten opfert sich für eine bestimmte Sache auf, nicht aber die große Masse der Menschen. Da, wo sich die alte Ideologie der Pflichterfüllung des öfteren als tödlich erwies, kommt das Gute mittels Interesse, Intelligenz oder selbst des Einsatzes der Medien zustande. Für das Vaterland oder eine Idee sterben? Und warum sollte man eigentlich nicht auf eine friedliche, vernünftige und alles in allem wirkungsvollere Weise für sie leben als zu den Zeiten der religiösen oder laizistischen Entsagung?

Die Schlußfolgerung drängt sich geradezu auf: Die angebliche »Wiederkehr der Ethik« wäre keine, wenn man darunter eine Wiederauferstehung der Morallehren des Pflichtgebots versteht. Trotz guter Vorsätze nähmen die karitativen Werte der Hingabe an den anderen angesichts des Reichs der Egoismen, des Konsums und des Wohlbefindens einen verschwindend kleinen Platz ein. Der Ethik der Authentizität, die alles auf die Erlangung der Wahrheit über sich durch sich selbst zurückführt, und der »intelligenten« Ethik, die sich eher auf die Logik der Interessen als auf diejenige des tugendhaften guten Willens stützt, ist ein wesentlicher Punkt gemeinsam: sie sind die beiden Seiten ein und derselben Realität. Sie verschmelzen miteinander, so daß sie eine Einheit bilden in ihrem gemeinsamen Widerstand gegen die aristokratischen und verdienstorientierten Ethiken, der durch ihr Bemühen motiviert sind, den legitimen Forderungen des demokratischen Individualismus am Ende zu ihrem Recht zu verhelfen.

Zugegebenermaßen spricht vieles für die gewichtige Annahme, daß die angeblich von der Säkularisierung der Ethik geprägte Zeit sich durch den »Untergang des Pflichtgebots« auszeichnen würde. Sie relativiert auf eine kluge Art und Weise die mögliche Oberflächlichkeit einer »Rückkehr der Ethik«. Sie läßt sich sogar mit Hilfe unzähliger konkreter Fakten überzeugend veranschaulichen. Dennoch würde ich gern eine abweichende Deutung der gegenwärtigen Zeit vorschlagen, die für die Zukunft eine andere Entwicklungsperspektive entwirft als diejenige einer schlichten »Entzauberung«, auch wenn sie in gewisser Hinsicht noch so nützlich sein mag.

Auf dem Weg zu einer Sakralisierung des Menschlichen

Um meine Diagnose gleich vorwegzunehmen: Ich bin nach wie vor davon überzeugt, daß wir nicht in einem Zeitalter des »Endes der Pflicht« leben. Es ließe sich sogar behaupten, daß der Pflichtbegriff entgegen allem Anschein gerade im laizistischsten Universum seine ganze Wahrheit entfaltet. Die Definition der Tugend als selbstloses Tun, als Loslösung vom natürlichen Egoismus des Individuums scheint mir, im Gegensatz zu Lipovetskys Ansicht, mehr als je zuvor durch unsere Vorstellungen von der echten Moralität bestätigt zu werden. Das bedeutet natürlich nicht, daß wir uns immer oder auch nur oft auf dem Niveau des Ideals bewegen. Darüber hinaus ist die Frage, ob die Zeit, in der wir leben, »tugendhafter« oder weniger »tugendhaft« sei als die eine oder andere historische Periode, naturgemäß nicht zu entscheiden, und ihre Beantwortung hängt in erster Linie vom Gemüt desjenigen ab, der über sie urteilen möchte. Allerdings reicht schon ein kurzer Moment der Selbstreflexion, um zu erkennen, daß zum Beispiel die Rückrufaktion von Perrier, der Scheck an Téléthon oder auch das Päckchen Reis der Schulkinder keine große moralische Bewunderung bei uns hervorrufen. Bestenfalls finden wir all das einfallsreich oder ganz nett, mehr nicht. In Wahrheit zweifeln wir daran, daß derlei Aktionen für Opferbereitschaft oder Selbstlosigkeit sprechen, und für jeden von uns gilt dieser Zweifel weiterhin als moralisches Kriterium, wenn auch auf eine unbewußte oder unreflektierte Weise. Ich würde die eingeschlagene Richtung gern noch ein wenig weiter verfolgen. Die Gründe dafür, daß bestimmte Persönlichkeiten von den Franzosen in Meinungsumfragen regelmäßig hohe Sympathiewerte erhalten, stehen meistens mit einer »verdienstorientierten« und opferbereiten Ethik in Verbindung, denn man erkennt ihnen eine außergewöhnliche Opferbereitschaft für eine Angelegenheit zu, die im Interesse des Gemeinwohls liegt. Das gilt für Mutter Theresa, Schwester Emmanuelle, für die Hilfsorganisation »Ärzte ohne Grenzen« oder Abbé Pierre gleichermaßen. Ich habe schon den Einwand in den Ohren, daß einige gar nicht so selbstlos seien, wie sie tun, ja sogar einen etwas zu stark ausgeprägten Geschmack an Mikrofonen und Fernsehbildschirmen an den Tag legen würden. Aber gerade derartige Verdächtigungen – ob sie berechtigt oder unberechtigt sind, spielt hier überhaupt keine Rolle – sind doch immer noch Ausdruck des Ideals einer selbstlosen Tugend. Im übrigen sind es derartige Vorstellungen, von denen unser Rechtssystem geprägt ist. Insbesondere das Strafrecht basiert auf den Vorstellungen von Verdienst und Verantwortung. Welchen Sinn hätten Begriffe wie »mildernde Umstände« oder der sich strafverschärfend auswirkende »Vorsatz«, wenn man nicht davon ausginge, daß jedes Individuum (vorausgesetzt, es ist »zurechnungsfähig«) über eine Wahlmöglichkeit, eine Kraft verfügt, sich von natürlichen Neigungen frei zu machen, um so das Recht eher zu achten, als ihm zuwiderzuhandeln, und wenn man Gut und Böse nicht in eine direkte Beziehung zu dieser Fähigkeit stellen würde.

Diese Äußerungen mag man gegebenenfalls noch akzeptieren, aber sogleich wird ein zweiter Einwand laut:

Die genannten Persönlichkeiten seien Ausnahmen, die die Regel bestätigen. Sie erinnerten an jene Helden, deren Ausnahmestellung man deshalb so überschwenglich feiert, damit man selbst es leichter unterlassen kann, ihnen nachzueifern. In der alltäglichen Wirklichkeit wäre die Opferbereitschaft wohl tatsächlich dem Sicherheits- und Glücksbedürfnis gewichen. Der Scheck für Téléthon stelle nichts anderes dar, als einen einfachen und banalen Mechanismus zur Minderung des Schuldgefühls. Sowohl im Bereich der Vorstellungen als auch durch die Stimme einiger idealisierter Persönlichkeiten würde die verdienstorientierte Tugend also weiterhin zum Ausdruck kommen. Allerdings als etwas Überlebtes, und nicht als Bestandteil der faktischen Realität. Nehmen wir doch das Beispiel Bosnien oder ganz einfach das Schicksal der obdachlosen Menschen. Sicher erfüllt es uns mit einer gewissen, allerdings distanzierten Traurigkeit, und mag das Leiden auch noch so authentisch sein, es bleibt für den weitaus größten Teil von uns (für alle diejenigen, die nicht offen eine andere Haltung an den Tag legen, wobei selbst da Zweifel angebracht sind ...) ausgesprochen erträglich.

Vielleicht, sehr wahrscheinlich sogar, decken sich diese Feststellungen mit einem nicht unbeträchtlichen Teil der uns gemeinsamen Alltagserfahrungen (selbst wenn sie – worauf ich später noch einmal eingehen werde – meiner Ansicht nach die Bedeutung und die Tragweite des ungeheuren Aufschwungs unterschätzen, den die Hilfsorganisationen genommen haben). Trotzdem zielen sie am eigentlich Kern des Problems vorbei. Denn mit dem Beginn des laizistischen Individualismus haben sich sowohl die gesellschaftlichen Bedingungen als auch der Sinn des aufopferungsvollen Tuns radikal verändert. Die wesentliche Veränderung besteht in dem Umstand, daß die Selbstaufgabe heute nichts von außen Auferlegtes mehr ist, sondern man mit ihr einverstanden ist und sie als eine *innere* Notwendigkeit empfindet. Das ist die immer offener zutage tretende Konsequenz der Autonomisierung der Individuen. Es steht überhaupt nicht mehr zur Debatte, ob man mit der Blume im Gewehrlauf und einem Lächeln auf den Lippen für das Vaterland stirbt (falls es denn je der Fall gewesen sein sollte, aber niemand wird wohl bezweifeln, daß der Patriotismus einmal eine Realität war). Es stimmt, daß der Scheck an Téléthon für den Unterzeichner keinerlei Risiko in sich birgt. Trotzdem sollte aber auch die Kehrseite berücksichtigt werden, anders gesagt, niemand außer dem Unterzeichner selbst verlangt, einen Scheck auszustellen. Was läßt sich dann erst über diejenigen sagen, die – aus Gründen, die man, wenn man unbedingt will, lächerlich machen oder hinterfragen kann – einen Teil ihrer Zeit, ihrer Freizeit und manchmal sogar einen Teil ihres Lebens für karitative Zwecke aufwenden, obwohl sie doch nichts anderes als eine innere Notwendigkeit dazu veranlaßt, es zu tun?

Wie auch immer man es betrachten mag, man muß anerkennen, daß die Hingabe nicht mehr zwangsläufig aus den säkularen Traditionen resultiert. Es ist ausgeschlossen, sie auf ein nicht zu unterdrückendes Gemeinschaftsgefühl zurückzuführen, viemehr muß sie zum vielleicht allerersten Mal in der Menschheitsgeschichte ihren Ursprung im Menschen selbst finden. Mit anderen Worten, wir erleben den Übergang von einer Logik, in der die

Aufopferung von äußeren Gesetzen abhing, zu einer Logik der Selbstaufopferung. Unter diesen Bedingungen kann es nicht erstaunen, daß sie mildere Erscheinungsformen aufweist, als dies zuvor der Fall war! Hinter dem scheinbaren »Ende des Pflichtgebots« entfaltet die Selbstaufopferung erst in dem Augenblick wirklich ihren ganzen Sinn bzw. ihre ganze Wahrheit, in dem die Herrschaft der Heteronomie zu Ende ist.

Die Vermenschlichung des Opfers

Die Moderne ist nicht gleichbedeutend mit einer Ablehnung der Transzendenz, sondern sie gestaltet diese Transzendenz zwecks Übereinstimmung mit ihrem Prinzip der Ablehnung des Autoritätsarguments um. Die Sorge um Andersheit, die in der zeitgenössischen Philosophie so nachhaltig zum Ausdruck kommt, tendiert auf diese Weise dazu, den Charakter einer »Religion des Anderen« anzunehmen. Diese Sakralisierung des Menschlichen an sich setzt voraus, daß ein Übergang stattfindet von einer als »vertikal« zu bezeichnenden Transzendenz (dem Menschen äußerliche und vorgeordnete Entitäten, die ihm sozusagen übergeordnet sind) zu einer »horizontalen Transzendenz« (diejenige der anderen Menschen im Verhältnis zu einem selbst).

Um einer derartigen Verschiebung wirklich gerecht zu werden, müßte man eine Geschichte der Aufopferung schreiben: Aus welchen Gründen und für welche Entitäten haben die Menschen im Laufe der Geschichte ihr Leben oder zumindest einen Teil ihres Lebens geopfert?

Denn unabhängig von der Beschaffenheit und der Größe des freiwillig erbrachten Opfers, beinhaltet es zumindest für denjenigen, der glaubt, es sich auferlegen zu müssen, immer die Anerkennung eines Sinns, der dem eigenen Leben übergeordnet ist. Es setzt – wenn auch nicht unbedingt ausdrücklich – voraus, daß ein Jenseits höher zu bewerten ist als ein Diesseits. Die großen Augenblicke einer solchen Geschichte könnten zum Beispiel sein (wobei die folgenden Beispiele nicht zufällig gewählt sind): der Ruhm Gottes, die Nation, die Revolution. Diese Rangordnung entspricht einem Prinzip, das von einer größeren zu einer kleineren Vertikalität, vom Göttlichen zum Menschlichen verläuft ... Bei den Romantikern tendiert das »Volk« dazu, den einst Gott vorbehaltenen Platz einzunehmen, d. h., es bildet eine Einheit, die der einfachen Summe der Individuen, aus denen sie besteht, übergeordnet ist. Nichtdestoweniger stellt es eine bestimmte Form der Vermenschlichung des Göttlichen dar. Dasselbe gilt für die Revolution, die ebenfalls den Individuen, die für sie sterben, übergeordnet ist, obwohl sie bereits der irdischen Ordnung angehört.

Heutzutage setzt die Selbstaufopferung für das Vaterland oder die revolutionäre Sache keine Heerscharen mehr in Bewegung. Sollte etwa die Aufopferung von unserem ethischen Horizont verschwunden sein? Ich habe bereits die Ansicht geäußert, daß dies nicht der Fall ist. Allerdings stimmt es, daß sie ihre Beschaffenheit vollkommen verändert hat, denn selbst wenn unsere Mitbürger nicht mehr dazu bereit sind, sich für »vertikale« Werte aufzuopfern, die ihnen wie äußere Gewalten von oben nach unten aufoktroyiert würden, so scheinen sie manchmal doch geneigt, es für andere Wesen zu tun, *vorausgesetzt, es handelt sich um Menschen.*

Mir ist bewußt, wie abstrakt eine solche Behauptung erscheinen kann. Der Begriff des »Opfers« hat Anlaß zu einer Vielzahl von Mißverständnissen gegeben. Ihm sind bedenkliche theologische Konnotationen zu eigen und er verschmilzt leicht mit bestimmten Formen der Kasteiung, die in enger Verbindung mit den meisten der überlieferten Religion zu stehen scheinen. Muß ich extra betonen, daß ich diesen Begriff nicht in diesem traditionellen Sinne verstehe? Ich betrachte diese – wenn auch nur in Worten – so häufig bekundete Forderung nach einer Sorge um den Anderen als ein unabdingbares Gegengewicht zur Selbstsorge. Sind unsere Gesellschaften nicht sehr viel stärker durch Hedonismus, Egoismus und Feigheit geprägt als durch den Impuls zur Aufopferung? Dulden sie nicht im Inneren Millionen von Ausgeschlossenen und unmittelbar vor der eigenen Tür die ungerechtesten Kriege und Massaker? Sind sie nicht unempfänglich für das Schauspiel eines »Leidens in der Ferne«, das unzählige Fernsehbilder eher beschwören denn lindern? Und das bißchen Hingabe, das sich noch beobachten läßt, bleibt es in den meisten Fällen nicht – wenn es denn schon mal nicht für medienträchtige Werbezwecke mißbraucht wird – auf die Privatsphäre, mehr auf den Kreis der Verwandten als auf den der »Nächsten« beschränkt, und steht es nicht zuletzt gerade deshalb mit dem »Individualismus« in Einklang?

Ohne nochmals die Diskussion aufzunehmen, die diese legitimen Fragen auslösen, möchte ich ganz einfach zu bedenken geben, daß die Selbstaufgabe, und sei sie auch auf die eigenen Kinder beschränkt, in höchstem Maße rätselhaft ist. Aber es ist noch nicht einmal sicher, daß sie heute ausschließlich den Bereich der nächsten Verwandten umfaßt: Die humanitäre Hilfsaktion, mag sie auch bisher noch so mangelhaft und fragwürdig erscheinen, zeugt von einer neuen Bestrebung, die nichts mit den althergebrachten Formen der Barmherzigkeit zu tun hat. Jenseits aller Kritik, die man ihr gegenüber *in politischer Hinsicht* formulieren kann, steht sie für die Forderung nach Solidarität mit der ganzen Menschheit, mithin für eine Solidarität, *die nicht mehr an die alten Zugehörigkeiten zu bestimmten religiösen, ethnischen, nationalen oder familiären Gemeinschaften gebunden ist.* Es steht außer Zweifel, daß diese Bestrebung in bezug auf die praktische Umsetzung noch in den Kinderschuhen steckt. Genauso ist es möglich, daß sie manchmal der Rechtfertigung politischer Tatenlosigkeit dient. Dennoch skizziert sie ein Ideal, das den Übergang von einer vertikalen zu einer horizontalen Transzendenz zum Ausdruck bringt. Das bedeutet, daß der Mensch an sich einen unmittelbaren Appell an meine Verantwortung darstellt. Auf dieser Grundlage – die deshalb spezifisch modern ist, weil sie nicht mehr nur auf denjenigen abzielt, zu dem ich eine durch die Tradition prästabilierte Beziehung unterhalte, sondern auf den Anderen im allgemeinen – stellt sich das Problem der Selbstaufopferung neu.

Wir erleben weniger das Ende selbstloser Tugenden als vielmehr ihre Vermenschlichung im eigentlichen Sinne, d. h. den Übergang von einer religiösen Auffassung des Opfers zu der Vorstellung, daß es einzig und allein *vom und für den Menschen eingefordert werden kann.* Diese neue Gegebenheit bedingt ganz neue Anforderungen im Bereich der Ethik. Die berühmten Worte von André Malraux über die »Möglichkeit eines spirituellen Ereignisses auf globaler Ebene«, das dem 20. Jahrhundert seinen Charakter verleihen würde, haben für uns nichts an Aktualität eingebüßt. Zweifellos deshalb nicht, weil sich zeigt, daß der langwierige Prozeß, in dessen Verlauf sich das Göttliche aus unserem gesellschaftlichen und politischen Universum zurückzieht, an eine Vergöttlichung des Menschen gebunden ist, die für uns neue Formen der Spiritualität mit sich bringt. Dieser Begriff ist hier nicht beiläufig und zufällig gewählt, selbst wenn er in gewisser Weise dem alten Begriff entspricht, denn sobald es ein Opfer gibt, gibt es auch die Vorstellung höherer Werte. Daran ändert auch die Tatsache nichts, daß diese Werte nicht als vertikale Transzendenz wahrgenommen werden, sondern als Bestandteil des Wesens der Menschheit. D. h., eigentlich verändert sich durch diese Tatsache doch etwas: Sie verändert das Verhältnis des Menschen zum Heiligen, beinhaltet aber nicht sein vollständiges Verschwinden in der kollektiven Ordnung. Die neue Transzendenz ist nicht weniger verbindlich als die alte, auch wenn sie es auf eine andere Art ist: Sie ist und bleibt ein Appell an einen Sinngehalt, der, obwohl er im Menschen selbst verankert ist, sich trotzdem auf eine radikale Äußerlichkeit bezieht. Das Heilige, das für sich beanspruchte, die Ethik zu begründen, ist von der ihr übergeordneten Stellung zu einer nachgeordneten Stellung übergegangen. Und in diesem Übergang von oben nach unten, vom Theologisch-Ethischen zum Ethisch-Religiösen, liegt immer noch das Geheimnis der zukünftigen Morallehren verborgen.

Mir scheint, als sei die Ethik der Authentizität in diesem Sinne keinesfalls das letzte Wort der zeitgenössischen Moral. Nach einer Protestperiode in den sechziger Jahren, als sie den Rahmen der bürgerlichen Moral sprengen wollte, beschränkt sie sich heute darauf, sie abzumildern, indem sie – und das nicht selten zu Recht – dafür plädiert, dem Individuum besser gerecht zu werden. Das Vorhaben, eine vollkommene Selbstimmanenz zustande zu bringen, ist zum Scheitern verurteilt. Und das aus einem wesentlichen Grund, den wir nun besser erfassen sollten: Die für den modernen Humanismus so zentrale Forderung nach Autonomie hebt weder den Begriff des Opfers noch den der Transzendenz auf. Es ist wichtig zu verstehen, daß sie lediglich *eine Vermenschlichung der Transzendenz und somit nicht die Auslöschung, sondern vielmehr eine Verschiebung der traditionellen Vorstellungen des Heiligen* beinhaltet. Die einst dem Göttlichen (oder dem Menschen übergeordneten Entitäten, wie dem Vaterland oder der Revolution) vorbehaltene Liebe hat sich, genauso wie die Ideologien der Aufopferung, vermenschlicht. Ohne zu verschwinden, haben sie sich verändert, und vor allem haben sie einen anderen Zweck bekommen. Wenn man, wie es die französische Etymologie nahezulegen scheint[7], dazu bereit ist, im Opfer einen der Maßstäbe für das Heilige zu sehen, müßte die Geschichte der Religion und der Ethik um diejenige der Vorstellungen und der Gefühle ergänzt werden. Mit Hilfe eines solchen roten Fadens ließe sich möglicherweise erkennen, wie die Abenteuer des Heiligen von den Subjekten – die letzten Endes ihre einzigen wahren Helden sind – wahrgenommen werden und wie aufgrund dieses Umstands die Frage nach dem Sinn ihres Lebens im Rahmen des modernen Humanismus langsam eine völlig neue Gestalt annimmt.

Die Entstehung des Gefühlslebens

Im Laufe der letzten Jahre haben die Historiker der Mentalitäten[8] eine Hypothese entwickelt, die von außerordentlicher Reichweite zu sein scheint. Tatsächlich deutet alles darauf hin, daß jahrhundertelang, zumindest aber in den drei Jahrhunderten vor Beginn des Zeitalters der Aufklärung und der Entstehung des demokratischen Universums (d. h. vom 15. bis zum 18. Jahrhundert)[9] das Prinzip für die Gründung einer Familie praktisch nichts mit dem zu tun hatte, was wir gemeinhin als »Liebe« bezeichnen. Seit den Arbeiten von Philippe Ariès[10] relativieren die Historiker unsere Neigung, das für »natürlich«[11] zu halten, was sich historisch entwickelt hat. Heute wissen wir, daß zumindest im europäischen Spätmittelalter[12] der Tod des Ehepartners oder eines Kindes nicht immer als eine Katastrophe empfunden wurde, weit gefehlt sogar. Im allgemeinen bildete das Gefühl nicht die Grundlage der traditionellen Familie, und man mußte bis zur Ausbildung der modernen Subjektivität warten, damit der Begriff des freien Individuums zu einer konkreten soziologischen Realität wurde und eher die Wahlverwandtschaft mit dem anderen als die auferlegte Tradition eine neue Organisationsform der Familie entstehen ließ. Erst auf dieser individualistischen Grundlage begann man die Trauer um einen Ehemann oder eine Ehefrau, einen Sohn oder eine Tochter als »Herzensschmerz« zu empfinden, und erst sie veranlaßte die Menschen dazu, sich selbst als Quelle möglicher Opfer zu begreifen.[13]

Von dieser entscheidenden Veränderung vermitteln uns die Arbeiten der Historikerschule der »nouvelle histoire« – und insbesondere diejenigen von Ariès – ein klares Bild, wenn sie beschreiben, daß der Tod im klassischen Zeitalter erstens: angekündigt – und nicht durch Lügen vor dem Sterbenden verheimlicht wurde[14] –, zweitens: öffentlich – und nicht wie ein Geheimnis oder eine Taktlosigkeit auf die Privatsphäre beschränkt – sowie drittens: alltäglich und beinahe »vertraut« war, wohingegen wir ihn als unnormal und beängstigend empfinden, so als sei er immer auf einen Unfall oder ein momentanes Scheitern der Medizin zurückzuführen ...[15]

Es gibt also einen auffallenden Unterschied zwischen einem Tod, der sich im allgemeinen sowohl bei den Armen als auch bei den Reichen in Anwesenheit von Eltern, Nachbarn oder sogar von zufälligen Besuchern ereignete, und einem modernen Tod, der sich immer weiter aus den Familien zurückgezogen hat, um in die Einsamkeit des Krankenhauses einzutreten.

Wir sollten uns einen Augenblick lang etwas eingehender mit dieser relativen Gleichgültigkeit dem Sterben gegenüber befassen. Mehr als die Tröstung durch die Religion oder die Umgebung scheint sich die Gefaßtheit unserer Vorfahren aus der impliziten Ablehnung des modernen Begriffs der Individualität zu erklären, die als

Atom, als eine von ihren Vorfahren und Nachfahren durch einen *endgültigen* Schnitt abgetrennte Monade konzipiert ist. Lange Zeit hat man auf die Frage »Wer bist du?« unter Berufung auf die Abstammung antworten können: »Ich bin der Sohn oder die Tochter von ...« Die Einstellung entsprach den Zeiten, in denen die Idee des in seinen Entscheidungen freien und in seiner Intimsphäre ungebundenen Individuums sozusagen noch nicht bekannt war. Man definierte sich selbst als Bestandteil einer unauflöslichen Abstammungslinie. Wenn es überhaupt so etwas wie Individualität gab, dann bestand sie eher in einer solchen Abstammungslinie als in irgendeinem einzelnen Menschen. Die Geburt des Subjekts, das sein eigener Herr, durch seine Verpflichtungen und Entscheidungen selbstbestimmt ist, beinhaltete im Gegenteil, daß es sich nicht mehr in erster Linie als integralen Bestandteil eines organischen Ganzen betrachtete.[16] Von da an mußte sich der Sinn des Todes verändern und die Gleichgültigkeit der Angst weichen[17]: Er nahm den furchterregenden Charakter einer vollständigen Vernichtung an, anstatt gleichsam *ein Wendepunkt im Leben* zu sein.

Das jedenfalls behaupteten noch Hegel und vor ihm die Romantiker, wenn sie sich mit der Beziehung zwischen der Gattung und den einzelnen Lebewesen beschäftigten, aus denen sie besteht. Die einzelnen Lebewesen müssen sich fortpflanzen und sterben, damit das universale Leben der Gattung erhalten bleibt. Den Tod von Tieren betrachten wir heute immer noch im Rahmen dieses »holistischen« Denkens: Bedeutung messen wir ihm nur entsprechend des Entwicklungsgrads ihrer Individualisierung bei. Wenn ein Haustier stirbt, das durch die Zuneigung der ganzen Familie geradezu vermenschlicht worden ist, kann der Schmerz manchmal sehr groß sein. Handelt es sich um ein frei lebendes Tier, dessen Gattung nicht vom Aussterben bedroht ist, betrachten wir seinen Tod als eine natürliche Erscheinung, die keine besondere Gefühlsregung hervorruft.

Diese Feststellung hat natürlich nur metaphorische Bedeutung. Ich möchte nicht den Eindruck vermitteln, als hätte der Mensch des klassischen Zeitalters seine Mitmenschen genau so betrachtet, wie wir die Tiere betrachten. Trotzdem erklärt die wegen des Gewichts der Abstammung und der Gemeinschaft fehlende Individuation den Sachverhalt, daß sowohl die Abstammung als auch die Gemeinschaft – *mutis mutandis* – eine Rolle spielen konnten, die derjenigen der Gattung in der von Hegel beschriebenen Dialektik des Lebendigen entspricht: Genauso wie das universale Leben über den Einzelwesen steht, die für seinen Erhalt sterben, sind die Abstammung, die Traditionen und das Gewicht der Traditionen ungleich wichtiger als das Individuum. Dieses mußte es wissen, denn schließlich konnte es, wenn es sich als Bestandteil einer ihm übergeordneten Entität wahrnahm, sein eigenes Ende relativieren. Der traditionelle Kommunitarismus mußte folglich den Glauben stärken, damit sich die Überzeugung durchsetzte, daß der Tod lediglich ein Übergang, eine einfache Zustandsänderung sei. Das von allem Vorhergehenden und Nachfolgenden abgeschnittene, autonome Individuum kann sich einen solchen Luxus nicht mehr leisten. Weil es absolut und ganz auf sich allein gestellt ist, erscheint der Tod ihm als ein vollkommenes Nichts, und falls es seinen religiösen

Glauben beibehalten haben sollte, so wird dieser nicht mehr durch die alten Banden gestärkt. Aus diesem Umstand resultieren die entscheidenden Brüche, die Edward Shorter in seiner Zusammenfassung der unzweifelhaften Errungenschaften dieser neueren Geschichte zwischen der seit dem 18. Jahrhundert immer schneller sich entwickelnden modernen Familie und der traditionellen europäischen Familie ausmacht. Diese Brüche betreffen das Wesen der Heirat, dic Entstehung des Privatlebens sowie die Ausbildung der Elternliebe. Alle drei stehen im Zusammenhang sowohl mit dem Eindringen des »Gefühls« in die familiären Beziehungen als auch mit der Emanzipation der Individuen vom Einfluß der überkommenen religiösen und kommunitaristischen Traditionen. Die Verbindung zwischen diesen beiden wesentlichen Erscheinungen wird in starkem Maße zu einer Verschiebung der Vorstellung des Heiligen in Richtung auf neue, dem Menschen weniger äußerliche Objekte beitragen. Darüber hinaus führt sie aus denselben Gründen zu einer Vermenschlichung der Ursache für die Aufopferung.

Die Liebeshochzeit, die Entstehung des Privatlebens und die Ausbildung der elterlichen Zuneigung

Im Gegensatz zu einer von traditionalistischen Denkern häufig geäußerten Vorstellung ist die Familie nicht zusammen mit dem Ancien régime verschwunden, denn sie ist eine der wenigen Institutionen, die die Revolution so gut überstanden haben, daß sie heute lebendiger und – trotz der ständig steigenden Zahl von Scheidungen – wahrscheinlich auch beständiger ist als je zuvor. Diese Beständigkeit darf dennoch nicht über die tiefgreifenden Veränderungen, ja sogar Umwälzungen hinwegtäuschen, die seit dem 18. Jahrhundert stattgefunden haben. Die wichtigste davon besteht zweifellos im Übergang von einer aus rein wirtschaftlichen Gründen und meistens von den Eltern oder – durch sie vermittelt – von der Dorfgemeinschaft arrangierten »Vernunftehe« zu einer Liebeshochzeit, zu der sich die Partner selbst und frei entschlossen haben. François Lebrun, einer der besten französischen Historiker, beschreibt diese Entwicklung folgendermaßen: »Im Vergleich zu heute war die Funktion der Ehegemeinschaft in früheren Zeiten wesentlich wirtschaftlich bestimmt. Als Konsum- und Produktionsgemeinschaft ist sie zudem auch noch für den Erhalt und die Übertragung eines Erbguts verantwortlich. Zur Bildung des Paares auf diesen ökonomischen Grundlagen kommt es aufgrund der Entscheidung und des Willens der Eltern oder manchmal auch der Betroffenen selbst, aber ihre Gefühle spielen hierbei nur eine untergeordnete Rolle ... Unter diesen Voraussetzungen kann die Familie nur in zweiter Linie affektive und erzieherische Funktionen innehaben. Die gute Heirat ist die Vernunftheirat und nicht die Liebesheirat; es ist sicherlich nicht ausgeschlossen, daß aus dem gemeinsamen Leben später Liebe entstehen kann, allerdings handelt es sich hierbei um eine zurückhaltende Liebe, die nichts mit leidenschaftlicher Liebe zu tun hat, die den außerehelichen Beziehungen vorbehalten bleibt.«

Für uns als Erben der Romantiker scheint das Prinzip

einer Verbindung, die durch gefühlsmäßige Zuneigung zustande kommt, die Regel zu sein. So wie wir uns das Paar heute vorstellen, hat es fast nichts mehr mit dem zu tun, was es noch im klassischen Zeitalter bedeutete. Durch die arbeitsteilige Übernahme der Pflichten der Produktion und Reproduktion war das Paar für den Erhalt des Stammbaums und des Familienbesitzes zuständig. Wenn wir uns so gern über eine »Geldheirat« lächerlich machen, dann liegt das selbstverständlich daran, daß wir die Zielsetzungen einer derartigen Verbindung vollkommen vergessen haben. In diesem Zusammenhang möchte ich daran erinnern, daß durch einen Erlaß vom Februar 1556 gegen die »heimlichen Eheschließungen« alle Kinder, die gegen den Willen ihrer Eltern geheiratet haben, enterbt wurden und die Ehe damit als illegal galt. Im Jahre 1579 erklärte ein königlicher Erlaß die Ehe mit »Minderjährigen« unter 25 Jahre ohne Zustimmung der Eltern zum Tatbestand der Entführung, der »ohne Aussicht auf Gnade oder Nachsicht« mit dem Tode bestraft wurde.[18] Die Vorstellung, daß man, so wie es in Frankreich im 16. Jahrhundert der Fall war, diejenigen zum Tode verurteilte, die ohne die Einwilligung der Eltern Minderjährige unter 25 Jahre heirateten, kommt uns so archaisch vor, daß wir darüber vollkommen die Tatsache unberücksichtigt lassen, daß es für die Männer und Frauen dieser Zeit gute Gründe für eine solche Regelung gab.

Eine der am wenigsten angezweifelten Gewißheiten unserer Zeit, vielleicht sogar die unumstrittenste überhaupt, besteht darin, daß das Zusammenleben eine Sache der Gefühle und der freien Wahl ist sowie auf *privaten*, individuellen Entscheidungen basiert, also nicht dem Einfluß der Gesamtgesellschaft unterliegt, so weit dies überhaupt möglich ist. Gerade unter Berufung auf diese »gefühlsmäßige« Auslegung der menschlichen Beziehungen wird die Ehe, unabhängig davon, ob es sich um eine Liebeshochzeit handelt, zuweilen in Frage gestellt, weil sie den Traditionen einen viel zu großen Platz einräumen würde, ein unnötiges Zugeständnis an die Gesellschaft wäre, derer die echten Gefühle schlichtweg nicht bedürften.

Hieraus ergibt sich der zweite Bruch, den alle Familienforscher hervorheben: In früheren Zeiten gab es weder im einfachen Volk noch in den gesellschaftlichen Eliten Intimität. Sowohl in der Stadt als auch auf dem Land lebte die überwältigende Mehrheit der Familien in nur einem einzigen Raum[19], wodurch *de facto* jede Möglichkeit ausgeschlossen wurde, daß es zu irgendeiner Form von *privacy* kam. Es läßt sich aber vor allem deshalb vermuten, daß sie noch kein Objekt des Begehrens war[20], weil es sie auch nicht in der Aristokratie oder der Bourgeoisie gab, obwohl ihre finanziellen Mittel sie ihnen hätte ermöglichen können. Ariès hat mit Hilfe seiner Analysen der Architektur der großen Häuser von Adligen oder Bourgeois gezeigt, daß die dort zahlreich vorhandenen Räume keine besondere Funktion besaßen und im allgemeinen derartig offen ineinander übergingen, daß uns dies heute unerträglich erscheinen würde. Es sollte bis zum 18. Jahrhundert dauern, bis Korridore entstanden, die dazu dienten, Autonomie und Abgeschlossenheit der verschiedenen Räumlichkeiten zu garantieren.

Eine weitere Kehrseite dieser Nichtanerkennung der

Privatsphäre bestand darin, daß es sich die Gemeinschaft herausnahm, in einer für uns geradezu unfaßbaren Weise in das Familienleben einzugreifen. Das belegt unter anderem die Praxis der »Katzenmusik«, deren Analyse die Mentalitätsforscher eine ganz besondere Aufmerksamkeit widmeten. Bezeichnenderweise richtete sich dieses merkwürdige und lärmende Ritual, mit der die Gemeinschaft ihr Mißfallen gegenüber einem von der Norm abweichenden Paar zum Ausdruck brachte, in erster Linie gegen die gehörnten oder geschlagenen Ehemänner: Wegen ihrer Schwäche und ihrer Unfähigkeit, die Autorität des Familienoberhauptes zu bewahren, brachten sie die ganze Gemeinschaft in Gefahr. Demzufolge mußte die Gemeinschaft nachhaltig die Respektierung der bestehenden Ordnung in einem Bereich einfordern, der offensichtlich noch nicht als reine Privatangelegenheit angesehen wurde. In einigen Gegenden kombinierte man die Katzenmusik mit dem »Eselsritt«, bei dem der unglückliche Ehemann rittlings auf einem Esel sitzend durch das ganze Dorf geführt wurde. Das ungeheure Gewicht der Gemeinschaft bei Familienangelegenheiten veranschaulicht nach Ansicht von Jean-Louis Flandrin die Tatsache, daß anstelle des Ehemanns (der möglicherweise frühzeitig die Flucht ergriffen haben kann) der nächste Nachbar rittlings auf den Esel gesetzt wurde, um ihn an seine Überwachungspflicht und infolgedessen an seine indirekte Verantwortung für das Fehlverhalten seiner Mitbürger zu erinnern!

Der dritte Bruch, der die Entwicklung der Elternliebe bedingt, steht natürlich im Zusammenhang mit den beiden anderen: Ist nicht die Liebeshochzeit, zu der sich die Individuen entschlossen haben und die ihnen nicht mehr von der Tradition aufgezwungen wurde, eine der wichtigsten Voraussetzungen für die Zuneigung, die den Kindern entgegengebracht wird? Zweifellos wäre es unrichtig oder übertrieben zu behaupten, daß es den »Mutterinstinkt« oder die Mutterliebe nicht gibt. Zweifellos hat es immer schon ein Mindestmaß an Zuneigung der Eltern für ihre Nachkommen gegeben, und sei es auch nur in der natürlichen und biologischen Form, die bei den meisten Tierarten anzutreffen ist. Trotzdem besteht eines der erstaunlichsten Ergebnisse der jüngsten historischen Untersuchungen darin, daß die Elternliebe bei weitem nicht die herausragende Rolle spielte, wie es heute bei den mit Abstand meisten Paaren der Fall ist. Daß davon überhaupt keine Rede sein konnte, veranschaulicht die zwar einfache und recht bekannte, aber für eine sich zwischen dem 16. und 18. Jahrhundert nur sehr langsam entwickelnde Anschauungsweise sehr bezeichnende Geschichte: Montaigne, der große französische Humanist, gab zu, sich nicht genau daran zu erinnern, wie viele seiner Kinder in Pflege gestorben sind! Das sagt eigentlich schon alles über die Kluft aus, die zwischen uns und der Renaissance liegt. Zumal sich vermuten läßt, daß dieses Unwissen nicht auf eine dem Philosophen eigene Herzenskälte zurückzuführen ist. Vielmehr ist seine Einstellung das Symptom für eine Verhaltensweise, die seinerzeit diesen noch »potentiellen« Wesen gegenüber typisch war.[21]

Analog hierzu läßt sich feststellen, daß der Begriff der »Pflicht« der Eltern gegenüber ihren Kindern sich erst ab dem 18. Jahrhundert (und entsprechend der jeweiligen sozialen Schicht auch auf sehr unterschiedliche Weise) auf breiter Front in der ganzen Gesellschaft durchsetzte. Im großen und ganzen waren die Verhältnisse im klassischen Zeitalter umgekehrt. Jean-Louis Flandrin weist nach, daß »man im 17. Jahrhundert noch der Meinung war, daß das Kind alles seinem Vater verdankt, weil es ihm sein Leben verdankt. ›Sollte eine Notlage entstanden sein, dann verdankt der Vater die Hilfeleistung immer eher dem eigenen Vater als dem Sohn, zumal er von seinen Eltern ein größeres Gut erhalten hat als von seinen Kindern‹, meinte Fernandès de Moure. Daß sich ein Vater für seine Kinder aufopfert, war eines der Paradoxe des Christentums, und im 17. Jahrhundert besaß das Opfer Christi noch diesen paradoxen Charakter: ›Die Väter schenken ihren Kindern das Leben, was zweifellos eine große Gnade darstellt, aber außer unserem himmlischen Vater hat noch nie ein Vater das eigene Blut geopfert, um seinen Kindern das Leben zu erhalten‹, rief Pater Cheminais aus.«[22]

Zweifellos sollte die Behauptung, daß »noch nie ein Vater das eigene Blut geopfert« habe, den außerordentlichen und bewundernswerten Charakter des Opfers betonen, das Christus gebracht hat. Um jedoch überhaupt benutzt werden zu können, mußte das Argument bei denjenigen auf ein Echo stoßen, die es vernahmen. Die Analyse der zwischen dem 14. und 18. Jahrhundert erschienenen Katechismen und Religionshandbücher bestätigt diese Feststellung, denn bis Mitte des 16. Jahrhunderts stellen alle ausführlich die Pflichten der Kinder ihren Eltern gegenüber dar, wohingegen vom umgekehrten Fall fast nie die

Rede ist. Zunächst nur sehr langsam und behutsam taucht dieser Gedanke ab dem 16. Jahrhundert auf, um sich dann im 18. Jahrhundert immer stärker zu verbreiten. Ein einzigartiger Gegensatz zu den heutigen Gegebenheiten, dessen Ursprung Flandrin folgendermaßen erklärt: »In den gesellschaftlichen Eliten jener Zeit bemühten sich zahlreiche Familienoberhäupter um den Aufstieg ihres Hauses, und eine zu große Familie konnte dieses Vorhaben möglicherweise zunichte machen. (...) In diesen Familien wurde derjenige zärtlich geliebt und umsorgt, auf dem die väterlichen Hoffnungen auf einen gesellschaftlichen Aufstieg ruhten. Wenn jedoch ein Dutzend weiterer Kinder dem Vater dabei im Wege stand, sein Vermögen aufzustocken und dem Erben einen Teil der Hinterlassenschaft strittig machte, womit der Aufstieg der Familie gefährdet war, dann wird verständlich, warum er ihnen gegenüber eine Abneigung hegte. Im allgemeinen führte die Unmöglichkeit einer Geburtenkontrolle zu einer noch größeren Zahl nicht erwünschter Kinder. Und die Hoffnung darauf, sich ihrer durch deren Tod zu entledigen, konnte sich um so leichter in den Köpfen einnisten, als die Kindersterblichkeit bekanntlich insbesondere bei Stadtkindern sehr hoch war, die zu Pflegeeltern aufs Land gegeben worden waren. Stillten in vielen bürgerlichen Familien die Mütter also den Erben, während die nachgeborenen Kinder zu einer Amme gegeben wurden, ohne dabei irgendwelche Hintergedanken zu hegen?«[23]

Dieser furchtbare Verdacht scheint um so gerechtfertigter, als die Tatsache, ein Kind in Pflege zu geben, wo im 18. Jahrhundert schätzungsweise jeder fünfte bis sechste Säugling starb[24], in vielen Fällen den Tatbestand der fahrlässigen Tötung, um nicht zu sagen des Kindermordes erfüllte. Es scheint also, als seien die Eltern alles andere als vollkommen unwissend gewesen.[25] Im übrigen sprechen die Zahlen fast für sich: In der zweiten Hälfte des 18. Jahrhunderts starben zwischen 62% und 75% der Kinder, noch bevor sie ein Jahr alt waren! Diese »kleinen Toten« scheinen weder die Eltern noch die Gesellschaft oder die bezahlten Pflegemütter betrübt zu haben. Flandrin schildert den konkreten Fall einer solchen Amme, die im Laufe von zwanzig Berufsjahren zwölf Kinder bei sich zur Pflege hatte, von denen kein einziges überlebte, ohne daß irgend jemand Anstoß daran genommen hätte oder es ihm zu Herzen gegangen wäre! Außerdem ist bekannt, daß die furchtbare Praxis des Wickelns immer noch weit verbreitet war. Sie war für die Säuglinge nicht bloß eine echte Qual, sondern sie stellte eine Bedrohung sowohl für ihre Gesundheit als auch für ihr Leben dar. Und was die Kinderaussetzungen betrifft, so schätzt selbst ein stets um die richtige Bewertung der Geschichte bemühter Autor wie der amerikanische Historiker John Boswell, daß noch im 18. Jahrhundert annähernd 30% der registrierten Geburten davon betroffen waren; bei dieser Schätzung stützt sich Boswell auf allerneueste Untersuchungen.[26] Diesen Kindern war ein düsteres Schicksal beschieden, denn in Paris, wo man über verläßliche Zahlen verfügt, erreichten bestenfalls 10% der in den Spitälern aufgenommenen Kinder das 10. Lebensjahr, so hoch war die durch Krankheit, aber auch durch Gleichgültigkeit und schlechte Behandlung bedingte Kindersterblichkeit.[27] François Lebrun hält die folgende zeitgenössische Schilderung der Bedingungen, unter denen die auf dem Land ausgesetzten Kinder in die großen Pariser Spitäler verfrachtet wurden, für authentisch und wahrheitsgetreu: »Ein Mann trägt die Neugeborenen auf seinem Rücken in einer ausgepolsterten Kiste, die drei Säuglingen Platz bietet. Nur mit Hemdchen bekleidet, befinden sie sich in aufrechter Position und müssen die nur von oben in die Kiste kommende Luft atmen. Der Mann hält lediglich, um seine Mahlzeiten zu sich zu nehmen und ihnen ein wenig Milch zu geben. Wenn er seine Kiste öffnet, ist nicht selten eines von ihnen gestorben; ungeduldig darauf wartend, sich endlich seiner Fracht zu entledigen, setzt er seinen Weg mit den beiden noch lebenden Säuglingen fort. Sobald er sie im Spital abgegeben hat, begibt er sich sofort auf den Rückweg, um von vorn zu beginnen, denn mit dieser Arbeit verdient er seinen Lebensunterhalt.« Vielleicht noch eine letzte Zahl, die nach den vorausgegangenen Schilderungen kein großes Erstaunen mehr hervorrufen wird: Man schätzt, daß 90% der Kinder entweder bereits während des Transports oder zumindest in den ersten drei Monaten ihrer Aufnahme in die Spitäler starben, ohne daß die Gesellschaft bzw. das allgemeine Gewissen sich darüber besonders empörte!

Wie konnten Liebe und Zuneigung an die Stelle der traditionellen Bindungen und der Gleichgültigkeit treten? Aus welchen tiefer liegenden Gründen wurde eine solche umwälzende Veränderung der Anschauungsweise die Regel? Trotz aller Differenzen stimmen die verschiedenen Interpretationen im entscheidenden Punkt überein: Aufgrund des Übergangs von einer holistischen und hierarchisierten zu einer individualistischen und egalitären Gesellschaft nahm das Gewicht der Gefühle in den persönlichen Beziehungen zu. Shorter bietet in diesem Zusammenhang eine Erklärung an, der das Verdienst der Klarheit zukommt: Mit der Entstehung des Kapitalismus und der Lohnarbeit sehen sich sowohl Männer als auch Frauen gezwungen, zumindest auf dem Arbeitsmarkt wie *selbstbestimmte* Individuen zu handeln, da sie dazu aufgefordert sind, ihre eigenen Ziele und speziellen Interessen zu verfolgen. Und diese neuen Imperative schlagen sich auf eine sehr konkrete Weise in dem Zwang nieder, die Gemeinschaften, denen man angehört, zu verlassen. So ergab sich zum Beispiel für die Bauern die zwingende Notwendigkeit, »in die Stadt zu gehen«, wodurch sie sich ein wenig von der Last der traditionellen Sitten freimachen konnten. Die These Shorters besteht also im wesentlichen darin, daß die individualistischen Reflexe nicht von den Freiheitsansprüchen zu trennen sind. Nachdem sie im Bereich des Marktes erworben wurden, werden sie Schritt für Schritt auf die Bereiche Kultur und menschliche Beziehungen übertragen. Auf allen diesen Gebieten nimmt das Gewicht der Gemeinschaft tatsächlich in dem Maße ab, wie das Gewicht der freien und individuellen Entscheidung zunimmt. Es dürfte nur schwer vorstellbar sein, daß diejenigen, die ihre Arbeit frei wählen, nicht auch in ihrem Privatleben den Anspruch auf Freiheit erheben und ihre Partner oder Partnerinnen frei wählen.[28] Die Logik des Individualismus, der Eingang in die menschlichen Beziehungen findet, erhebt sie also in die Sphäre der modernen, durch die Wahl des Herzens bestimmte, gefühlsbetonte Liebe.

Somit hat die Frage nach dem Sinn des Lebens eine tiefer gehende Veränderung erfahren, denn von nun an ist es die profane Liebe, die der menschlichen Existenz ihre sichtbarste Bedeutung gibt. Sie eignet sich am besten dazu, »die persönliche Struktur des Sinns« zu verkörpern. Man könnte versucht sein, in ihr ein Emanzipations- und Glücksversprechen zu sehen. Trotzdem wird sie in der ganzen modernen Literatur durchweg und mit einer erstaunlichen Eindringlichkeit als etwas beschrieben, das unglücklich macht. Ob in Madame de la Fayettes *Prinzessin von Kleve*, in Flauberts *Schule der Empfindsamkeit*, Stendhals *Kartause von Parma* oder in *La Belle du Seigneur*, überall und immer ist dieselbe Warnung vernehmbar, daß es keine glückliche Liebe gibt. Als sei der Ort des Sinns ein verdammter Ort, als sei das Glück, das er in so schillernden Farben erstrahlen läßt, von Natur aus zum Scheitern verurteilt. Ich habe bereits erwähnt, daß es dieses Glück nur um den Preis einer gewissen Unbesonnenheit geben kann, da es von vornherein dazu bestimmt ist, Ausdruck der zugleich stärksten und wechselhaftesten Zuneigung zu sein. Aus dieser Perspektive betrachtet, mangelt es der Psychologie der Leidenschaften – unabhängig davon, ob sie nun von der Psychoanalyse abgelöst wurde oder nicht – natürlich nicht an Erklärungsmustern, um dem eine Bedeutung zu geben, was ein Schicksal zu sein scheint. Auch wenn diese Bedeutungen noch so richtig sein mögen, so treffen sie doch vielleicht nicht den eigentlichen Kern. Es wäre nämlich in der Tat möglich, daß das Gefühlsleben der modernen Menschen aus rein metaphysischen Gründen auf noch beängstigendere Schwierigkeiten stößt, als von der Anthropologie bisher angenommen. Ich sehe mindestens zwei Ursachen für diese Schwierigkeiten.

Die Tragik der modernen Liebe

Die erste dieser beiden Schwierigkeiten resultiert ganz einfach aus dem zuvor Gesagten: Das Individuum ist nun dazu verpflichtet, den größten Teil seiner Existenz auf Gefühlen, d.h. auf zuweilen heftigen emotionalen Neigungen zu gründen, während er stärker als je zuvor auf die traditionellen Hilfeleistungen verzichten muß, und zwar sowohl auf diejenige des religiösen Glaubens als auch auf diejenige einer Gemeinschaft, die über die Erfahrung des konkreten Gemeinschaftsgeistes verfügt. Hierbei handelt es sich um einen tragischen Kreislauf, denn die beiden Bewegungen – der Aufstieg des Gefühls einerseits und der Niedergang der Traditionen andererseits – verstärken sich gegenseitig in ihrer Wirkung: Das Böse wird für uns zugleich spürbarer und weniger sinnvoll. Ein sehr risikoreiches Leben also, auf dessen Verurteilung der Aufschwung der alten Formen von Spiritualität basiert. Sie überbieten sich darin, die offensichtlichen Widersprüche einer tödlichen Existenz hervorzuheben, die von vornherein ihr eigenes Unglück organisiert, indem sie die Neigung kultiviert, jedes Nachdenken über Trennung und Tod zu verachten. Somit läßt sich das Ausmaß der Schwierigkeiten einschätzen, die sich die modernen Menschen selbst bereitet haben. Je größer die Liebe und die emotionalen Bindungen gegenüber den nächsten Angehörigen im Vergleich zu früher sind, um so größer ist die Verletzlichkeit durch alle Formen des Bösen, aber um so kleiner ist die Unterstützung gegen es. Das erwähne ich nicht, um die »Moderne« zu verurteilen, sondern um zu verdeutlichen, wie hoch der Preis ist, den wir für ihr individualistisches Ideal zahlen. Aus diesem Umstand erklärt sich zweifellos auch der neuerliche, anhaltende Aufschwung antimoderner und neotraditionalistischer Ideologien. Von der fundamentalen Ökologiebewegung über die verschiedenen religiösen Synkretismen bis hin zu den unterschiedlichen, heute so ungeheuer in Mode gekommenen Ausprägungen von »New Age« plädieren sie für eine Rückkehr zu Formen kommunitaristischer, um nicht zu sagen sektiererischer Spiritualität. Und hieraus wiederum erklärt sich auch ihre Schwierigkeit, dauerhaft in einem Universum zu überzeugen, in dem ihre eigenen Anhänger, die dem allgemeinen Lauf der Dinge unterworfen sind, trotz ihrer holistischen Überzeugung unablässig die individualistischen Werte der Authentizität und des »eigenständigen Denkens« einfordern, was sich dann auch in der Wahl eines eigenen Gurus niederschlägt!

Aber es gibt noch einen zweiten, weniger banalen und offensichtlichen Grund für die Bedrohungen, denen das Glück der Gefühle ausgesetzt ist. Nachdem die Menschen sich von den heiligen Bindungen befreit haben, die ihnen die Traditionen der Religion und der Gemeinschaft auferlegt hatten, sehen sie sich mit einer nie dagewesenen Erscheinungsform der menschlichen Beziehungen konfrontiert: diejenige der, wenn man so sagen kann, einsamen Dualität, des Paares, das sich jetzt selbst überlassen und nur noch mit sich selbst konfrontiert ist, das sich zwar von der Last, aber auch von der Hilfe der vertikalen Welt der Traditionen losgelöst hat. Dieses menschliche, vielleicht allzu menschliche Paar wird bald schon die Erfahrung der engen Verbindung machen, die zwischen der absoluten Freiheit und der Anfälligkeit des Glücks besteht![29]

Die Dialektik des Liebeslebens: Tristan, Don Juan und zurück

Sind die von der Leidenschaft angeregten Gefühle dazu geeignet, dauerhafte Beziehungen zu begründen? Sind sie nicht von Natur aus derartig schwankend, daß nichts Beständiges auf ihnen aufbauen kann?[30] Schon seit Platon ahnte man es, und auch heute deutet nichts darauf hin, daß sich dieser Vermutung widersprechen ließe. Dennoch denken die Menschen der Moderne, daß das Gefühlsleben ohne die Liebe nicht lebenswert sei. Das Paradox der Liebesheirat besteht darin, daß sie von Anfang an – beinahe wesenhaft – ihre eigene Auflösung in sich zu tragen scheint. Wenn ausschließlich das Gefühl die Menschen aneinander bindet, dann kann auch nur das Gefühl allein sie wieder auseinanderbringen.[31] Je stärker sich die Ehe ihrer traditionellen, wirtschaftlichen oder familiären Motive entledigt, um zur Angelegenheit einer individuellen Entscheidung sowie einer Wahlverwandtschaft zu werden, um so bestimmter ergibt sich für sie das typisch moderne Problem der »Abnutzung des Begehrens«. Es hat den Anschein, als müßte sie, da es bei der Liebe nur ein Alles oder Nichts gibt, jede Ehe in ihren Untergang mit hineinziehen …

Drewermann behauptet, dieser Untergang sei nur die Auswirkung eines anderen, älteren Untergangs[32]: Nicht die fleischliche Sünde an sich sei es, wegen der Adam und Eva aus dem Paradies vertrieben werden, sondern die Trennung von einer Transzendenz, die ihre Verbindung überhaupt erst ermöglichte. Durch den Verlust eines dritten, des göttlichen Begriffs, sind sie sich selbst überlassen, und dieses Visavis ist früher oder später der Auflösung geweiht. Ausnahmsweise steht Drewermann hier einmal nicht in dem Verdacht, eine eigenständige oder abweichende Interpretation zu leisten. Vielmehr stimmt der wahre Sinn der *Versuchung*, den er ausfindig macht, vollkommen mit der offiziellen kirchlichen Lehrmeinung überein: Sie ist das eigentliche Werk der Schlange, jenes *Diabolos*, der die Trennung vom Göttlichen an sich betreibt und sich an den verheerenden Auswirkungen erfreut, die sie für die Menschen hat.

Im christlichen Europa war jahrhundertelang die einzige rechtmäßige Liebe die Liebe zu Gott. Hierauf bestehen die Evangelien mit einem für viele heutige Christen nicht nachvollziehbaren Nachdruck: »Wenn jemand zu mir kommt und nicht seinen Vater und seine Mutter und sein Weib und seine Kinder und seine Brüder und seine Schwestern und dazu auch sein Leben haßt, kann er nicht mein Jünger sein.« (Lukas, 14, 26) Sicher weil sie von der Gewalt des Verbs »hassen« oder seiner Unangemessenheit im Zusammenhang mit einer Botschaft geschockt sind, von der sie meinen, sie sei ausschließlich von der Liebe beseelt, scheuen sich einige Übersetzer nicht, es durch andere Verben zu ersetzen, die ihnen weniger brutal zu sein scheinen.[33] Das kommt in jedem Fall einer Abmilderung der Textbedeutung gleich. Es versteht sich fast von selbst, daß Jesus nicht den Haß als solchen gegen seine Nächsten predigt.[34] Allerdings scheint ihm die *ausschließlich* menschliche Liebe verachtenswert zu sein, und diese Ausschließlichkeit ist es, die wir hassen sollen, denn ohne die Vermittlung durch eine Transzendenz, ohne einen dritten Begriff, der verbindet, ist sie dem Nichts geweiht. Nun ist es aber offensichtlich dieses Dritte, das uns durch die Entstehung des Individualismus verlorengegangen ist, denn die moderne Familie ist zunächst einmal und vor allem ein *Paar*, zu dem zwar immer noch, aber nicht mehr mit derselben Unerläßlichkeit wie früher »Verwandte« im weitesten Sinne des Wortes gehören. Die Amerikaner sprechen in diesem Zusammenhang sehr treffend von »relatives«, womit sie, sicher vollkommen unbewußt, das neue Antlitz des Absoluten bezeichnen …

Unabhängig davon, ob man nun gläubig ist oder nicht, dürfte einen dieser Hinweis nicht vollkommen unberührt lassen. Er bietet möglicherweise eine befriedigende Erklärung der Listen, die die schließlich von den religiösen »Illusionen« befreite Leidenschaft entfaltet, wenn sie sich auf die intensive Suche nach denjenigen Hemmnissen begibt, die sie in ihrem jeweiligen Zustand verharren lassen oder ihre Metamorphosen behindern. Da ich vermute, daß sie allgemein bekannt sind, erspare ich es mir, sie hier im einzelnen anzuführen. Seit mindestens zwei Jahrhunderten sind diese Strategien die entscheidende Triebfeder für eine Unzahl literarischer Werke. Es ist allerdings interessant, sich etwas eingehender mit der Hypothese zu befassen, nach der diese Drehungen und Windungen der Ersatz für eine verlorengegangene Transzendenz wären, die sichtbaren Auswirkungen einer Dialektik, die die beiden auf Gedeih und Verderb miteinander verbundenen Monaden beinhaltet: die Dialektik von Egoismus und Altruismus. Sie durchzieht und nährt die gesamte moderne Problematik der Liebe aus Leidenschaft. Romanautoren, Denker und selbst seriöse Philosophen haben sich die Frage gestellt, ob diese Form der Liebe nicht ein Widerspruch an sich ist? Einerseits meint der Liebende/die Liebende, vollkommen in seinem/ihrem Objekt aufzugehen. Er (sie) denkt nur an sie (ihn), sieht in seinen (ihren) Träumen nur noch sie (ihn), und jeder Augenblick seines (ihres) Lebens ist ganz von der Sorge erfüllt, ein Zeichen des Anderen zu vernehmen. Er (sie) ist, wenn man so will, »altruistisch«. Aber sind all diese Gefühlsregungen nicht in erster Linie die *eigenen*? Wo sollten sich die durch die Leidenschaft geweckten Gefühle anders befinden als im tiefsten Inneren der eigenen Person? Das Objekt, das gerade noch so wesentlich zu sein schien, ist es nicht in Wahrheit reines Beiwerk, die gelegentliche Ursache für einen von Natur aus egoistischen Affekt, der sich hauptsächlich an sich selbst berauscht?

Natürlich ist es nicht möglich, diese Fragen abschließend zu beantworten. Allerdings erhält die scheinbar theoretische Problematik im Verlauf des Liebeslebens eine sehr konkrete Bedeutung. Damit die Leidenschaft fortbestehen kann, bedarf es einer vollkommenen Gleichwertigkeit zwischen dem (der) Liebenden und dem (der) Geliebten. Mit Ausnahme der Ahnungslosen ahnt jeder, daß jedes Ungleichgewicht in der Liebe tödlich ist. Hierbei handelt es sich gewissermaßen um ein Axiom der fundamentalen physikalischen Gesetze des Herzens, die aber nicht weniger verbindlich sind als diejenigen der Körper. Bekanntlich machte Simone Weil daraus das zentrale Thema eines kleinen Buches, dessen erste Worte aufschlußreich sind: »Alle natürlichen Regungen der Seele werden von Gesetzen bestimmt, die denjenigen der materiellen Schwerkraft entsprechen. Allein die Gnade ist hiervon ausgenommen ... Warum verhält es sich so, daß, sobald ein Mensch einem anderen Menschen zeigt, daß er kaum oder sehr auf ihn angewiesen ist, sich dieser entfernt? Schwerkraft.«[35] Und wenn das Ungleichgewicht verhängnisvoll ist, liegt das dann nicht gerade daran, daß die der Einsamkeit des Visavis ausgelieferten Individuen nur zwischen den beiden Extremen der Vernichtung des eigenen Ich »zum Vorteil« (was für ein erbärmlicher Vorteil!) des Anderen oder der Vernichtung des Anderen zum eigenen Vorteil hin- und herschwanken können?

Man wird diese Äußerungen zu Recht für maßlos übertrieben halten, denn tatsächlich findet die Liebe aus Leidenschaft manchmal zu einem Gleichgewicht. In diesem Fall verwandelt sie sich in eine glückliche und zärtliche Freundschaft. Alles in allem hat sie durchaus Bestand. Allerdings liegt das daran, daß sie eben keine Leidenschaft mehr ist und es somit den Menschen ermöglicht, ihrer Einsamkeit zu zweit zu entkommen, Platz zu bieten für die dritten Entitäten, die die Monaden zugleich voneinander trennen und miteinander verbinden. Es ist die Leidenschaft, die maßlos ist, nicht die Äußerungen über sie. Sie ist es, die, wie die gängigsten Klischees behaupten, »verzehrend« ist. In diesem Sinne ist es auch kein Zufall, wenn die größten unserer erotischen Mythen, von Tristan bis Don Juan, derartig antithetisch sind, wenn sie sich in den Kreislauf einer Dialektik einschreiben, bei der sich die Formen des Altruismus und des Egoismus gegenüberstehen wie die Begriffe einer Antinomie. Und haben sie dieses symbolische Gewicht nicht gerade auch deshalb erhalten, weil diese beiden permanent gegenseitig aufeinander verweisenden Extreme die Umrisse des affektiven Raums definieren, der dem Individualismus eigen ist?

Die Gestalt des Verehrers: Die Negation des Ich zugunsten des Anderen

Da sich das vollkommene Gleichgewicht, die ideale Wechselbeziehung der Gefühle nicht lange aufrechterhalten läßt, flüchtet sich die Liebe aus Leidenschaft in eine Negation des Ich, die dem Mystizismus verwandt ist. So wie der Mystiker die »Vereinigung mit Gott« anstrebt, versucht der Liebhaber (die Liebhaberin) in der Geliebten (dem Geliebten) aufzugehen. Daher bleibt ihm nur die Verehrung, aber zumindest verfügt er über ein erprobtes Modell, und zwar dasjenige der höfischen Liebe, das bereits in der Dichtung des 12. Jahrhunderts Anwendung findet und später von den Romantikern für die Menschen der Moderne zu neuer Blüte gebracht wurde.[36] Die Idealisierung des geliebten Wesens ist ihr zentrales Motiv. Seine Vollkommenheit – ein Attribut, das normalerweise dem Göttlichen vorbehalten bleibt – ist es, die die Gefühle auslöse, sie in das Herz des

Liebhabers eingraviere wie in ein weiches Wachsstück. Hier erhält die Leidenschaft ihren wahren Sinn, und zwar denjenigen einer absoluten Passivität. Genauso wie von einem »realistischen« Gesichtspunkt aus betrachtet der Einfluß der von Gott geschaffenen Welt auf ein passives Empfindungsvermögen die Empfindung überhaupt erst hervorruft, sind die Gefühle unzweifelhaft eine Wirkung, die durch den Schock des Zusammentreffens mit dem geliebten Wesen erzeugt wird.[37] Demzufolge ist die höfische Liebe von Natur aus unglücklich, da die (der) Geliebte immer transzendent bleiben muß. Aus diesem Grunde bleibt die Beziehung auch meistens platonisch, selbstlos und nicht fleischlich zugleich. Mit Hilfe der Selbstverneinung versucht der Verehrer, die durch das Ungleichgewicht der Begriffe verursachte Spaltung aufzuheben. Indem er sich selbst vollkommen zum Verschwinden bringt, kann er darauf hoffen, wieder eine Verbindung mit jenem beinahe Göttlichen herzustellen, zu dem das Objekt der Liebe geworden ist. Nur durch den Tod kann Tristan die Vereinigung erreichen, deren Zustandekommen im irdischen Leben schlichtweg unmöglich ist.

Hieran wird auch ersichtlich, warum diese ideale Entsagung, dieser hyperbolische Altruismus sich ganz leicht in ihr Gegenteil, den Narzißmus verkehren können. Gehört die Idealisierung des geliebten Wesens, die sich am Rande des Götzendienstes bewegt, nicht in den Bereich dessen, was wir heute als »Projektion« bezeichnen würden? Augenscheinlich wird dieser Prozeß durch die neuerliche Würdigung, die er bei den Romantikern erfährt; das gilt auch für Stendhal und seine Beschreibung der »Kristallisation«.[38] Indem sie sich ihrer religiösen Motive entledigt (die Idealisierung einer metaphysischen Vollkommenheit, die Verschmelzung mit dem vollkommenen Wesen durch die Selbstaufgabe), verurteilt die Liebe aus Leidenschaft den Liebhaber, der mit der Geliebten verschmelzen wollte, dazu, mit sich allein zu bleiben. Zunächst einmal aufgrund des Gesetzes der »Schwerkraft«, dessen Wirkung der unglückliche Stendhal durch Mathilde Dembowski so schmerzhaft am eigenen Leib erfahren mußte. Darüber hinaus aber auch deshalb, weil die schon bald auf die Projektion reduzierte Idealisierung immer nur auf das Innenleben des Liebenden verweist. Er versinkt also in jener Selbstgefälligkeit, die die Liebe zur Liebe ist, mag sie auch noch so unglücklich sein. Sobald der Verehrer die Rhetorik der Negation des Ich zugunsten des Anderen aufgibt, ist er nichts anderes mehr als der lächerliche Held eines einsamen Egotismus.

Der Mythos des Don Juan: Die Verneinung des Anderen zugunsten des Ich

Demzufolge wird der Liebhaber das Maß aller Dinge: Zu sein bedeutet in Wahrheit, sehen oder gesehen werden, lieben oder geliebt werden. Don Juan ist das sentimentale Äquivalent dieser idealistischen Theorie der Wahrnehmung. Er verführt unaufhörlich, aber die Objekte seines Charmes haben nur eine kaum ausmachbare Existenz. Für ihn sind die Frauen lediglich Schattenrisse, und in dieser Negation des Anderen kann er seine beispiellose Macht und Freiheit unter Beweis stellen. Don Juan kann man sich genausowenig als verheirateten Mann vorstellen wie Tristan, aber die Motive für diese Unmöglichkeit sind genau entgegengesetzt: Das vollkommene Wesen war für den Verehrer unerreichbar, und da der Liebhaber der Geliebten entsagte, stürzte er in das Nichts. Jetzt ist der Liebhaber unerreichbar, er ist die einzige Realität, und seine Objekte sind austauschbar und damit irreal. Infolgedessen spricht Don Juan von seinen Eroberungen wie von einer verschwommenen und unbestimmbaren Masse: »Wie dem auch sei, *nichts Liebenswertem, dessen ich gewahr werde*, vermag ich mein Herz zu verweigern.«[39] In seinen Augen zählen einzig die subjektiven »Erfahrungen«, nicht die besonderen Wesen, die deren gelegentliche Ursachen sind. Als rigoroser Egoist hofft er, sich mittels dieser Erfahrung seiner ganz zu bemächtigen und durch den Genuß der vitalen Energien, die ihm die immer neuen Eroberungen verschaffen, schließlich ganz eins mit sich selbst zu werden: »Schließlich birgt jede neue Zuneigung unergründliche Reize in sich, und die ganze Freude der Liebe entspringt dem Wechsel.«[40]

Auch diese vollkommene Freiheit, die uneingeschränkt über die Herzen herrschen will, verkehrt sich in ihr Gegenteil. Während Don Juan versucht, zu sich selbst zu finden, ist er dazu verurteilt, sich seiner immer nur in einer fortwährenden Äußerlichkeit zu sich selbst bemächtigen zu können: Er möchte die Verkörperung des vollkommenen Egoismus sein, aber er muß dauernd an die zwar unbestimmte, aber für sein eigenes Leben nichtsdestoweniger wesentliche Andersheit von jemand anderem appellieren. Indem er den Kult des Neuen um des Neuen willen zur Entfaltung kommen läßt, wird er auf die abstrakte Wiederholung von Lebensmomenten zurückverwiesen, die, wenn sie nicht schon von vornherein jedes Reizes entbehren, sich dann am Ende alle gleichen. Die Erregung weicht dem Überdruß, die reine Differenz der düsteren Identität einer Nacht, in der alle Katzen grau sind ...

Und wie es sich gehört, führt uns die Dialektik damit zu ihrem Ausgangspunkt zurück: Da das verliebte Bewußtsein das Gleichgewicht der Begriffe nicht aufrechterhalten kann, versucht es die Einheit durch die Negierung von einem der beiden Begriffe zu bewahren. Folgt man Kierkegaard, so handelt es sich hierbei um die vollkommene Niederlage des »ästhetischen Stadiums«. Als guter Christ folgerte er daraus, daß die Liebe zwischen zwei Wesen notwendigerweise an ein Drittes gebunden sein muß, das sie zugleich transzendiert und vereint. Diese Annahme könnte auch innerhalb eines bestimmten Humanismus zum Ausdruck kommen, und zwar desjenigen Humanismus, der anerkennt, daß die Transzendenz des Anderen mit der Selbstimmanenz vereinbar ist, sie als das anzuerkennen, was aus dem Inneren des eigenen Ich und der eigenen Gefühle heraus den zu engen Rahmen des monadischen Individuums aufsprengt.

Die neuen Gesichter der Liebe

An diesem Punkt der Überlegungen angekommen, ist es an der Zeit, auf eine Frage einzugehen, die bereits vielen Lesern durch den Kopf gegangen sein muß. Wenn man, wie ich es hier unter Berufung auf die Ergebnisse der Mentalitätsgeschichte getan habe, der »Entstehung der modernen Liebe« auf den Grund geht, von welcher Liebe spricht man dann eigentlich? Wem will man glaubhaft machen, daß Männer und Frauen in früheren Zeiten sich nicht genauso liebten, wie wir es heute tun? Dauerte es wirklich bis zum Zeitalter der Aufklärung, damit das Christentum die Liebe predigte? Erwiesenermaßen nicht. Aber genauso erwiesenermaßen ist dieser Begriff zweideutig. Er deckt sehr unterschiedliche Realitätsbereiche ab. Aus diesem Grunde ist es angebracht, etwas genauer zu werden. Um das Neue besser zu begreifen, sollten wir vom Alten ausgehen, d. h. für mich bei der griechischen Antike. Bekanntlich gab es im Griechischen drei verschiedene Wörter für Liebe: *Eros*, *Philia* und *Agape*.[41]

Das Wesentliche über Eros erfahren wir zweifellos von Platon. Mehr als 2000 Jahre später wiederholt Freud nur das, was Platon bereits gesagt hatte: Das in der Liebesleidenschaft verherrlichte sexuelle Begehren ist Mangel. Es beinhaltet das *Verlangen* nach dem Anderen. Ist es erst einmal befriedigt, verschwindet es so lange in einem saturierten Nichts, bis es mit keinem anderen Ziel wieder wach wird als dem Tod selbst. Wenn Freud das deutsche Wort *Lust* für *Eros* verwendet, dann bringt er damit diesen Widerspruch zum Ausdruck, der jedem biologischen Leben innewohnt. Die *Lust* ist Begehren und Freude,

Mangel und Befriedigung zugleich, denn das eine kann es ohne das andere nicht geben. Jede »Erregung« tendiert zu ihrer eigenen Beendigung, und deshalb geht *Eros* immer in *Thanatos* auf.

Will man etwas über *Philia* erfahren, was in der Regel mit Freundschaft übersetzt wird, muß man eher die Texte von Aristoteles heranziehen. In seiner *Nikomachischen Ethik* hat er ihr wunderschöne Seiten gewidmet. Im Gegensatz zu *Eros* ist *Philia* weder Mangel noch Verlangen, sondern jene wertvolle und einmalige Freude, die sich der einfachen Gegenwart, der Existenz des geliebten Wesens verdankt.[42] Jeder von uns kann sich unter diesen Definitionen, die eine erste Präzisierung möglich machen, irgend etwas Konkretes vorstellen. Von den Historikern erfahren wir, daß es an dieser *Philia* in den traditionellen Familien in einem solchen Maße mangelte, daß ihr Aufkommen im 18. Jahrhundert, zumindest im Rahmen der europäischen Zivilisation, eine wahrhafte Revolution darstellte.

Wie steht es demzufolge mit *Agape*? Nachdem dieser Begriff in der griechischen Antike noch vollkommen unbekannt war, tauchte er in den Evangelien auf, wo er jene Liebe bezeichnete, von der Christus sagt, wir sollten sie auch jenen, die uns gleichgültig sind, und sogar unseren Feinden entgegenbringen. Folglich handelt es sich um eine Liebe, die weder vom Mangel des Anderen *(Eros)* noch von der Freude über seine Gegenwart *(Philia)* genährt wird, sondern kaum vom Menschen in Betracht zu ziehen ist, da das Martyrium Christi ihr Modell darstellt. Eine interessenlose, selbstlose, sogar durch nichts gerechtfertigte Liebe, denn sie besteht auch außerhalb jeder Gegenseitigkeit fort. Eines der wenigen Bilder, das wir uns von ihr machen können, ist sicherlich folgendes: die Liebe einer Mutter (oder eines Vaters) für einen schlechten Sohn (oder eine schlechte Tochter), den (die) sie (er) trotzdem weiterhin liebt. Vielleicht gibt es noch ein zweites, selteneres Bild, an das auch Comte-Sponville – unter Bezugnahme auf Simone Weil[43] – erinnert: nicht den gesamten zur Verfügung stehenden Raum besetzen, diejenigen, die man liebt, »sein lassen«. »Sie weichen einen Schritt zurück? Der andere weicht zwei zurück. Einfach, um Ihnen mehr Raum zu lassen, um Sie nicht anzustoßen, um sich nicht aufzudrängen (...). Es ist das Gegenteil von dem, was Sartre ›das dicke Maß des Seins‹ nannte, für ihn eine plausible Definition des Schurken. Wenn man diese Definition, die soviel Wert ist wie irgendeine andere, akzeptiert, muß man sagen, daß die Nächstenliebe, so weit wir zu ihr fähig sind, das Gegenteil dieser Schurkerei wäre, die darin bestünde, nur man selbst zu sein. Es wäre gleichsam ein Verzicht auf die Fülle des Ego, auf das Vermögen, auf die Macht.«[44] Zwar können die genannten Bilder nur einen annähernden Eindruck vermitteln, aber sie versuchen, wie man sagt, eine Vorstellung oder besser, eine greifbare Vorstellung dessen zu vermitteln, was vielleicht schon nicht mehr ganz dem Bereich der menschlichen Gefühle angehört.

Aus der Auseinandersetzung mit diesen drei Erscheinungsformen der Liebe gewinnt André Comte-Sponville eine Erkenntnis, die es wert ist, daß man über sie nachdenkt: Es ist klar, daß ich im Verständnis von *Philia* niemals mehr als zehn oder zwanzig Menschen auf dieser Welt lieben kann. Demzufolge bleiben viele, mehr als fünf Milliarden, um genau zu sein, von dieser Liebe ausgeschlossen. Neben *Philia* ist es konsequenterweise die *Moral*, der einem rechtmäßig zustehende, abstrakte und in Wahrheit auch gleichgültige Respekt, der diese Aufgabe übernimmt. Dieser Respekt ermöglicht es mir, diejenigen, deren Abwesenheit keinen Mangel für mich darstellt und deren Existenz mich nicht direkt betrifft, *in etwa* so zu behandeln, als würde ich sie lieben. Er ist es, der mich dazu veranlaßt, einen Scheck für die Bedürftigsten auszustellen, an einer Demonstration gegen das eine oder andere Unrecht teilzunehmen oder ganz einfach den Gedanken zu akzeptieren, daß meine Freiheit da aufhört, wo die Freiheit des Anderen anfängt. Alles in allem nur eine sehr kleine Zahl von *Rücksichtnahmen*, die für uns im Normalfall, wenn alles gut geht, an die Stelle von *Agape* treten. *Agape* könnte die Moral überflüssig machen, aber diese Form der Liebe scheint nun einmal so unmotiviert und interessenlos, daß sie für den Menschen offenbar außer Reichweite liegt. Aus diesem Grunde wird das Überflüssige, nämlich die Moral, in letzter Instanz zu etwas sehr Notwendigem. »Handele so, als würdest du lieben …«, das ist, wenn man alles genau abwägt, das letzte Wort in dieser Angelegenheit. Zweifellos ist das nicht gerade viel, aber angesichts der herrschenden Zustände auf der Welt wäre es doch schon viel, unerwartet viel sogar.

Ich möchte diese Analyse nur um folgende Bemerkung ergänzen: Wenn mit der Entstehung des modernen Individualismus *Philia* Eingang in die Familien findet, ist es dann abwegig anzunehmen, daß sie uns für die Tugenden *Agapes* empfänglicher macht? Man wird zweifellos einwenden, daß die Liebe egoistisch sei, daß die Familie, die die Privatsphäre schlechthin verkörpert, sich nur in dem Maße um die Gemeinschaft kümmert, in dem diese Einfluß auf sie nimmt, d. h., die Eltern machen sich Sorgen um die wirtschaftliche Situation, wenn sie eine Bedrohung für ihre Kinder darstellt, um die Schule oder die Universität, wenn sie dort hingehen, um die Zukunft der Medizin und der Krankenkassen, wenn sie krank sind usw. Diese Einwände sind nicht falsch. Aber zwischen diesem »Gruppenegoismus« auf der einen Seite und der abstrakten Moral der universalistischen Imperative auf der anderen gibt es meiner Ansicht nach ein Verbindungsglied, eine Gemeinsamkeit, die erst nach dem Eindringen von *Philia* in den Privatbereich wirklich sichtbar wird. Obwohl wir uns zunächst und in erster Linie um unsere nächsten Verwandten Sorgen machen, empfinden wir doch ein gewisses Mitleid angesichts des Leidens derjenigen, von denen wir nunmehr wissen, daß sie *alter egos* sind. Damit es dazu kommen konnte, mußte die demokratische Gleichheit begründet werden und parallel dazu das moderne Gefühlsleben entstehen. Ohne diese Vermittlung kann es in der Tat kein Mitleid in bezug auf die gesamte menschliche Gattung geben. Mir scheint, als würde diese offensichtliche *Sympathie* zur Aufweichung der starren Grenzen der Antinomie zwischen Egoismus und Altruismus führen, in der die moderne Liebe anfänglich verfangen war. Sie war deshalb notwendig, damit die Moral der Pflicht keine reine Abstraktion blieb, damit sie, wenn man so sagen darf, durch *Agape* befruchtet wurde. Für denjenigen, der seine Kinder liebt, ist es ausgeschlossen, einem Unglück gegenüber gleichgültig zu bleiben, das *seinesgleichen* widerfährt, und sei es auch am anderen Ende der Welt. *Auch wenn es noch so wenig ist*, im Rahmen der demokratischen Gleichheit, in dem sich die Idee durchsetzt, daß es von Natur aus keinen Unterschied zwischen den Menschen gibt, ist der Egoismus dazu bestimmt, sich gewissermaßen durch sich selbst zu überwinden. Diese Überwindung muß in vielen Fällen noch nicht einmal das Ergebnis einer Überlegung, eines intellektuellen Verfahrens sein. Und auf eben dieser neuen Grundlage wird um die Mitte des 19. Jahrhunderts das humanitäre Abenteuer beruhen. Mit Hilfe dieser Überwindung kann das humanitäre Abenteuer an die Stelle einer christlichen Religion treten, deren traditionelle Struktur des Theologisch-Ethischen die Fortschritte des Individualismus bereits buchstäblich unterminiert hatten.

Neue Formen des Heiligen?

Die Erkenntnisse der Historiker sind wertvoll. Sie ermöglichen uns ein besseres Verständnis für die Bereiche einer möglichen Geschichte der Aufopferung und somit ein besseres Verständnis für die Vorstellungen, die sich die Menschen vom Heiligen machen. Somit wird deutlich, daß der langsame Prozeß der Entzauberung der Welt, in dessen Verlauf es zu einer Vermenschlichung des Göttlichen kommt, durch die gleichzeitige Vergöttlichung des Menschlichen ausgeglichen wird. Als in höchstem Maße fragwürdig erweist sich damit der Befund, daß wir schlichtweg den Zerfall *jeder Form* von Transzendenz erleben würden, da sie den Wirkungen der unerbittlichen Dynamik des demokratischen Individualismus ausgesetzt sei. Alles deutet im Gegenteil darauf hin, daß es zu einer Neugestaltung der Transzendenz kommt, die sich zunächst zwar nur im Bereich der individuellen Gefühle ereignet, aber durch die Berücksichtigung der gesamten Menschheit darüber hinaus natürlich auch auf globaler Ebene. Obwohl sie in der Immanenz der Subjekte gelebt werden, definieren sie doch einen neuen Raum des Heiligen. Für uns gilt es nun, die Umrisse dieses Raums zu erfassen.

Drittes Kapitel

Das Heilige mit menschlichem Antlitz

In den sechziger Jahren fand die Emanzipation der Körper statt. Seit mehr als 2000 Jahren hatte die jüdisch-christliche Tradition die intelligible Welt der Sinnenwelt, die Schönheit der Gedanken der Häßlichkeit der Instinkte, den Geist der Materie und die Seele dem Körper entgegengesetzt. Ein Berufungsprozeß wurde dringend erforderlich. Marx, Nietzsche und Freud wurden in den Zeugenstand gerufen, um den Unterdrückten dabei behilflich zu sein, einem fröhlichen, spielerischen und zwanglosen Materialismus den Weg zu bahnen. Am Ende dieses Kampfes zeichnete sich die sexuelle Befreiung ab und in ihrem Kielwasser die ersten Legalisierungen von Abtreibungen. In diesem scheinbar immoralischen Gewand gab sich die Revolte in Wahrheit moralischer als die alten, bürgerlichen und abgenutzten Ethiken. Sie trat für die Emanzipation der ganzen menschlichen Gattung ein.

Epochenwandel: Der Anspruch auf vollkommene Freiheit ist auf neue Widerstände gestoßen. Heute geht es weniger darum, unsere Körperlichkeit zu befreien, als vielmehr darum, sie vor möglichen Übergriffen zu schützen, die ihr durch die gewachsene Macht der Wissenschaft, der Industrie und des Handels drohen. Handelt es sich um reale Bedrohungen oder um Phantasiegebilde? Die Frage verdient es, gestellt zu werden. Jedenfalls steht fest, daß nach der Zeit der Emanzipation die Zeit der Segnung und Heiligsprechung eines menschlichen Körpers gekommen ist, der nicht schutzlos den Mächten der Technowissenschaften ausgeliefert werden darf. Zu Symbolen dieser neuen moralischen Sorge sind die im Laufe der achtziger Jahre gegründeten Ethikkommissionen geworden, deren Aufgabe darin besteht, die Auswirkungen des wissenschaftlichen Fortschritts abzuwägen.

Zur selben Zeit und aus denselben Gründen gewann die Humanität bei unseren moralischen Überlegungen immer mehr an Gewicht. Auch in dieser Beziehung ist der Unterschied zu den sechziger Jahren auffällig. Es dürfte noch untertrieben sein, wenn man sagt, daß in der Zeit des Mai '68, als alles hochgradig politisiert war, Barmherzigkeit nicht gerade hoch im Kurs stand. Von den Philosophen des Argwohns lächerlich gemacht, galt sie, genau wie die Religion, durch die sie zumeist angeregt war, als Opium fürs Volk. Von der karitativen Aktion würde die so ungeduldig erwartete Revolution nicht ausgehen können. Vielmehr war sie sogar das sicherste Mittel, sie zu verhindern, ihr gefährlichstes Hindernis, der Honig, der dazu bestimmt war, die Einnahme eines Gifttranks zu versüßen, dessen Bitterkeit allein die Quelle für eine echte, politisch aktive Haltung sein konnte, und zwar diejenige, die den Weg zunächst der Revolte und dann der Eroberung eines für die Klasseninteressen mißbrauchten Staates beschritt.[1] Im Philosophiestudium stellten die marxistischen und nietzscheanischen Kritiken des »Mitleids« eine Pflichtlektüre dar.[2] Ich erinnere mich noch an die Kommentare eines verblendeten Professors, der uns dazu aufforderte, über das revolutionäre Potential des folgenden Abschnitts aus Nietzsches *Wille zur Macht* nachzudenken, der sich mit der christlichen Barmherzigkeit befaßt: »Diese allgemeine Menschenliebe ist *in praxi* die *Bevorzugung* alles Leidenden, Schlechtweggekommenen, Degenerierten (...). Die Gattung braucht den Untergang der Mißratenen, Schwachen, Degenerierten: aber gerade an sie wendete sich das Christentum, als *konservierende* Gewalt; sie steigerte noch jenen an sich schon so mächtigen Instinkt der Schwachen, sich zu schonen, sich zu erhalten, sich gegenseitig zu halten. Was ist die ›Tugend‹ und ›Menschenliebe‹ im Christentum, wenn nicht eben diese Gegenseitigkeit der Erhaltung, diese Solidarität der Schwachen, diese Verhinderung der Selektion?«[3] Die Proletarier waren dazu berufen, die neuen Herren zu werden, und die verbürgerlichte, konservative und verdummte Masse war das zeitgenössische Pendant zu den schwachen Christen ...

Der Gegensatz zwischen Politik und Humanität ist zweifellos noch nicht verschwunden. Der Verdacht, diese könnte der Politik als Alibi dienen, ist sogar eines der zentralen Themen aktueller politischer Auseinandersetzungen. Die Frage ist berechtigt. Aber auch hier stellt sich die Situation genau umgekehrt dar: Innerhalb von 25 Jahren hat die Zahl der regierungsunabhängigen, karitativen Organisationen um ein Mehrfaches zugenommen, während die letzten Anhänger der Revolution ins Museum für verschwundene Arten gekommen sind. Ob man es nun bedauern mag oder nicht, die Politik kann nicht mehr als das Feld gelten, auf dem Utopien gedeihen, sondern an ihre Stelle ist vielmehr die Absicht getreten, sich des Leidens und der Würde des Anderen anzunehmen. Und wenn ein Vertreter der Humanität ablehnende Reaktionen hervorruft, so liegt das nicht mehr an seinen Zielen, sondern weil man ihn zuweilen verdächtigt, eine so schöne Idee für ideologische oder Werbezwecke zu mißbrauchen.[4] Der Sakralisierung der Körper entspricht also diejenige der Herzen, und die zunächst laisierten und dann aufs neue getauften Werte der Barmherzigkeit erfahren einen nie gekannten Aufschwung. Verbal, wird man vielleicht einwenden, aber nicht in der Wirklichkeit des täglichen Lebens.

Nicht immer ist vom schlimmsten aller Fälle auszugehen. Zwei Wissenschaftler vom CNRS[5], Edith Archambault und Judith Boumendil, haben im Auftrag der Fondation de France eine großangelegte Untersuchung über Spenden und ehrenamtliche Hilfeleistungen durchgeführt, die im April 1995 erschienen ist. Ihre Studie hat kaum Beachtung gefunden.[6] Die darin formulierten Schlußfolgerungen, die von erheblichem Interesse sind, belegen eine bemerkenswerte Tendenz zu jener »Sorge um den Anderen«, in der nicht wenige lediglich eine vorübergehende Modeerscheinung sehen wollen. Die Deutung dieses Phänomens ergibt sich zweifelsohne nicht von selbst, und es wäre auf jeden Fall übereilt, ohne weitere Nachfragen die Hilfsbereitschaft unserer Mitmenschen zu feiern. Trotzdem ist ihr faktisches Ausmaß beeindruckend: mehr als 50 % der Franzosen haben 1994 eine Spende geleistet (1993 waren es 40 %), wobei das Gesamtaufkommen der Spenden 14,3 Milliarden Francs betrug. Das bedeutet eine Steigerung um 50 % seit 1990.

Berücksichtigt man die Tatsache, daß ein Viertel der Spender über Einkünfte verfügt, die unterhalb des steuerpflichtigen Einkommens liegen, so läßt sich damit vielleicht die pessimistische Annahme entkräften, daß diese Form der Hilfsbereitschaft in erster Linie auf die geschäftliche Überlegung zurückzuführen sei, durch sie steuerliche Vergünstigungen zu erzielen. Gleiches gilt für die bei einigen immer noch bestehende Vermutung, das karitative Engagement sei immer noch auf das einfache Ausfüllen eines Schecks begrenzt, mit dem man sich billig ein reines Gewissen erkaufe. Zur selben Zeit haben sich nämlich eine Million neuer freiwilliger Helfer, die, wie man sagt, mit ihrem persönlichen Einsatz bezahlen, zur Übernahme von Arbeiten jeder Art bereit erklärt! Im Jahre 1975 standen den katholischen Hilfsdiensten 25 000 freiwillige Helfer zur Verfügung, 1984 waren es 52 000 und 66 000 im Jahre 1989! Unter den verschiedenen Bereichen, die von dieser neuen karitativen Leidenschaft profitieren, rangieren die internationalen humanitären Aktionen mit Sicherheit nicht an oberster Stelle. Sie liegen sogar weit abgeschlagen hinter der ehrenamtlichen Tätigkeit in Sportvereinen, im Gesundheits- oder im Sozialbereich. Sie besitzen nichtsdestoweniger einen derartig hohen symbolischen Stellenwert, daß bereits sie allein das ganze Phänomen veranschaulichen können. Zwar mögen sie ein nicht ganz exaktes Bild abgeben, aber genausowenig ist es vollkommen falsch. Heute gibt sich die Solidarität nämlich gern als ein globales Phänomen aus. In Verbindung mit einem Schuß Abenteuerlust versucht sie sich ihrer alten Einschränkungen nationaler, ethnischer oder religiöser Art zu entledigen. Weder die Nation noch die Rasse oder das Göttliche selbst scheinen so heilig zu sein wie das Leid oder die Würde des Menschen. Gerade das ist vielleicht das Neue, worüber man um so mehr nachdenken müßte, als diese Heiligsprechung sehr unterschiedliche Facetten aufweist.

Bioethik: Die Heiligsprechung des menschlichen Körpers

Zeugung im Reagenzglas, Abtreibungspille, künstliche Befruchtung, Klonen, Experimente an menschlichen Embryonen, Eugenik, neue Definition der Grenzen zwischen Leben und Tod, Organspende, Genmanipulationen und -therapien, zukunftweisende Medizin: die Zeitungen sind voll mit derlei unentwirrbaren existentiellen, ethischen und juristischen Szenarien, mit denen uns diese bisher nie dagewesene Macht konfrontiert, die der Mensch über den Menschen hat. Wohl niemals zuvor sind die traditionellen Schranken derartig ins Wanken geraten. Wohl auch niemals zuvor haben wissenschaftliche und technische Fortschritte Fragen von einer derartigen moralischen und, sagen wir es ruhig, *metaphysischen* Tragweite aufgeworfen. Es hat den Anschein, als würde die Empfindung des Heiligen, trotz »Gottes Tod«, weiter fortbestehen, ohne daß uns deshalb die dazugehörige Spiritualität und Weisheit gegeben wären. Daß die von der Bioethik hervorgerufene Mischung aus Angst und Faszination dem theologischen Motiv der Profanierung nicht fremd ist, das tritt mittels dreier ihrer zentralen Arbeitsgebiete heute sozusagen offen zutage.

Zunächst einmal wäre da die Frage der Identität bzw. der Besonderheit des Menschen an sich. Es ist nicht nur möglich geworden, tiefgefrorene Embryonen solange man will zu konservieren, sie bei Bedarf in die Gebärmutter zu implantieren und damit die früher unumstößliche Logik der Generationen durcheinander zu bringen – so daß zum Beispiel eine Frau die Mutter ihrer Schwester werden könnte[7] –, sondern man kann Menschen auch »klonen«, ihre Keimzellen verändern, was möglicherweise zu Mutationen bei der menschlichen Gattung führt. Demzufolge geht es um nicht weniger als die Frage danach, was die Menschheit als solche ausmacht und welche definitiven Veränderungen sich an ihr vornehmen lassen.

Die Tatsache, daß der Mensch über eine derartige Machtfülle verfügt, stellt schon an sich ein schwerwiegendes Problem dar. Er ist nicht nur gewissermaßen Richter und Kläger in einer Person, sondern er ist nicht dazu in der Lage, zumindest noch nicht, die möglichen Folgen seiner Eingriffe in die eigene »Natur« zu beherrschen. Somit erneuert die zeitgenössische Wissenschaft den Frankenstein-Mythos bzw. denjenigen des Zauberlehrlings, denn es besteht die Gefahr, daß die vom Menschen erschaffenen Kreaturen sich unwiderruflich seinem Einfluß entziehen. Folglich hat er kein Recht, sich zu irren, denn schließlich gibt es auf diesem Gebiet kein Experiment, das für sich in Anspruch nehmen dürfte, unschuldig zu sein.

Aus diesem Umstand resultiert eine dritte Frage, die meiner Ansicht nach niemanden unberührt lassen dürfte: Durch wen, mittels welcher Verfahren, im Namen welcher expliziter oder impliziter Kriterien können der unvermeidlichen Entfaltung individueller Ansprüche oder, wie einige es gern sähen, der Entwicklung der wissenschaftlichen Forschung Grenzen auferlegt werden? Da der Mensch von nun an sein Schicksal in die eigenen Hände nehmen kann und sich ganz allein mit den von ihm selbst heraufbeschworenen Dämonen auseinanderzusetzen hat, muß er in sich selbst die Antworten auf Fragen finden, für die nur er allein verantwortlich ist. Er muß, sozusagen *ex nihilo*, die Regeln für sein Verhalten gegenüber den Mächten *erfinden*, die er selbst entfesselt hat und von denen noch niemand weiß, wie er sie beherrschen kann.

Ich glaube, daß die moralischen Bedenken, die man unter der Bezeichnung »Bioethik« zusammenfaßt, folgendes zum Ausdruck bringen: Die Laisierung der Welt, die mit der Entwicklung der Wissenschaften einhergeht, tilgt das Empfinden des Heiligen keinesfalls, sondern läßt es im Gegenteil noch offenkundiger werden, weil sie es dem Menschen näherbringt und es zum Bestandteil seiner selbst macht. Der menschliche Körper wird nach dem Vorbild des Körpers Christi zu einem Tempel. Allerdings scheint die Göttlichkeit, die er in sich trägt, unauffindbar zu sein. Sie verweist auf eine Seele, die wir nicht zu benennen vermögen, auch wenn wir sie weiterhin in uns spüren. Das Göttliche ist aus dem Himmel hinabgestiegen, es ist, genau wie es Hegel prophezeit hatte, immanent geworden. Die Möglichkeiten des Klonens oder genetischer Manipulationen, mit deren Hilfe unabänderliche Veränderungen an der menschlichen Gattung vorgenommen werden können, beängstigen den Atheisten und den Gläubigen gleichermaßen. Allerdings ist die Angst seit der Entstehung des Menschengottes nicht mehr an das Bild der vom Schöpfer auferlegten Gebote gebunden. Einzig und allein der Ernst der sich stellenden Fragen erinnert noch an sie wie das Negativ einer Sorge, dem der laizistische Humanismus nicht vollständig gerecht zu werden vermag. Sie ist eher auf den Respekt vor der Kreatur an sich zurückzuführen, deren Körper nur in dem Maße ein Wert zuerkannt wird, in dem es ein Herz in sich trägt. Auf diese Weise wird die Verbindung zwischen der Entstehung der modernen Liebe und der Heiligsprechung des Menschen sichtbar.

Die Humanität oder die Heiligsprechung des Herzens

Als Henri Dunant mit Hilfe von Gustave Moynier am 29. Oktober 1863 das Rote Kreuz gründet, hat er nur einen einzigen Gedanken: daß so viele Staaten wie möglich jene »Neutralität« anerkennen, die ihm seit seiner ersten Berührung mit der Niedertracht des Krieges so sehr am Herzen lag. Viele Autoren haben in ihren Büchern vom großartigen und turbulenten Schicksal Henri Dunants berichtet.[8] Aus diesem Grunde möchte ich mich hier auf das grundlegende Ereignis beschränken, auf die Urszene gewissermaßen, die das auslösende Moment für alles weitere darstellte: das berühmte Solferino-Erlebnis. Dunant, ein leidenschaftlicher Protestant und Mitglied der guten Gesellschaft von Genf, begibt sich in Algerien, wo er eine moderne und leistungsfähige Mühle gekauft hat, auf die Suche nach Abenteuer und

Reichtum. Da es ihm jedoch an Land fehlt und die Verwaltung ihn übermäßig schikaniert, beschließt er, sich direkt an den Kaiser zu wenden. In diesem Sommer des Jahres 1859 jedoch hält sich Napoleon III. nicht in Paris auf, weil er in Italien einen grausamen Krieg gegen Österreich führt. Dunant fürchtet sich vor nichts und scheut keine Mühen. Er reist in die Lombardei, um dort mit dem Kaiser zusammenzutreffen. Am 24. Juni erreicht sein Wagen Castiglione, das nur wenige Kilometer vom Schlachtfeld entfernt liegt, wo innerhalb weniger Tage 40 000 Soldaten ihr Leben lassen werden. Die Straßen, Kirchenvorplätze und Treppen der öffentlichen Parks dieser italienischen Kleinstadt sind übersät mit Verletzten, und das Blut fließt wie das Wasser an einem verregneten Tag. Mehrere Tage lang findet Dunant keinen Schlaf, weil er unermüdlich und vergebens versucht, diese von allen verlassenen Männer zu pflegen. Er trifft nicht mit Napoleon zusammen, aber als er wieder in Genf zurück ist, schreibt er fieberhaft an einem Buch, das um die Welt gehen wird: *Un souvenir de Solférino.* Das Buch erlebt schnell mehrere Auflagen, und sein Erfolg ist überwältigend, was auch das Zeugnis der Brüder Goncourt bestätigt, die normalerweise sehr sparsam mit Lob umgehen: »Diese Seiten setzen mich einem Wechselbad der Gefühle aus. Ein erhabenes Buch, das einen bis ins Mark trifft. Es ist schöner, tausendmal schöner als Homer, als *La retraite des dix mille*, als alles ...«[9]

Das Lob mag übertrieben sein, aber es ist symptomatisch, denn auch heute noch läßt sich Dunants Buch nicht emotionslos lesen. Es enthält eine schöne und einfache Idee, die zwar in den Augen der Philosophen nicht neu sein mag, beim breiten Publikum aber immer von großer Wirkung ist: Wenn die Soldaten erst einmal am Boden liegen und durch ihre Verletzungen außer Gefecht gesetzt sind, hören sie auf, Soldaten zu sein. Sie werden wieder zu Menschen, zu Opfern, die sich durch nichts, nicht einmal durch ihre Nationalität, voneinander unterscheiden. Das ist der ursprüngliche Sinn jenes »Neutralismus«, auf dem das Tun des Roten Kreuzes basieren wird. Es ging anfangs nicht darum – was ihm in der Folge so oft zum Vorwurf gemacht wird –, die *politische* Verantwortung der einen oder anderen Seite zu leugnen, sondern im ausschließlichen Interesse der *Opfer* davon abzusehen. Damit ist das Recht auf Humanität geboren, und man vergißt manchmal, daß es zunächst ein besonderes Kapitel des Kriegsrechts darstellte. *Inter arma caritas* ... Nichtsdestoweniger beinhaltet dieses Recht im Vergleich zu seinen beiden legitimen Vorfahren, der christlichen Barmherzigkeit und der Philosophie der Menschenrechte, zwei entscheidende Neuerungen.

»Laß dem Anderen nicht widerfahren ...«: Die globale Ausbreitung der Barmherzigkeit und der Menschenrechte[10]

Im Zusammenhang mit den neuen karitativen Betätigungsfeldern kommt eine neue moralische Kategorie zwischen Gut und Böse zum Vorschein: diejenige der Gleichgültigkeit, auf die es ohne jede Einschränkung oder Vorbehalt Jagd zu machen gilt. Die Erklärung der Menschenrechte von 1789 hat sich nunmehr ihres nationalen Rahmens entledigt, der ihr anfänglich zu eigen war, weshalb sie sich in der Tat nicht nur auf den Menschen an sich bezog, sondern auch auf den *Bürger*, den Angehörigen einer Nation mit festen historischen und geographischen Konturen. Von einem philosophischen Standpunkt aus betrachtet, gehört die Idee der Humanität zum universalistischen Erbe der Menschenrechtserklärung. Diese gründet auf der Vorstellung, daß jedes Individuum, unabhängig von seiner Zugehörigkeit zu einer bestimmten – ethnischen, nationalen, religiösen, sprachlichen oder anderen – Gemeinschaft Rechte hat. Allerdings dehnt sie dieses Prinzip bis an seine äußerste Grenze aus, so daß der nationale Rahmen, der ihr noch als Geburtsstätte diente, zu verschwinden droht. Jean-Christophe Ruffin stellt zu Recht fest: »Bis zu diesem Zeitpunkt waren Philantropen wie Florence Nightingale Gefangene ihrer nationalen Herkunft geblieben: Sie traten zwar für die Verbesserung der Versorgung von Verwundeten ein, gingen aber implizit immer noch davon aus, daß sich jedes Lager um ›seine‹ Verwundeten zu kümmern hätte. Dunant litt nicht unter dieser nationalistischen Verzerrung der Perspektive. Zumindest in seinen Gedanken lebte er in einer idealen Welt, und bei den zusammengepferchten Verwundeten in Solferino hat er diese Welt vor Augen. Diese Welt der Opfer ist eine Welt von Gleichen, und nachdem sie durch Waffen verwundet wurden, haben sie sich ihrer nationalistischen Fesseln befreit. Sie sind alle neutral geworden.«[11] Dem humanitären Denken ist nicht nur die Tendenz zu eigen, sich vom nationalen Rahmen zu lösen, sondern indem es heute die Form eines »Rechts auf Einmischung« angenommen hat, steht es sogar seinem obersten Prinzip entgegen: der sakrosankten Souveränität der Staaten.

Obwohl die Humanität ein Erbe des Christentums und der Menschenrechte ist, unterscheidet sie sich demzufolge durch die außergewöhnliche Tragweite, die sie der Idee der Universalität verleiht. Und hierdurch wird offensichtlich, daß sie eine typisch moderne und abendländische Vorstellung ist. Zwar war den traditionellen Gesellschaften die Pflicht zur Hilfeleistung nicht unbekannt, denn jede Moral, auch die alten Morallehren, und natürlich auch jede Religion enthält die Idee einer Pflicht zur Barmherzigkeit. Aber in der Regel blieb diese Pflicht auf die durch die jeweilige Tradition definierte, besondere Gemeinschaft begrenzt. Die Solidarität erstreckt sich nicht ohne weiteres auf die gesamte Menschheit, und die Religionskriege eigneten sich auch nicht gerade dazu, den hohen Stellenwert des Mitgefühls zu belegen ... Man kann sogar sagen, daß der Anspruch des Katholizismus auf Universalität noch unter dem Vorzeichen des Bekehrungseifers stand, denn nicht der Andere als solcher war der Gegenstand wahren Respekts, sondern der potentielle Christ. Hieraus erklärt sich einerseits der missionarische Eifer der Kirche, andererseits aber auch die furchtbaren Thesen der größten christlichen Theologen über den »gerechten Krieg«. Obwohl die Pflicht zur Hilfeleistung dem Christentum viel verdankt, ist sie Bestandteil des durch die Französische Revolution eröffneten Raums eines laizistischen Universums, der gerade deshalb zum Kosmopolitismus tendiert, weil er mit den einzelnen Traditionen bricht. Eine neue Religion ist geboren, und zwar die der Humanität.

Und genau da drückt der Schuh. Wenn die Ausbreitung der Pflicht zur Hilfeleistung im Prinzip unendlich (sie erfaßt die ganze Menschheit und nicht nur uns nahestehende Menschen oder Glaubensbrüder) und lückenlos (sie kann bis zur Bereitschaft gehen, das eigene Leben zu opfern) ist, wie sollte man dann noch hoffen können, daß sie vernünftig eingesetzt wird? Kann das ideale Subjekt einer solchen Verpflichtung real sein? Es müßte sich um eine heldenhafte Persönlichkeit bisher unbekannter Art handeln, denn der Anlaß für ihr Handeln wären keine materiellen und fleischlichen Werte mehr wie die Liebe zu den Seinen, zu seinem Land, seiner Kultur oder seiner Geschichte, sondern einzig die Achtung reiner Prinzipien, eine gewissermaßen abstrakte Anteilnahme ... Aus diesem Sachverhalt ergibt sich natürlich zunächst einmal die gewaltige Kluft zwischen Ideal und Wirklichkeit. Die »Objekte«, die die Opferbereitschaft mobilisieren, sind nämlich zugleich zahlreicher und weiter entfernt als je zuvor. Beinahe täglich zeigen die Nachrichtensendungen im Fernsehen mögliche neue Ziele für humanitäre Hilfsaktionen. Gleichzeitig aber gibt es immer weniger Gründe, die ein Opfer erforderlich machen: Was verbindet mich, abgesehen von dem zweifellos realen, aber naturgemäß abstrakten Gefühl, derselben menschlichen Gattung anzugehören, heute noch mit einem Sudanesen, einem Kambodschaner oder einem Tutsi? Schon Pascal Bruckner[12] hat bemerkt, daß wir angesichts der Bilderflut, der wir ausgesetzt sind, den Abgrund ermessen, der zwischen dem »Sehen«, »Wissen« und »Können« liegt. Und dieser Abgrund versetzt uns zwangsläufig in einen Zustand relativer Gleichgültigkeit.

Allerdings orientiert sich die Vernunft weniger an den abartigen Auswirkungen der Überinformation als am Wesen der humanitären Utopie.

Da die Menschen durch die Laisierung der Welt aus ihren alten Zugehörigkeiten zu einer Gemeinschaft herausgelöst werden, ist sie die wichtigste Quelle der universalistischen Ethiken. Sie umfaßt allerdings eine doppelte Bewegung, die ihre vollständige Verwirklichung erschwert, wenn nicht verhindert. Einerseits erleben wir eine Vergöttlichung des Menschen als solchem. Gleichzeitig jedoch gibt es, abgesehen von dieser Abstraktion, keine heilige Entität, keinen transzendenten Wert mehr, für den das Opfer selbstverständlich wäre. Die neue Formel für die Pflicht zur Hilfeleistung – »laß dem Anderen nicht widerfahren, wovon du nicht wünschst, daß es dir widerführe« – ist vielleicht ein Fortschritt im Vergleich zu der Formel, die sie ablöst. Da es jedoch keine wirkungsvollen Vermittler zwischen der Privatsphäre und der abstrakten Universalität gibt, ist zu befürchten, daß sie größtenteils toter Buchstabe bleibt. Angesichts eines derartig schwierigen Vorhabens kann man eigentlich fest mit den verheerenden Folgen einer ganz im Stil der sechziger Jahre durchgeführten Kritik an der Gesellschaft des Spektakels rechnen, die Ende der achtziger Jahre ihren Höhepunkt erreichen sollte.

Die Infragestellung der Humanität

Eine merkwürdige Wiederkehr der Dinge: Noch vor kurzem konnte der Wille, die karitative Aufgabe zum Bestandteil der Politik zu machen, als eine schöne Utopie gelten. Die Schaffung eines mit dieser Aufgabe betrauten Ministeriums in Frankreich oder die Formulierung eines »Rechts auf Einmischung« durch die UNO schienen die Anstrengungen auch derjenigen zu krönen, die innerhalb der regierungsunabhängigen Hilfsorganisationen schon seit langem den Kampf gegen das »Unglück der anderen« aufgenommen hatten. Mario Bettati, der neben Bernard Kouchner einer der Gründerväter dieses neuen Rechts war, sprach vor kurzem seine legitime Genugtuung über folgenden Umstand aus: Wenn sich die Zahl der regierungsunabhängigen Hilfsorganisationen seit 1970 verhundertfacht hat, so liegt das daran, daß sie einer neuen, nach der Zerstörung der letzten politischen Utopien entstandenen Hoffnung Ausdruck verleihen. Sogar die Vollversammlung der UNO nahm im Dezember 1990 eine Resolution an, mit der die Schaffung von »Hilfskorridoren« beschlossen wurde, die einen »freien Zugang zu den Opfern« ermöglichen sollen ...[13]

Trotz der erfolgreichen Arbeit, der Ausgaben in Milliardenhöhe und der vielen geretteten Leben ist das vorherrschende Gefühl heute oftmals ein negatives. All das wäre nutzlos, sei nur Sand in den Augen, fieberhafter und spektakulärer Aktionismus, der dazu diente, die Passivität der Staaten der nördlichen Hemisphäre angesichts der Kriege im Süden und Osten der Welt zu kaschieren.

Saddam Hussein und Milosevic sind beide noch da. Der Völkermord in Ruanda ist live übertragen worden, so daß er beinahe vor unseren Augen stattfand, und vieles deutet darauf hin, daß das Töten in Burundi ungehemmt weitergehen könnte. Der Krieg in Bosnien lieferte den Beweis für die Schwäche Europas, der Krieg zwischen den Clans in Somalia geht nach dem wenig ruhmreichen Abzug der UNO-Truppen weiter. Zermürbt von den staatlichen Einmischungen, die zuweilen ihr Tun in Mißkredit bringen, verurteilen die Anhänger humanitärer Aktionen der ersten Stunde »die Zerstörer der Humanität« (Xavier Emmanuelli), die »Falle« (Jean-Christophe Ruffin) bis hin zum »Verbrechen« (Rony Brauman) dieser »unmöglichen humanitären Hilfe« (Alain Destexhe). Als Mitglieder der Organisation »Ärzte ohne Grenzen« wehren sie sich gegen die Vereinnahmung der Hilfsbereitschaft durch Staaten, denen es mehr um die Aufbesserung ihres angeschlagenen Rufs als darum geht, Gutes zu tun. Alle reiben sich an der emblematischen Gestalt Bernard Kouchners, weil sie dem Gründervater und einstigen Freund vorwerfen, er habe die eigene Sache verraten, sie höheren staatlichen Zwecken geopfert und mittels der Welt der Bilder korrumpiert. Ihre Beurteilung stimmt in den wesentlichen Punkten überein: Die Humanität ist genausowenig eine politische Angelegenheit wie ein Allheilmittel, und wenn man den Eindruck vermittelt, als könne sie es sein, dann bedeutet das, die Menschen mit Hilfe der Massenmedien zu täuschen.

Auch wenn viele Intellektuelle und sogar Politiker heute ihrem Beispiel folgen, so ist es doch leicht nachvollziehbar, daß die karitativen Einsätze, die ein ungeheures Medieninteresse hervorrufen, zum offensichtlichsten Symptom für die Gesellschaft des Spektakels geworden sind, in der es seit fast vierzig Jahren zu einer Art Ritual geworden ist, Mängel an die Öffentlichkeit zu bringen. Für die Verächter der »medienpolitischen« Welt im linken wie im rechten Lager stellen derartige Aktionen also ein bevorzugtes Objekt, fast ein Pflichtprogramm dar. Daß aber die schärfsten Spitzen von den Anhängern der Humanität selbst kommen, das mag einem auf den ersten Blick am erstaunlichsten vorkommen: Sägen sie sich damit nicht selbst den Ast ab, auf dem sie sitzen? Auf der allerersten Seite eines kürzlich erschienenen Buches von Alain Destexhe[14], dem Generalsekretär von »Ärzte ohne Grenzen International«, kann man folgendes lesen: »Nie zuvor zierte dieses Wort (Humanitarismus) so oft die Schlagzeilen der Zeitungen. Nie zuvor ist es so sehr gefeiert, beweihräuchert, über den grünen Klee gelobt worden. Militärs, Politiker, Industrielle, Künstler und Intellektuelle schmücken sich mit ihm in einer mediengerecht präsentierten Maßlosigkeit der guten Absichten. Die Begeisterung ist allgemein ... Die UNO macht ihn zu einem ihrer Schwerpunkte in der Zeit nach dem Ende des kalten Krieges. *Reality shows*, in denen die Solidarität von Nachbarn und der Mut von unbekannten Mitmenschen zur Schau gestellt werden, gehören längst zu unserem Alltag. Das Publikum ist nie zuvor so freigebig gewesen, und den Hilfsorganisationen ging es nie zuvor so gut: Dieser Bereich bekommt im Augenblick noch nicht die allgemeine Krise zu spüren! Wegen der unaufhörlichen Überbietung an Barmherzigkeit weiß die Welt schon nicht mehr, wohin sie ihren Kopf, ihr Herz und ihr Geld geben soll.«

Ein einzigartiger Zorn, der genau diejenige Begeisterung anprangert, von der er lebt. Eine merkwürdige Erbostheit, die genau diejenige Freigebigkeit der Menschen angreift, zu der er auffordert. Hat es nicht in unserer jüngeren Geschichte sehr viel finstere Leidenschaften gegeben? Noch eine kleine Anstrengung, und die Begeisterung, die er verurteilt, wird sich in Nichts auflösen. Man kann darauf wetten, daß die ihrerseits mediengerechte Kritik an den modernen Formen der »Barmherzigkeit« in den kommenden Jahren spürbare Folgen haben wird, und sei es in finanzieller Hinsicht. Mag der Angriff auch noch so ungebührlich oder ungeschickt erscheinen, er ist dennoch nicht von der Hand zu weisen. Ihm kommt zumindest das Verdienst zu, jede Demagogie zu vermeiden. Er geht nicht von einem Intellektuellen in seinem Elfenbeinturm aus, sondern von einem mutigen Mediziner, der selbst an Hilfsaktionen vor Ort teilgenommen hat und überzeugend im Namen einer der angesehensten Hilfsorganisationen das Wort ergreift. Man sollte also versuchen, diese Kritik zu verstehen, sich etwas eingehender mit ihr zu befassen und ihr wirkliches Gewicht zu ermessen. In einer Zeit, in der die Utopien alles in allem rar geworden sind, dürfte dies wohl der Mühe wert sein.

Das Bündnis zwischen Ethik und Medien:
Eine falsche Barmherzigkeit?

Aus leicht nachvollziehbaren Gründen ist das Fernsehbild der wichtigste Verbündete der Humanität. In sehr kurzer Zeit liefert es einer sehr großen Zahl Menschen den einzigen Stoff, der sie noch aufrüttelt: Empörung und Emotion. In erster Linie ihnen haben es die karitativen Hilfsorganisationen zu verdanken, daß sie sich Hoffnung darauf machen können, die notwendigen Mittel und Energien zu sammeln, die dafür notwendig sind, um ihre Aktionen erfolgreich durchzuführen. Darüber hinaus können die Organisationen mit ihrer Hilfe öffentliche Aufmerksamkeit und Legitimation erlangen. Auch wenn diese Taktik unerläßlich sein mag, so birgt sie doch Gefahr in sich, denn das Fernsehen hat, so viel kann man sagen, keinen guten Ruf. In demselben Maße wie es sie legitimiert, bringt es sie auch in Mißkredit.[15] Glaubt man den Gerüchten, so wären die Medienkultur sowie die über die Medien ausgestrahlten Nachrichten im Untergang begriffen, da sie den Zwängen der Zuschauerquoten und der zwingenden Logik des Spektakels und der Unterhaltung unterworfen sind. Sowohl aus technischen als auch aus ideologischen Gründen würde sich die Schnelligkeit gegen den Anspruch auf Seriosität durchsetzen, das unmittelbar Erlebte gegen das Überdachte, das Sichtbare gegen das Unsichtbare, das schockierende Bild gegen den Leitgedanken, das Gefühl gegen die Erklärung. Nach den Täuschungen der »Kulturnation« sind es demnach die Täuschungen und Nichtigkeiten der »Mediengesellschaft«, die es zu enthüllen gälte. Nicht immer zu Unrecht, aber meistens wohl aufgrund einer gewissen Berufsblindheit haben sich zahlreiche unserer heutigen Intellektuellen von der geringen inhaltlichen Substanz der Fernsehshows, auch wenn sie unter dem Deckmantel der »Kultur« ausgestrahlt werden, beunruhigen lassen. Und alles, was die Berichterstattung über humanitäres Engagement betrifft, gehöre zum Schlimmsten überhaupt, denn am Ende erfahren wir in einem in den Nachrichtensendungen gezeigten Bericht nur, daß sich irgendwo eine Katastrophe ereignet hat, irgendwo auf dieser Welt Unglück herrscht, daß es Opfer gibt, die alle gleich, miteinander austauschbar sind und lediglich dazu dienen, den in den Medien zur Schau gestellten Sorgen der Verantwortlichen von karitativen Organisationen neue Nahrung zu geben. Falls es so etwas wie einen zentralen Punkt der Kritik gibt, so lautet er, daß alles das, was man nicht sieht, was nicht als Gegenstand eines Bildes taugt, verschwiegen wird. D. h. das Wesentliche, angefangen beim wirklichen Gewicht der Geschichte und den jeweiligen Ursachen für eine Katastrophe, deren spezielle Ursachen immer dann offensichtlich werden, sobald man der Sache auch nur ein klein wenig auf den Grund geht.[16]

Sieht man genauer hin, dann ist das Merkwürdige daran, daß diese Infragestellung der Medien in vielen Fällen ihren Adelsbrief von Intellektuellen erhält, die sich selbst durch eine große Medienpräsenz auszeichnen. Genau wie die nur scheinbaren Revolten der sechziger Jahre, mit denen sie vergleichbar ist, handelt es sich bei der Medienkritik um eine literarische Gattung, die ohne weiteres in das konfektionierte Denken integrierbar ist. Fast unmerklich steigt sie langsam in den Rang eines herrschenden Diskurses auf, offen für das, was doch sehr einem Markt der Ideen gleicht. Demzufolge machen sich wie selbstverständlich Kulturjournalisten[17] zu den leidenschaftlichsten Wortführern der Kritik. Denn ihre Durchschlagskraft erhält sie von schmeichlerischen philosophischen Höhen (im wesentlichen handelt es sich um die Kritik einer verdummten, durch die »Gesellschaft des Spektakels« entfremdeten Masse), in der sie angeblich wurzelt, während sie aus der Tagesaktualität tausend kleine und sehr reale Einzelheiten schöpft, die ihr den Anschein einer unbestreitbaren empirischen Wahrheit verleihen. Auf diese Weise findet sie bei jedem von uns Widerhall, denn es gibt keinen Intellektuellen, keinen Journalisten, der sich dem Auftrag seines Berufs bewußt ist, keinen verantwortungsbewußten Bürger, der nicht gelegentlich angesichts der kathodischen Possen Bestürzung empfindet. Es gibt wohl auch niemanden, der nicht lieber mit dem vorgeblichen, zwangsläufig elitären Standpunkt der Kritik übereinstimmt als mit demjenigen einer von skrupellosen Produzenten manipulierten breiten Masse. Wir erinnern uns nicht nur alle noch sehr gut an die jüngsten, offenkundigen Erscheinungen von Desinformation, sondern darüber hinaus muß man auch kein großes Kirchenlicht sein, um den Schwachsinn einiger »Prime time«-Sendungen zu verurteilen. Man muß wohl sogar zugeben, daß die Wirklichkeit die Hoffnungen jedes normal denkenden kritischen Intellektuellen übertrifft, der nach dem Verschwinden der gewohnten Angriffsziele einer linksradikalen Kulturkritik in ihr die unerwartete Wiederauferstehung neuer Gründe zur Klage sieht. Dennoch scheint es mir, als könne, als müsse man den Reizen dieser neuen Rhetorik entsagen. Nicht um den Stand der Dinge zu legitimieren, der wenig Anlaß zur Freude bietet, sondern ganz im Gegenteil, um die Schwertstreiche auf der einzigen Ebene auszuführen, auf der noch die Hoffnung besteht, daß sie eine positive Wirkung haben. Beginnen wir beim Befund. Wenn man den Nachrichtensendungen vorwirft, sie würden die historische Dimension der Dramen tilgen, die sie bildlich darstellen, wovon spricht man dann eigentlich? Glaubt man etwa ernsthaft, daß die Reportagen über Bosnien oder Somalia eine sich ihrer selbst bewußte und gut informierte republikanische Bevölkerung verblödet hätte, die schon von jeher durch ihre unvergleichlichen Kenntnisse der politischen Geschichte der beiden fraglichen Länder geglänzt hat? Auf welches mythische Goldene Zeitalter bezieht man sich hierbei überhaupt? In Wahrheit ist es doch offensichtlich so, daß der größte Teil der Menschen so lange *noch nicht einmal etwas von der Existenz* Bosniens oder Somalias wußte, bis sich das Fernsehen ihres Schicksals angenommen hatte. Die wirkliche Schwierigkeit besteht in etwas ganz anderem als dem, was man uns einreden will, wenn man die Fernsehnachrichten unausgesprochen an der Elle eines Seminars an der Sorbonne mißt. Sie besteht darin, daß man nicht jeden Abend von neuem auf die Geschichte Osteuropas oder Afrikas zurückkommen kann. Das Publikum vor den Fernsehbildschirmen ist nicht nur nicht dasselbe wie in den Hörsälen der Sorbonne, sondern es zeichnet sich durch die unangenehme Eigenschaft aus, noch veränderlicher zu sein. Das wesentliche Ziel einer Nachricht kann es mithin nur sein, zunächst einmal zu sensibilisieren und dann die Lust oder den Mut zu vermitteln, sich zum Beispiel anhand von Zeitungen oder Büchern eingehender mit dem Thema zu beschäftigen. Zahlreiche Zwischenglieder stellen eine unsichtbare Verbindung zwischen dem Bild und der Schrift her, und das Fernsehen muß gewissermaßen von innen heraus beurteilt werden und nicht, indem man es mit etwas vergleicht, was es niemals sein wird oder niemals sein sollte.

Von diesem Standpunkt aus betrachtet, läßt sich nicht behaupten, daß die Berichte, die sich mit dem fraglichen Gegenstand beschäftigten, ihr Ziel vollkommen verfehlt hätten. Es waren sogar einige sehr sachkundige Sendungen über diese Konflikte zu sehen, die jedem die Möglichkeit boten, sich eine Meinung zu bilden, zumindest aber zu begreifen, daß es notwendig wäre, sich eine Meinung zu *erarbeiten*. Das Fernsehen spielte seine Rolle, denn sicher war bei allem auch ein wenig »Spektakel« dabei, d. h. in der Tat Emotion, aber darüber hinaus bot es auch – soweit Bilder dies können – eine Anregung zum Nachdenken. Für den Fernsehzuschauer eine Anstrengung, aber es dürfte nicht zuviel verlangt sein, eigenständig die Analyse zu verarbeiten. Man wird zweifellos zu Recht sagen, daß solche Beispiele viel zu selten sind. Trotzdem stellen sie den Beweis dafür dar, daß derartige Dinge nicht unmöglich sind. Abgesehen davon ist es nicht sicher, daß, wenn man sie bis zum Überdruß vermehrt, viel gewonnen wäre. Wir sollten uns vor einer Vermischung der Gattungen in acht nehmen: Das Fernsehen muß, ob man will oder nicht, ein Spektakel bleiben, es muß, auch wenn es einen kulturellen Auftrag hat, eher *zu denken geben* als das Wissen als solches darstellen. Das Bild kann und soll das Geschriebene nicht ersetzen.

Der Einwand gegen das Fernsehen muß also auf einer anderen Ebene angesiedelt werden, und zwar auf derjenigen der Ethik. Wenn die Tugend der Barmherzigkeit sich lediglich durch ihre Interessenlosigkeit auszeichnet, wie ist sie dann mit dem Narzißmus und den sekundären Vorteilen zu vereinbaren, die sich der Mediatisierung verdanken? Die karitativen Organisationen beunruhigt diese Frage tatsächlich gleich in mehrfacher Hinsicht (beispielsweise in bezug auf die ehrenamtliche Tätigkeit). Und das in einem solchen Maße, daß »Ärzte ohne Grenzen« auf Anregung von Claude Malhuret auf einer Vollversammlung im Jahre 1979 einen Antrag annahm, in dem ausdrücklich festgelegt wurde, daß »die Zugehörigkeit zu ›Ärzte ohne Grenzen‹ in keinem Fall zur persönlichen Vorteilnahme genutzt werden darf«[18]. Damals wußte jeder im Saal, wer gemeint war, nämlich Bernard Kouchner und sein Plan, das Schicksal der »boat people«, jenen Unglücklichen, die aus Vietnam geflohen waren und unter wirklich furchtbaren Bedingungen das Chinesische Meer überquerten, zu einem Medienspektakel zu machen. Dieser Punkt war es, der schon damals die Aufspaltung von »Ärzte ohne Grenzen« in zwei Fraktionen zur Folge hatte. Auf der einen Seite standen Malhuret, Emmanuelli, Brauman und Charhon, auf der anderen Kouchner und seine Anhänger, von denen sich viele bereits für Biafra eingesetzt hatten. Abgesehen von den Personen (und natürlich gibt es noch sehr viel mehr als die von mir genannten), den Intrigen und den Generationskonflikt, handelt es sich hierbei, wie Xavier Emmanuelli später sagen wird, um zwei gegensätzliche »Kulturen«, weil sie »die Bedeutung der Medien nicht mit derselben Elle messen«. Kouchner meint, die einzige Handlungsmöglichkeit bestünde darin, die öffentliche Meinung wachzurütteln. So schnell wie möglich müßten die notwendigen Mittel zusammengebracht werden, um ein Schiff zu chartern, die *Ile de lumière (Insel des Lichts)*, die sowohl zu einem schwimmenden Krankenhaus als auch zu einem Symbol wird. Man müsse Druck auf die Regierungen ausüben, damit sie die Flüchtlinge aufnehmen. Es kommt zur Bildung eines Unterstützungskomitees, das aus angesehenen Künstlern und bekannten Intellektuellen besteht. Sartre und Aron treten gemeinsam im Elysée-Palast auf, um für das Projekt einzutreten. Seinerzeit besaß diese Versöhnung zwischen Sartre und Aron einen ungeheuren symbolischen Wert: Diejenigen, die einst das kommunistische Vietnam unterstützten, erheben sich, um die »boat people«, die Opfer des herrschenden Regimes zu retten. Sie sind dazu bereit, mit hartnäckigen Anti-Kommunisten zusammenzukommen, die man noch vor kurzem für »Hunde« hielt. Hierzu gehörte zum Beispiel Solschenizyn. Xavier Emmanuelli ist strikt gegen eine derartige Propaganda, die er außergewöhnlich scharf verurteilt. In der Zeitschrift *Le Quotidien du Médecin* veröffentlicht er einen Artikel mit dem Titel »Ein Boot für Saint-Germain-des-Prés«, in dem er unter anderem »den großen Zirkel von Weltmännern, Marquis, intellektuellen Preziösen und anderen Meinungsmachern« der kleinen Pariser Gesellschaften verurteilt. Da er keine Mehrheit fand, sollte Kouchner seinen Plan mit einer anderen Organisation in die Tat umsetzen. Und das mit Erfolg. Diese Präzisierung ist, wie man sehen wird, nicht unerheblich. Dennoch verläßt er nicht ohne Bedauern die Organisation, zu deren Entstehung er so viel beigetragen hatte. So kommt es zur Gründung einer neuen Organisation namens »Médecins du monde«.

Fünfzehn Jahre danach beharrt Emmanuelli immer noch hartnäckig darauf, daß das Boot in erster Linie dazu gedient habe, »dem Fernsehen eine neue Art der Berichterstattung zu ermöglichen, ein neues Heldenspektakel zu begründen: eine brandaktuelle Mischung aus Fiktion und Reportage. Das Schiff für Vietnam hat sein Ziel erreicht, denn es hat von einem überwältigenden und großzügigen Werk berichtet, hat anderen Schöpfungen den Weg gebahnt und das Ansehen des Schiffeigners gesteigert. Das Schiff ist in Saint-Germain-des-Prés angekommen.«[19] Später folgt aber auch jenes unglaubliche Eingeständnis, das man Wort für Wort zitieren muß, und in dem er sich am Ende nachhaltig für die von Kouchner getroffene Entscheidung ausspricht: »Wahrscheinlich konnte durch die Präsenz des Bootes für Vietnam, von dem aus Journalisten, Fernsehteams, Presseagenturen und Fotografen berichteten, die Einstellung der Menschen verändert, zahlreiche Menschenleben gerettet und Politiker aller Richtungen dazu angeregt werden, sich auf dem Bildschirm gegenseitig in ihrer Großzügigkeit zu überbieten.« Wahrscheinlich konnten zahlreiche Menschenleben gerettet werden … Aber war das nicht genau das erklärte Ziel, und war das Unternehmen damit nicht alle Mühen wert?

Hieran wird ersichtlich, daß sich bei diesem ersten Einwand die jeweiligen Aspekte nicht ernsthaft gegeneinander aufwiegen lassen: Auf der einen Seite die verzeihliche »Sünde« des Narzißmus, auf der anderen Seite aber die Ablehnung der Gleichgültigkeit und die selbst von den Kritikern eingestandene objektive Notwendigkeit, die öffentliche Meinung wachzurütteln, mit deren Hilfe allein man in einer Demokratie Einfluß auf die Tatenlosigkeit der Regierungen nehmen kann. Muß man, um das eine zu verhindern, auf die anderen Aspekte verzichten? Und auf welche Reinheit kann man sich berufen, um den ersten Stein zu werfen? Unsere Bischöfe, die sich heute sehr schnell dazu bereit zeigen, übertriebenen Eifer zu verurteilen, haben wieder einmal das richtige Gespür für die Situation gehabt, denn auf ihrer Bischofskonferenz haben auch sie nachdrücklich die »Säkularisierung« und »Mediatisierung« der Barmherzigkeit verurteilt.[20] Jedem seine eigene Rolle! Aber seien wir ehrlich, das Problem ist offensichtlich ein ganz anderes, und der Einwand, so treffend er auch sein mag, ist angesichts der realen Notwendigkeiten des »Gesetzes des Medienspektakels« völlig wertlos. Darüber hinaus stammt dieses Gesetz nicht erst von gestern und existierte schon lange vor den Anfängen der Gesellschaft des Spektakels. Ohne den »Medienerfolg« des Buches von Henri Dunant wäre es zweifellos niemals zur Gründung des Roten Kreuzes gekommen. Wir sollten nicht vergessen, was Gustave Moynier bereits Ende des letzten Jahrhunderts sagte: »Die Beschreibungen, die jeden Tag in den Zeitungen stehen, führen die auf den Schlachtfeldern Dahinsiechenden gewissermaßen den Lesern vor Augen und lassen in seinen Ohren zusammen mit den Siegesgesängen das Jammern der armen Verletzten ertönen, die in den Feldspitälern zusammengepfercht sind ...«

Abgesehen davon ist es nicht sicher, ob man durch die Kritik an den mit dem Bedürfnis nach Anerkennung zusammenhängenden narzißtischen Neigungen wirklich den Gefühlen und den Beweggründen derjenigen gerecht wird, die von ihnen beseelt sind. Was will man damit eigentlich zum Ausdruck bringen, wenn man in der Art einer Verurteilung, gegen die keine Berufung eingelegt werden kann, erklärt, daß dieser oder jener »ständig in den Medien präsent« ist? Sagen wir es ohne Umschweife: Man ist der Meinung, sie geben sich einer Art der Prostitution hin, und mit dieser moralisierenden Einschätzung glaubt man, die Frage abgehandelt zu haben. Manche bilden sich sogar ein, hierdurch denjenigen gegenüber in eine Position der ethischen Überlegenheit zu gelangen, die zu beurteilen sie sich anmaßen. Als würde man das Problem der Anerkennung in der »Gesellschaft des Spektakels« so einfach abhandeln können, als würde es für das altehrwürdige Streben nach »Ruhm« heute keinen anderen Beweggrund geben als armseliges oder lächerliches Aufstrebertum ... Ich glaube, daß Hannah Arendt der Wahrheit nähergekommen ist – jedenfalls einer anderen Wahrheit –, als sie hinter den Strategien zur Erlangung von Berühmtheit ein unruhiges Verhältnis zur Vergänglichkeit alles Menschlichen erkannte. Schon für Herodot und die ihm nachfolgenden griechischen Historiker bestand die Aufgabe der Geschichtsschreibung darin, mittels der Darstellung von außergewöhnlichen Taten, die von Menschen begangen worden sind, diese Taten vor dem Vergessen zu bewahren, von dem alles das bedroht ist, was nicht zur Welt der Natur gehört. Die natürlichen Phänomene sind in der Tat zyklischer

Art, d. h., sie laufen in der immer gleichen Weise ab, so wie die Nacht, die auf den Tag folgt, und der schöne Tag, der auf das Gewitter folgt. Diese Wiederholung stellt sicher, daß sie von niemandem vergessen werden. So gesehen fällt es der natürlichen Welt leicht, unsterblich zu sein, wohingegen alle Dinge, die ihre Existenz dem Menschen verdanken, wie etwa Werke, Taten und Worte, vergänglich sind, gewissermaßen angesteckt von der Sterblichkeit ihrer Urheber. Das war nach Ansicht von Hannah Arendt die stillschweigende Annahme der alten Geschichtsschreibung, wenn sie versuchte, durch die Darstellung »heroischer« Begebenheiten, diese dem Bereich des Vergänglichen zu entreißen und dem Bereich der Natur gleichzustellen.[21] Ich bin mir nicht sicher, ob Neid und Eifersucht, die sehr schnell damit bei der Hand sind, sich den Anschein einer Tugend zu verleihen, sobald sie die Triebfeder des empörten Anprangerns von Verhaltensweisen anderer sind, dieser zwar residualen, aber doch offenkundigen »metaphysischen« Dimension des zeitgenössischen Narzißmus gerecht werden können. Aber vielleicht ist die Inszenierung des Ich weniger verabscheuenswert als das von den karitativen Ideologien verfälschte, »sentimentale« Weltbild. Gemäß einem zweiten, hinter dem ersten verborgenen Einwand ist es vielleicht dieses Weltbild, das jede konzeptionelle Anstrengung und jede Form des kritischen Geistes zunichte macht.

Gefühl gegen Reflexion: Eine falsche Philosophie?

Genau wie das Fernsehen, auf das sie sich stützt, spräche die Humanität eher das Gefühl als die Reflexion, eher das Herz als den Verstand an. Nach dem Vorbild von »Téléthon« oder dem der »Aidstage« wäre sie zunächst einmal ein Spektakel und keine Analyse, eine gekonnte Inszenierung von »guten Gefühlen«, kombiniert mit einer angemessenen Dosis von Bildern, die einem ein schlechtes Gewissen machen, und diese Inszenierung ist dazu geeignet, das Herz und die Brieftasche auch noch der aller Zurückhaltendsten zu öffnen. Man muß einräumen, daß die Notwendigkeit besteht, Aufsehen zu erregen, damit etwas erreicht werden kann. Aber das Gefühl hat nicht denselben Stellenwert wie eine anschauliche Beweisführung, und wenn der durch die Fotos verursachte Schock erst einmal überwunden ist, was bleibt dann noch in den Köpfen hängen? Welches noch so geringe Verständnis der wirklichen, kulturellen, historischen oder politischen Ursachen bleibt für das »Unglück der anderen«? Die von einem großen Medienspektakel begleitete Humanität bewirkt die Empörung des Publikums, indem sie sein Mitgefühl auf »abstrakte Opfer« aufmerksam macht, die gegeneinander austauschbar sind. Ist das Leiden vielleicht nicht universell? Im Namen der Affekte würde die Humanität dazu führen, daß wir das Verständnis für den geographischen und historischen Kontext verlieren.

Der Hintergrund dieses zweiten Einwands ist einfach nicht zu übersehen: Es geht nicht mehr nur darum, den Narzißmus bestimmter Personen oder die Oberflächlichkeit der Medien zu verurteilen, sondern darüber hinaus geht es um ein Anprangern der Gefahren, die die Herrschaft der Gefühle in der Politik mit sich bringt. Gute Intellektuelle betonen es immer wieder: Der Vorrang des Gefühls gegenüber dem Verstand ist schon immer ein Kennzeichen faschistischer Regime gewesen, die die uneingeschränkte und bedingungslose Zustimmung zu bestimmten Werten oder charismatischen Führungspersönlichkeiten, um nicht zu sagen zu einem *Führer,* fordern. Verstand und kritischer Geist, jener Abstand, den das Bild gerade nicht zuläßt, sind ihre natürlichen Feinde. Sollte die Humanität also ein sanfter Faschismus sein? Die Kritik erscheint unerbittlich. Trotzdem verfehlt sie das Wesentliche. Ich habe bereits dargelegt, inwiefern der Gedanke der Humanität vom historischen Standpunkt aus zum Erbe der Menschenrechtserklärung gehört. Diese Erklärung basiert nämlich auf der für sie vollkommen unabkömmlichen Vorstellung, daß die Menschen ganz und gar *unabhängig* von ihrer Zugehörigkeit zu einer bestimmten – ethnischen, nationalen, religiösen, sprachlichen oder anderen – Gemeinschaft im Besitz von Rechten sind. Und gerade weil das humanitäre Denken diese universalistische Perspektive übernimmt, kann sie tatsächlich nur die »abstrakten« Opfer in Betracht ziehen. Aber hierbei handelt es sich keineswegs um eine abartige Konsequenz des humanitären Denkens, sondern um sein Wesen und, wir sollten uns nicht scheuen, dieses Wort in den Mund zu nehmen, um seine Größe, denn indem es die Barmherzigkeit säkularisiert, dehnt es sie weit über den althergebrachten Gemeinschaftssinn hinaus aus. Glücklicherweise wählt es »seine« Opfer nicht gemäß der Zugehörigkeit zu einer Gemeinschaft aus, und aus diesem Grunde *muß* ihm – zumindest a priori und zunächst einmal – der Kontext gleichgültig sein.

In *Die Langsamkeit* befragt Vera, die Frau von Milan Kundera, ihren Mann zu Somalia: »Gibt es in diesem Land auch Alte, die sterben?« Die ironische und ernüchterte Antwort lautet: »Nein, nein, was an ebendieser Hungersnot so interessant war, was sie so einzigartig machte unter den Millionen von Hungersnöten, die es auf dieser Erde gegeben hat, ist die Tatsache, daß sie nur Kinder hinwegraffte. Wir haben auf dem Bildschirm keinen Erwachsenen leiden sehen, obwohl wir jeden Tag die Nachrichten gesehen haben, gerade um diesen noch nie dagewesenen Umstand zu bestätigen.«[22] Im übrigen, fügt der große Schriftsteller hinzu, ist es nur logisch, wenn man die Kinder auch mit der Aufgabe betraut hat, die berühmten Reissäcke einzusammeln, die man den kleinen Somaliern mit großem Pomp hat zukommen lassen: Das abstrakte und mediengerechte sentimentale Weltbild versinkt im Infantilismus und Jugendkult, denen heute die modernen Gesellschaften verfallen sind. Der Sieg der Einfalt? Wäre ich mutig genug zu sagen, daß ich dessen nicht sicher bin? Muß man nicht im Gegensatz dazu auch zwangsläufig an die Seiten denken, die Hans Jonas in seinem Buch *Das Prinzip Verantwortung* der Kindheit gewidmet hat? Im Kind sah er den Archetyp, mit dessen Hilfe es möglich sei, den Ursprung jeder Verantwortung gegenüber dem Anderen in ihrem ursprünglichsten Wesen zu erkennen. Und das aus einem zwar einfachen, aber nicht so »einfältigen« Grunde, wie es den Anschein haben mag: Das Kind ist nicht nur verwundbar, sondern seine

Verwundbarkeit ist, wenn man so sagen darf, a priori eine »Verwundbarkeit für den Anderen«, denn ohne die Hilfe der Erwachsenen kann es nicht weiter leben. Demzufolge begehrt es als solches – und ohne den Umweg über eine wie auch immer geartete Begründung zu nehmen – *eine unmittelbare Reaktion der Erwachsenen.* Insofern verkörpert die Kindheit, unabhängig von jeder ausdrücklichen Forderung (Wie sollte ein Säugling auch nur irgend etwas fordern können?) einen Appell an den Anderen, dem, anders als es in der Welt der Erwachsenen möglich ist, keinerlei Gegenseitigkeit zu eigen ist bzw. zu eigen sein kann. Aus diesem Grunde, sagt Jonas, haben die Staaten gegenüber den Kindern, die von ihnen abhängen oder abhängen könnten, eine Verantwortung, die sich erheblich von derjenigen unterscheidet, die sie für das Wohlergehen ihrer Bürger im allgemeinen haben. Und weiter heißt es: »Kindermord ist ein Verbrechen, wie jeder Mord, aber ein verhungerndes Kind, das heißt das Zulassen, daß es verhungert, ist eine Versündigung an der ersten, grundlegendsten aller Verantwortungen, die es überhaupt für den Menschen geben kann.«[23] Ich möchte hinzufügen, daß in der universalistischen Perspektive, die sich die Humanität glücklicherweise zu eigen gemacht hat, das Kind die Verkörperung schlechthin der abstrakten Kategorie des Opfers ist: Es ist nicht nur keinesfalls verantwortlich für die Konflikte, wegen der es stirbt, sondern seine Zugehörigkeit zu welcher Gemeinschaft auch immer ist noch fraglich.

In dieser Hinsicht ist die Intervention in Somalia, trotz des politischen und militärischen Scheiterns, das heute alle mit Recht hervorheben, beispielhaft. Keinerlei Gemeinschaftssinn verband die westlichen Nationen mit den Somaliern. Keine wirklich wichtigen wirtschaftlichen oder strategischen Interessen waren im Spiel. Rony Brauman schrieb, daß die Operation schlichtweg aufgrund des via CNN ausgeübten öffentlichen Drucks durchgeführt worden sei. Dies kann man ebensogut bedauern wie begrüßen, denn alles in allem ist es als eine der Segnungen der Demokratien anzusehen, daß das Volk manchmal tugendhafter und mächtiger ist als seine politischen Vertreter. Und in Wahrheit ist in der gesamten Geschichte der Humanität kein weiteres Eingreifen ausmachbar, das nicht in irgendeiner Weise von einer traditionellen, ethnischen oder religiösen Form der Solidarität bestimmt gewesen wäre. Es wäre wichtiger, diesen Tatbestand zu analysieren, als ihn lächerlich zu machen – womit natürlich nicht die gewaltigen Versäumnisse und Fehler entschuldigt werden sollen, die von der Armee begangen wurden.[24] Hieraus sind die entsprechenden Lehren zu ziehen. Aber das politische und militärische Scheitern darf nicht dazu führen, den humanitären Erfolg zu diskreditieren.[25] Noch vor dreißig oder vierzig Jahren wäre der Tod aller Somalier vollkommen gleichgültig hingenommen worden – an entsprechenden Beispielen hierfür mangelt es nicht, In diesem Fall wurden aber mehrere hunderttausend gerettet. Und ist es von diesem Standpunkt aus betrachtet nicht unentbehrlich, daß die Emotion für die von den Medien aufgerüttelte öffentliche Meinung diese Rolle gespielt hat?

Das Alibi für Tatenlosigkeit und Feigheit: Eine falsche Politik?

Es ist oft genug gesagt und auch wiederholt worden: die Humanität ist keine Politik. Und wenn man das sagt, so hat man natürlich vollkommen recht, denn die Staaten verfolgen ihre eigene Logik, die sich nicht mit derjenigen der guten Gefühle deckt, sondern bei der es sich vielmehr um eine Logik der Macht, des Zynismus und der Gewalt handelt. Diese »Entdeckung« ist, um die Wahrheit zu sagen, nicht neu. Aber sie ruft eine ganze Reihe von Einwänden gegen die Menschenfreundlichkeit *in* der Politik hervor, die im Verdacht steht, die Illusion einer »moralischen Politik« glaubwürdig erscheinen zu lassen. In den Medien sind diese Einwände derartig präsent, daß ich mich hier darauf beschränken möchte, sie einfach nur aufzuzählen: Indem sie das Gewissen der Bevölkerung auf eine ganz billige Art entlastet (schon ein kleiner Betrag genügt), lenkt die Humanität sie von den Notwendigkeiten wirklichen Handelns ab, das zunächst einmal gesellschaftlicher, diplomatischer oder militärischer Natur ist; zudem läuft sie, indem sie mehr die Folgen als die Ursachen bekämpft, Gefahr, die Konflikte und damit auch die durch sie hervorgerufene Not zu verlängern; ist die humanitäre Hilfsaktion erst einmal angelaufen, dient sie der Tatenlosigkeit der Staaten als Alibi, so wie man es in Bosnien gesehen hat, wo unsere Blauhelme, deren Aufgabe darin bestand, die sich bekämpfenden Bevölkerungsgruppen zu trennen und zu schützen, als Geiseln genommen wurden; auf diese Weise gefährdet die unwirksame staatliche Humanität die private Humanität, die durch sie bei denjenigen in Mißkredit gebracht wird, denen sie zu helfen vorgibt; falsche Politik bedeutet auch falsche Rechte und falsche Gesetze, denn die Einmischung widerspricht nicht nur der staatlichen Souveränität und läßt einige die Rückkehr eines verkappten Kolonialismus befürchten, sondern darüber hinaus sind die Interventionen, die sie zu legitimieren versucht, willkürlich: warum Somalia oder der Irak und nicht Tibet oder Tschetschenien? Wird hier nicht mit zwei verschiedenen Maßen gemessen? Unter der verallgemeinernden Bezeichnung »Recht auf Beistand«, der zufolge alle Opfer gleich wären, würden sich natürlich uneingestandene Vorlieben verbergen …

Aber auch hier sind die Dinge nicht so einfach, wie sie zu sein scheinen. Man muß nämlich peinlich genau darauf achten, eine in der Tat anrüchige bewußte Auslese und eine durch die Umstände erzwungene Auslese über einen Kamm zu scheren.[26] Es ist völlig klar, daß es für regierungsabhängige Organisationen oder für Staaten sehr viel schwieriger ist, in China oder in Rußland zu intervenieren als in Somalia. *Ultra posse nemo obligatur*, über sein Können hinaus wird niemand verpflichtet, sagte bereits das Römische Recht. Hüten wir uns vor allem vor der Illusion, man müsse die »humanitäre Diplomatie« abschaffen, um der traditionellen Diplomatie wieder Geltung zu verschaffen. Man liefe Gefahr, enttäuscht zu werden. Die Behauptung, daß die Humanität zwangsläufig der militärischen Intervention entgegenstehen bzw. sie sogar ausschließen würde, ist in Wahrheit durch nichts gerechtfertigt. Kann man etwa ernsthaft glauben, daß die europäischen Staaten beispielsweise in Bosnien eher interveniert hätten, wenn es keine humanitäre Aktion gegeben hätte, und sie dafür verantwortlich ist, daß sie so lange tatenlos zugesehen haben? Und können wir sicher sein, daß Sarajewo vor fünfzig Jahren, ohne das berühmt-berüchtigte Medienspektakel, aber auch ohne die sehr reale Nahrungsmittelhilfe, nicht von der Landkarte verschwunden wäre, ohne ernsthaft etwas dagegen zu unternehmen? Verwechseln wir nicht den Zynismus der Staaten, die sich hinter der humanitären Aktion verstecken, mit dem wahren Nutzen, durch den sich diese Aktionen auszeichnen, sowie der Würde, von der sie manchmal zeugen ...

Die eigentliche Schwierigkeit, die es in den nächsten Jahren zu lösen gilt, besteht meiner Einschätzung nach in etwas ganz anderem: Wie läßt sich in Zukunft ein angemessenes Verhältnis zwischen Politik und Humanität herstellen? Sie zu verwechseln wäre absurd und, schlimmer noch, schädlich, denn unabhängig davon, um welche Staaten es sich handelt, ihre Voreingenommenheit kann die Aktivitäten der privaten Organisationen gefährden, was im übrigen der Grund dafür ist, daß das Rote Kreuz bis heute strikt den Standpunkt der Neutralität bewahrt hat. Sollte man sie also vollkommen voneinander trennen und das Ministerium für Humanitäre Aktionen abschaffen, um diese Trennung symbolisch zu verdeutlichen? Dies würde, wenn auch nur in symbolischer Hinsicht, erneut bedeuten, die Politik auf den Zynismus und die Moral auf den privaten Bereich zu verweisen. Ein folgenschwerer Fehler in einer Zeit, in der viele Menschen vielleicht stärker als je zuvor den Wunsch äußern, daß der Staat sich bestimmte ethische Bestrebungen zu eigen macht, d. h., daß er sie *repräsentiert.*[27] Viele von uns hat die Verlegenheit und das Ausbleiben einer stimmigen Erklärung von seiten unserer politischen Repräsentanten mit Sicherheit noch mehr schockiert als die letztlich verständliche (und vom Präsidenten Bosniens akzeptierte) Entscheidung, nicht militärisch zu intervenieren. In Zukunft wird man also beide Bereiche miteinander verbinden müssen, mit anderen Worten, genausowenig wie die humanitäre Aktivität eine Politik ist, darf eine demokratische Politik die humanitäre Frage unberücksichtigt lassen.

Um auf diesem Weg weiter voranzuschreiten, müssen die humanitären Aktivisten den traditionellen Widerständen, die ihnen sowohl vom linken als auch vom rechten politischen Lager entgegengebracht werden, mehr und größere Beachtung schenken als bisher. Trotz einiger prinzipieller Erklärungen waren sämtliche politische Theorien des 19. Jahrhunderts aus für uns heute vollkommen offensichtlichen Gründen den internationalen Formen der »öffentlichen Barmherzigkeit« feindlich gesonnen. Die rechtsextremen Theorien lehnten sie ab, weil gemäß der Gesetze eines bestimmten Sozialdarwinismus die natürliche Selektion die Schwachen aussondern mußte. Die liberalen Theorien lehnten sie deshalb ab, weil die Logik des Marktes am Ende alle Schwierigkeiten von allein lösen würde, und die Marxisten, weil die Revolution eine derartige Aufgabe überflüssig machen würde ... Allen diesen neuen Theodizeen war gemeinsam, daß sie dem zentralen Problem aus dem Weg gingen, das die Humanität der öffentlichen Meinung beständig vor Augen führt, und zwar das Problem, daß in einer Welt, die von sich behauptet, »modern« zu sein, in der die allermeisten Staaten die allgemein verbindliche Erklärung der Menschenrechte unterschrieben haben, das radikal Böse weiterhin fortbesteht. In Anbetracht des wieder offensichtlich gewordenen Rätsels des Dämonischen sind es sich unsere laizistischen Gesellschaften, die über keine adäquate Sprache und keine Konzepte verfügten, schuldig gewesen, zu reagieren. Zunächst eher auf dem Gebiet der Ethik als auf dem der Politik, aber auch, jenseits der Frage von Gut und Böse, auf dem Gebiet des *Sinns.* Gegen das Böse ankämpfen, das Unglück der anderen bekämpfen und dafür sein Leben in entlegenen Gegenden dieser Erde aufs Spiel setzen, wo der Wahnsinn der Menschen zumindest den Vorteil bietet, die Banalität des alltäglichen Lebens außer Kraft zu setzen. Ist nicht genau das der eigentlich Grund für die Faszination, die trotz der Kritik an ihr die humanitäre Utopie ausübt? Sie klingt wie ein *Sinnversprechen*, das fatalerweise weder die Politik noch die Moral enthalten. Das Versprechen ist nicht falsch, zumindest nicht ganz. Aber es birgt eine Falle in sich, und es ist, um ehrlich zu sein, das einzige, dessen Listen subtil genug sind, um eine Herausforderung für die philosophische Reflexion darzustellen.

Der Sinn des eigenen Lebens durch den Anderen oder für den Anderen?

Auf Initiative des Fotografen Roger Job erschien im Dezember 1994 ein Sammlung von Briefen, die darauf abzielte, die Beweggründe für das karitative Engagement so einfach und konkret wie nur möglich offenzulegen.[28] Diese kleinen Texte, die ursprünglich an die Familie, an Kollegen oder Freunde gerichtet waren, wurden nicht geschrieben, um veröffentlicht zu werden. Erst sehr viel später, manchmal erst nach Jahren, haben ihre Verfasser einer Veröffentlichung in Buchform zugestimmt. Aufgrund des Bestrebens, sie zu Zeugnissen einer Erfahrung zu machen, die komplexer ist, als es die Verfasser ursprünglich selbst vermutet hatten, sind diese Briefe weder mit einer Unterschrift versehen, noch tragen sie irgend welche anderen äußerlichen Merkmale. Mit Interesse und manchmal auch mit Rührung erfährt man von den Ängsten und Freuden derjenigen, die sich unabhängig von ihren unterschiedlichen Werdegängen und Beweggründen dazu entschlossen haben, einen Teil ihres Lebens diesem merkwürdigen Abenteuer zu widmen. Diese Zeugnisse, die zumeist von Details des täglichen Lebens berichten, enthalten nichts Großartiges und erst recht nichts Hochtönendes. Und trotzdem ist zwischen den Zeilen die quälende Frage nach dem Sinn gewissermaßen allgegenwärtig.

Folgendes schreibt Serge im März 1982 seinen Eltern aus Somalia: »Die Arbeit ist extrem anstrengend, aber ich bin unbeschreiblich glücklich darüber, Arzt zu sein, und mir wird jetzt klar, daß all das, woran ich sieben Jahre lang etwas auszusetzen hatte, doch zu etwas dient ... Was ich hier erfahre, ist phantastisch. Ich lerne von neuem zu leben ...«

Oder Alain, der im Februar 1986 im Tschad im Einsatz war: »Ich kann den Haß nicht verstehen. Die Soldaten, die sich gegenseitig töten und die ich pflege, sprechen dieselbe Sprache. Sie haben dieselben Bräuche und manchmal dieselben Freunde ... Ich bedauere es sehr, nicht alle Rekruten für eine halbe Stunde hierherbringen zu können. Ich könnte ihnen die faustgroßen Löcher in den Oberschenkeln zeigen. Ich würde sie die Schmerzensschreie hören lassen. Ich würde sie den Kot- und Eitergeruch riechen lassen, der zu den Schlachten gehört, die im Namen eines falsch verstandenen Ideals geführt werden ...«

Ob im negativen oder im positiven Sinne, die humanitäre Aktion wird von denjenigen, die sich an ihr beteiligen, als eine Erfahrungs-, Wissens- und Sinnlieferantin wahrgenommen. Ganz in diesem Sinne spricht Rony Brauman in seinem Vorwort zu dieser Sammlung davon, daß die Helfer »es vor allem als ein Glück empfinden, ein Leben vor dem Tod gerettet, dem eigenen Leben ein wenig mehr Sinn gegeben zu haben ...« Und auch der ehemalige Vorsitzende von »Ärzte ohne Grenzen« betont: »Jenseits der großen Auseinandersetzungen über die neue oder starre Weltordnung, über den Zynismus der Mächtigen oder die Universalität der Moral wissen die an humanitären Einsätzen beteiligten Menschen, trotz ihrer Ängste und Enttäuschungen, daß ihre Entscheidung sie zu den letzten Privilegierten der Moderne macht, denn sie gehören zu denjenigen, die ihrem Leben einen Sinn zu geben vermochten.«

Einen Sinn *durch den Anderen*? Zweifellos, denn es liegt an der Struktur des Sinns, daß er uns nur durch die Beziehung zum Anderen gegeben werden kann. Muß man aber deshalb uneingeschränkt der Gleichung zustimmen, nach der die Rettung eines anderen Lebens der Rechtfertigung des eigenen gleichkäme.[29] Vielleicht. Ich erhebe nicht den Anspruch, das zu beurteilen. Nur scheint es mir so zu sein, daß diese Hypothese weitere Fragen in sich birgt. Wenn es meiner Meinung nach eine »humanitäre Falle« gibt, dann bestünde sie in einer falschen Auslegung des »Sinns durch den Anderen«. Eine Gefahr, die schon Hegel in die Kategorie des »falschen Unendlichen« einordnete: das Bedürfnis, unaufhörlich, gewissermaßen aufgrund eines Mangels, den Sinn in einer nie greifbaren Andersheit zu suchen. Die Not der anderen wäre lediglich ein wenn auch edler Vorwand dafür, die eigene Not zu verbergen, und manchmal erfordert es mehr Mut, für sich und an sich zu arbeiten, als in der Weltgeschichte herumzureisen. Der Donjuanismus der Barmherzigkeit: beim Anderen versuchen, den eigenen Sinn zu finden. Ein hoffnungsloses Unterfangen, wenn die Aufgabe, die sich mit dem Unglück auf der Welt vermengt, genauso unermeßlich ist, wie das Unglück und der Sinn für immer unfaßbar bleibt.

Die Voraussetzung für Großzügigkeit ist Reichtum. Er wächst an und strahlt auf die anderen aus, anstatt sich von ihnen zu nähren. Zumindest lehrt das Aristoteles in seiner *Nikomachischen Ethik*. Man muß, versichert er, reich sein, um großzügig zu sein. Diese oftmals (fälschlicherweise) als Ausdruck eines verächtlichen Aristokratismus verstandene Aussage, verkündet die Parabel der Talente: »Er (der Großzügige) hält seinen Besitz zusammen, um da geben zu können, wo Person und Zeit es als richtig erscheinen lassen und wo es eine edle Tat bedeutet.«[30] Seinen Besitz erhalten, das bedeutet auch, lernen zu müssen, in uns selbst und nicht allein in den anderen die Transzendenz und das Heilige zu erkennen. In uns und nicht allein durch die anderen müssen wir sie gegen das Kreuzfeuer der dogmatischen Religionen und materialistischen Anthropologien in Schutz zu nehmen wissen. Das ist die Voraussetzung dafür, um nicht nur *durch* oder *für* den Anderen, sondern auch *mit* ihm zu leben.

Wenn die Humanität Sinn haben soll, kann sie meiner Ansicht nach nicht auf ihren negativen Gesichtspunkt beschränkt bleiben, d. h. den Aspekt einer »Moral der Not« (die Selbstrechtfertigung durch das Unglück der anderen). Sie muß die Überlegung anstellen, ob es möglich ist, jenseits der traditionellen Religionen einen gemeinsamen Sinn mit denen zu finden, deren Leiden und Würde ihr zu Recht heilig zu sein scheinen. Jenseits der Ethik, von der sie beseelt ist, muß sie wieder Verbindungen zu jenen Orten knüpfen, die einst die Orte des *Gemeinschaftslebens*, der Kultur und der Politik waren. Wenn wir durch sie lernen, das Heilige im Menschen zu erkennen, dann muß sie uns zugleich dazu anstiften, herauszufinden, wie dieses neue Antlitz des Sinns auf eine demokratische Kultur und Politik ausstrahlen kann und muß, deren wesentliches Kennzeichen heute die Entzauberung zu sein *scheint*. Vielleicht zu Unrecht ...

Der Wiederaufstieg des Heiligen in Kultur und Politik

Zweifellos hat das Ende der religiösen Verwurzelung der Normen und Werte im Bereich der Kunst die augenscheinlichsten Umwälzungen hervorgerufen. Und gerade in diesem Bereich könnte der Wiederaufstieg des Heiligen zu eben jener seit dem klinischen Tod der Avantgarden so sehr ersehnten Erneuerung einer für alle Menschen unserer Zeit einheitlichen Welt führen. In der Tat leben wir heute viel zu oft in den Kulturen der Vergangenheit, weit weg von den zeitgenössischen Formen einer Kunst, die immer noch viel zu weit von ihrem Publikum entfernt ist. Man müßte von einem Ende des »Theologisch-Kulturellen« sprechen, um die bemerkenswerte Veränderung exakt zu benennen, durch die sich die Moderne mindestens seit dem 17. Jahrhundert auszeichnet. Es ist ausgeschlossen, unser aktuelles Verhältnis zu Kunstwerken zu verstehen, wenn wir nicht die entscheidenden Momente dieser Entwicklung erfassen, und sei es auch nur vom Prinzip her. Am einfachsten lassen sie sich wohl folgendermaßen beschreiben:

In den Kulturen der Vergangenheit erfüllten die Kunstwerke eine heilige Aufgabe. Noch in der Zeit der griechischen Antike hatten sie den Auftrag, den Menschen eine ihnen äußerliche und übergeordnete kosmische Ordnung anschaulich zu machen. Geht man davon aus, daß das Göttliche naturgemäß das ist, was sich dem Menschen entzieht und über ihn hinausgeht, dann erhielten die Kunstwerke aufgrund dieser Äußerlichkeit eine quasi religiöse Dimension. Sie waren im ursprünglichen Sinne des Wortes ein »Mikrokosmos«, eine kleine Welt, die im verkleinerten Maßstab die harmonischen Eigenschaften jenes ganzen Universums darstellen sollte, das die Alten als *Kosmos* bezeichneten. Und aus eben diesem Umstand erklärt sich auch ihre »imposante« Größe, d. h. genau genommen, ihre Fähigkeit, sich den Menschen, die sie wie etwas von außen Gegebenes empfanden, geradezu *aufzudrängen*. Demzufolge besaß das Werk eine »Objektivität«, denn es verkörperte weniger das Genie eines Architekten oder Bildhauers als vielmehr die göttliche Realität, deren Fürsprecher es dem Menschen gegenüber war. Das empfinden wir noch heute so deutlich, daß uns der Name des Künstlers, der die Bronzekatzen in den Museumsabteilungen für Ägyptische Kunst geschaffen hat, überhaupt nicht interessiert, denn wesentlich ist, daß es sich um ein heiliges Tier handelt, das als solches künstlerisch verklärt wurde.

Es dürfte noch untertrieben sein, wenn man sagt, daß sich unser Verhältnis zum Kunstwerk verändert hat. Es hat sich in einem solchen Maße in sein Gegenteil verkehrt, daß uns der Name eines Künstlers manchmal vertraut ist, obwohl wir den Großteil seines Werkes überhaupt nicht kennen. Um sich hiervon zu überzeugen, reicht es, an die Einstellung des sogenannten »kultivierten« Publikums zur zeitgenössischen ernsten Musik zu erinnern: Während der Name von Komponisten manchmal einen außergewöhnlichen Bekanntheitsgrad erreicht, läßt sich das von ihren Kompositionen nicht sagen.

Ganz im Gegensatz hierzu hörten die Bürger Leipzigs noch die Musik von Bach, ohne auch nur den geringsten

Gedanken an den Namen des Komponisten zu verschwenden.

Nietzsches Behauptung, daß die Wahrheit der Kunst im Künstler liege, hat sich über das Maß des Vorhersehbaren hinaus bewahrheitet: Das Kunstwerk ist kein Abbild einer harmonischen, außermenschlichen Welt, sondern der vollendete Ausdruck der Persönlichkeit eines besonderen, außergewöhnlichen Individuums, d. h. des Genies, das den Stoff seiner Schöpfungen aus seinem Inneren bezieht.

Die Krise, in der sich heute die Avantgarden befinden, ist nur mittels dieser Subjektivierung der Kunst zu verstehen. Sie erklärt sich zweifellos aus den verspätet spürbar gewordenen Folgen des inneren Widerspruchs, den die Vorstellung von der vollkommenen Erneuerung von vornherein beinhaltete. Octavio Paz hat sehr früh begriffen, daß die Geste des Bruchs mit der Tradition, das Ideal der *Tabula rasa* zum Ende unseres Jahrhunderts selbst zu einer Tradition geworden ist. Die Zeichen der Subversion, die die Geschichte der Avantgarde charakterisieren, überraschen uns nicht mehr. Sie sind in einem solchen Maße zu etwas Alltäglichem geworden und haben sich demokratisiert, daß sie genau wie die klassischsten Kunstwerke in den Museen zu sehen sind. Damit nicht genug: Wie einstmals der republikanische Lehrer hat es sich der avantgardistische Künstler zur Aufgabe gemacht, die große Revolution zu vollenden, die letzten Überreste der Tradition aus den Herzen und dem Bereich des persönlichen Geschmacks zu tilgen. Dieses Bemühen, auch noch die letzten Spuren der Vergangenheit zu beseitigen, um das Neue als solches aufzuwerten, ist eine französische Spezialität, die die Avantgarde mit dem Antiklerikalismus verbindet, dem sie formal ähnelt. Und diese Bewegung veranlaßte ihn, die Subjektivität zu verherrlichen, die Originalität um der Originalität willen zu kultivieren.

Wohl oder übel neigt unser laizistisches Universum folglich dazu, jede Bezugnahme auf etwas dem Menschen Äußerliches im Namen einer immer nachhaltigeren Forderung nach Autonomie zurückzuweisen. Ist es unter diesen Voraussetzungen nicht ganz normal, daß sich auch die Kunst der Forderung angeschlossen hat, einen »menschlichen Maßstab« anzunehmen, von Menschen für Menschen geschaffen worden zu sein?

Alles wäre bestens in der besten aller Welten, wenn dieser humanistische Anspruch nicht unausbleiblich von einer sich immer stärker aufdrängenden Frage begleitet worden wäre: Gibt es, kann es überhaupt eine »moderne Erhabenheit« geben? Ist dies nicht ein Widerspruch in sich? Ist das Erhabene nicht zwangsläufig mit der Darstellung eines transzendenten, dem Menschen äußerlichen Universums verbunden, und ist es nicht aus eben diesem Grunde *imposant*? Wie könnte dem, was der Menschheit lediglich immanent ist, noch der Charakter des Heiligen anhaften, ohne das alles nur Nichtigkeit und Zerstreuung ist – zumindest aber vertraute Nähe? Schon als junger Theologiestudent fragte sich Hegel, welches die Religion eines freien Volkes sein könnte. Ausgehend von dieser Frage dachte er über die Voraussetzungen nach, unter denen sich die Menschheit schließlich in einer allen gemeinsamen Kultur wiedererkennen könnte, die jedes Dogmatismus und jeder undurchsichtigen

Äußerlichkeit entbehrte, die in den »Autoritätsargumenten« auf eine prägnante Art und Weise zum Ausdruck kommt. Hegels Ansicht zufolge mußte die christliche Religion von ihrer »Positivität« entlastet werden, d.h. von allem, was nicht dem menschlichen Geist entsprach. Vom traditionellen Standpunkt aus betrachtet, hieß das aber, die Religion selbst zu beseitigen, sie zu zwingen, sich innerhalb der Grenzen des einfachen Verstandes einzurichten. Und wenn auch die Kunst heilig ist, die »wahrnehmbare Darstellung des Göttlichen« bzw. seiner Symbole, wieso sollte man dann nicht genau wie Hegel davon ausgehen, daß sie gemeinsam mit der Religion zum Bestandteil der finsteren Kategorie derjenigen Formen gehört, die von der Kultur überholt werden?

Demzufolge erleben wir das Ende des Erhabenen, zumindest in dem Sinne, wie es hier dargestellt wurde. Welcher Philosoph meiner Generation könnte sich ernsthaft und ohne sich lächerlich zu machen, mit Platon oder Aristoteles oder auch mit jüngeren Philosophen wie Spinoza, Kant oder Hegel vergleichen? Welcher Komponist würde von sich behaupten, der Mozart oder Beethoven von heute zu sein? Welcher Politiker würde sich – nur um einige jüngere zu nennen – mit Clemenceau, de Gaulle oder Churchill vergleichen? Und warum leuchten diese einfachen Beispiele, die ohne weiteres und je nach Wunsch unendlich zu erweitern wären, jedem gutgläubigen Menschen unmittelbar ein? Liegt es am fehlenden geschichtlichen Abstand? Am Zerfall des geistigen Vermögens der Menschheit? Das glaube ich nicht. Abgesehen davon bräuchten wir uns nur die Situation in den Naturwissenschaften vor Augen zu führen, um einen vollkommen anderen Eindruck zu gewinnen. Mühelos würden wir dort große Geister ausmachen. Offensichtlich ist es die klassische Kultur, diejenige des kulturellen Erbes der Menschheit, deren Lage sich in genau dem Augenblick verändert hat, als sie sich von der Religion ablöste.

Man muß nachdrücklich immer wieder auf folgende Frage zurückkommen: Wenn jedes Kunstwerk seinen Ursprung im Menschen hat, ist dann – vom traditionellen Standpunkt aus betrachtet und ohne eine zu einfache, zu menschliche Lösung anzustreben – die laizistische Kultur nicht auch dazu bestimmt, sich auf der menschlichen Ebene anzusiedeln? Bildet nicht gerade dieser Umstand den Ausgangspunkt für alle Auseinandersetzungen, die von dem pessimistischen Befund des Endes, des Untergangs oder der Dekadenz der zeitgenössischen Kultur ausgehen? Stellt sich nicht die Frage, ob mit dem Untergang der vertikalen Transzendenz des Heiligen die *Flachheit* droht, und das im eigentlichen Sinne und ohne darunter gleich ein Werturteil zu verstehen? Wie sollte der Mensch ohne Bezugnahme auf ein radikales und imposantes Außen das Material für eine moderne Erhabenheit aus sich selbst beziehen? Das ist, glaube ich, die Frage, die sich zum Ende dieses Jahrhunderts stellt. Waren »große Männer«, unabhängig davon, ob Politiker, Philosophen oder Künstler, nicht in erster Linie solche Menschen, die erhabene Entitäten verkörperten: Göttlichkeit, Vaterland, Vernunft, Revolution? Wenn ich aber nur noch für mich selbst stehe, wenn ich, um mit Sartre zu sprechen, ein Wesen bin, das allen anderen gleichgestellt ist und dem alle anderen gleichgestellt sind, wie könnte ich dann für mich in Anspruch nehmen, diesen »großen Stil« oder diese »große Politik« zu erschaffen, die Nietzsche noch so sehr wünschte? Wenn man sich weigert, wozu dieses Buch eine Aufforderung sein möchte, sich der Sehnsucht nach urvordenklichen Zeiten hinzugeben, in denen die Transzendenz des Göttlichen – mag sie auch noch so illusorisch erscheinen – noch im bescheidensten menschlichen Werk die Spur des Heiligen hinterließ, auf welchen erhabenen Horizont müssen wir dann unsere Augen richten?

Die Berücksichtigung solcher Bereiche des menschlichen Lebens, die sich den Zufälligkeiten des Geschmacks und des Empfindens entziehen, könnten uns, so glaube ich, den richtigen Weg weisen. Das gilt beispielsweise für den Sport, dem demokratischen Spektakel par excellence, der nach wie vor durch die ihn auszeichnende Fähigkeit fasziniert, einer Welt aristokratischen Glanz zu verleihen, die seiner naturgemäß entbehrt. Das Beispiel scheint unangebracht, wenn nicht sogar trivial, da es nichts mit der Hochkultur zu tun hat. Man sollte aber nicht vergessen, daß der sportliche Wettkampf überhaupt auf den Prinzipien der Chancengleichheit basiert, die dem modernen Humanismus so wichtig sind. Alle unterliegen denselben Regeln, verfügen über die gleiche Ausrüstung, so daß Mogelei, die zu Ungleichheiten führt, als das schlimmste Delikt überhaupt gilt. Und dennoch kommt es zur Ausbildung von Hierarchien auf rein menschlicher Basis und – das muß man zugeben – zur Entstehung von so etwas wie Größe. Auf genauso unerwartete wie unerklärliche Weise ragen bestimmte Persönlichkeiten heraus, und deshalb rufen sie Bewunderung hervor. Sicher handelt es sich lediglich um partielle Transzendenzen, aber trotzdem vermitteln sie eine Vorstellung – und nur darum geht es – von der unergründlichen menschlichen Größe. Warum sollte wir sie nicht auch in der Kultur oder in der Politik ausmachen können?

Das doppelte Gesicht der Politik als »Technik«: Leistungskult und Technokratie

Warum befällt die »demokratische Melancholie« so leicht gerade diejenigen Nationen, denen es scheinbar am besten geht? Sind unsere friedfertigen Demokratien etwa so wenig mitreißend, daß wir keine Zuneigung zu ihnen empfinden? Und es fehlt nicht an Gegenmodellen: ob in Algerien oder im Iran, in Serbien, in Ruanda, im Sudan, in Indien, in Kambodscha oder Ägypten, Fundamentalismen aller Art überziehen diese Länder mit derartig blutigen Wirren, daß wir Grund genug hätten, über unsere privilegierte Situation glücklich zu sein. Sicher gibt es Arbeitslosigkeit, neue Formen der Armut und zweifellos auch schwere Mängel der Demokratie zu beklagen. Nichts kann sie entschuldigen oder vergessen machen. Aber sie herrschen auch überall sonst auf der Welt, und, getrauen wir uns ruhig, es zu sagen, vielleicht ist es besser, Arbeitsloser in Bonn oder Paris zu sein, als Arbeiter in Bombay oder Sankt Petersburg. Beim gegenwärtigen Stand der Dinge erscheint der Wille, das humanistische und laizistische System, das sich nach dem Ende des Zweiten Weltkriegs in Europa bewährt hat, über den gesamten Erdball auszudehnen, wie ein Vorhaben gewaltigen Ausmaßes, um nicht zu sagen wie eine schöne Utopie. Einhaltung der Menschenrechte, politische Freiheit, Friede, relativer Wohlstand, Achtung der anderen Kulturen und kritische Selbstbetrachtung, sind das nicht Ideale, die unser kleiner Kontinent der übrigen Welt näherbringen könnte, wenn sie sich darauf besinnen würde, sich davon anregen zu lassen?

Zweifellos eignet sich das Unglück der anderen nicht dazu, uns von unserem eigenen Glück zu überzeugen. Empörte Geister meinen hingegen, daß es das eigene Glück nicht nur nicht relativiert, sondern im Gegenteil vergrößert. Wie dem auch sei, aus einem ganz zentralen Grund genügt der Vergleich mit anderen Kulturen nicht, um unsere Lebensweise zu rechtfertigen: Die westliche Welt beginnt jetzt *von innen heraus*[31] die eigenen Schwächen wahrzunehmen, die ihr Widerstand gegen feindliche Systeme, insbesondere gegen die kommunistischen Staaten, so lange zu verdecken ermöglichte.

Genau wie beim Tod der Avantgarden erklärt sich so die bittere Klage über das »Ende der großen Entwürfe« und die Notwendigkeit, so schnell wie möglich neue zu entwickeln. Der Politiker einer islamischen Republik kann behaupten, seine Macht aus dem Umstand zu beziehen, eine Form des Absoluten zu verkörpern. Der nationalistische Staatspräsident verfügt noch über die Möglichkeit, in den Augen seines Volkes das unvergleichliche Genie seiner Nation zu repräsentieren, eine deshalb heilige Entität, weil sie den einzelnen Gliedern des Staatskörpers übergeordnet ist. Als de Gaulle gestorben war, titelten die Zeitungen sofort: »Frankreich ist verwitwet.« Die Desakralisierung der nationalen Idee ist derartig weit fortgeschritten, daß ich bezweifle, ob ein solcher Spruch auf einen Politiker unserer Tage noch anwendbar ist; und auf einen Politiker kommender Tage wohl erst recht nicht. Der revolutionäre Führer ist wohl oder übel von dem Gefühl erfüllt, eine heilige Mission zu erfüllen. Gott, Vaterland und Revolution waren die Krönung großer Entwürfe. Wie sollte es im Vergleich hierzu einem laizistischen und demokratischen Politiker möglich sein, nicht wie ein einfacher, kleiner Verwalter zu wirken? Bestenfalls wird man ihm Tugenden wie Sachverstand und Redlichkeit zubilligen. Wie aber sollten diese Tugenden den maßlosen Anspruch rechtfertigen können, dessen Erbe er unfreiwillig oder willentlich angetreten hat und der darin besteht, sich von den Normalsterblichen abzuheben und sie zu lenken? Er empfindet die Dringlichkeit, ein großes Projekt zu formulieren, und der Kreis seiner Anhänger arbeitet für ihn daran. Wo aber ist in einem Universum, dessen Quelle und Horizont sich so weitgehend vermenschlicht haben, daß nichts Heiliges sich darüber erheben kann, ohne den laizistischen und demokratischen Idealen zuwiderzulaufen, diese »große Politik« noch ausmachbar?

In Ermangelung eines großen Projekts faßt er den Entschluß, an der Macht zu bleiben. Und da wir in einer Demokratie leben, bedient er sich dazu aller Mittel, die mit dieser Regierungsform vereinbar sind. Ohne daß es uns aufgefallen wäre, sind wir seit einigen Jahren in das Zeitalter der Politik als *Technik* – im philosophischen Sinne des Wortes – eingetreten, d.h., es geht um die Verbesserung der *Machtmittel* auf Kosten jeder Reflexion des

Zwecks, um eine Kunst der Herrschaft um der Herrschaft willen, der Regierungsgewalt um der Regierungsgewalt willen. Es ist kein Zufall, wenn der Name eines geschickten Mannes wie François Mitterrand die beiden tiefgreifendsten Auswirkungen des Zeitabschnitts symbolisiert, der gerade hinter uns liegt: einerseits die Auslöschung der traditionellen Ideen der Linken, die man, je nach Standpunkt, unterschiedlich bewerten kann[32]; andererseits das Zutagetreten der Mechanismen einer technizistischen Politik, deren Beherrschung es dem ehemaligen französischen Staatspräsidenten ermöglichte, länger im Amt zu bleiben als jeder andere Präsident einer französischen Republik. Auf der einen Seite der Untergang der »objektiven Vernunft«, jener Vernunft, die Ziele fixiert und sich nicht ausschließlich taktischen oder strategischen Erwägungen hingibt; auf der anderen Seite die Sanktionierung der »instrumentellen Vernunft« und des Machiavellismus …

Technik – so lautet nunmehr also der zentrale Begriff. Allerdings gilt es, ihre genaue Bedeutung zu erfassen. Heidegger meinte, ihr eigentlicher Ursprung ginge auf den Beginn der modernen, kartesianischen Wissenschaft zurück, die den Menschen die Herrschaft über das Universum versprach. Fortschritt der Zivilisation durch die Fortschritte der Vernunft: von dieser Hoffnung war die ganze Philosophie der Aufklärung beseelt. Mit diesem Glauben aber waren wir noch weit entfernt von jener »Welt der Technik« im eigentlichen Sinne, von jenem Universum, aus dem das Nachdenken über die Ziele zugunsten des ausschließlichen Nachdenkens über die Mittel verschwindet. Im Rationalismus des 17. und 18. Jahrhunderts verfolgte das Projekt einer wissenschaftlichen Beherrschung der Natur noch emanzipatorische Absichten, denn es blieb der Verwirklichung bestimmter *Ziele* unterworfen.

Wenn es darum ging, sich zum »Herren und Besitzer« des Universums zu machen, so geschah das keinesfalls aus reiner Faszination über unsere eigene Macht, sondern um bestimmte Ziele zu erreichen, die Freiheit und Glück hießen. Und aufgrund der Beziehung zu diesen Zielen schien die Entwicklung der Wissenschaften unseren Vorfahren der Träger eines anderen Fortschritts zu sein, und zwar desjenigen der Sitten. Das mag zwar illusorisch gewesen sein, keinesfalls aber machiavellistisch …

Damit unser Weltbild technizistisch werden konnte, bedurfte es folglich noch eines weiteren Schrittes. Der Wille durfte keine außerhalb seiner selbst liegenden Ziele mehr anvisieren und mußte sich sozusagen selbst zum Ziel machen. Nach Ansicht Heideggers wurde dieser Schritt mit Nietzsche und seinem Konzept des *Willens zur Macht* vollzogen, das einen echten metaphysischen Sockel für die globale Technik darstellt, von der wir heute umgeben sind. Bei Nietzsche ist nur tatsächlich derjenige der echte, der vollendete Wille, der kein Wille mehr *zu etwas ist*, um zum »Willen des Willens« zu werden. Ein Wille, der auf die Stärkung der vitalen Kräfte abzielt, d. h. auf seine eigene Stärkung, seine eigene Steigerung als solche. Somit erreicht der Wille die Vollendetheit seines Konzepts: Da er nur sich selbst will, wird er Herrschaft um der Herrschaft willen, Macht um der Macht willen, und ist nicht mehr, wie noch zu Zeiten des Fortschrittsideals der Aufklärung, äußeren Zielen unterworfen.

Es dürfte schwerfallen, nicht den Befund zu teilen, nach dem unser politisches Leben diese technizistische Sichtweise angenommen hat. Bezeichnenderweise titelte die Tageszeitung *Libération* nach der Wiederwahl von François Mitterrand im Jahre 1988: »Bravo, Künstler!« Damit beglückwünschte man ihn zu der Leistung als solcher, während der Künstler in den ersten sieben Jahren seiner Regierungszeit eigentlich alle Vorstellungen verraten hatte, auf denen diese unabhängige, linke Tageszeitung seit ihrer Gründung basierte. Um dieser ärgerlichen Sanktionierung der Technik in der Politik entgegen zu wirken, muß Sinn zurückgewonnen werden, damit unsere Mitmenschen sich wieder in die Augen sehen können, ohne sich zu schämen oder zu fürchten, damit Haß nicht mehr der Begriff ist, mit dem sich die Lebenssituation in unseren Vorstädten am angemessensten beschreiben läßt. Ich bin davon überzeugt, daß viele dieser Menschen bereit wären, mehr Strenge zu akzeptieren und Opfer auf sich zu nehmen, wie man so schön sagt. Die Voraussetzung hierfür wäre allerdings, daß sie das Gefühl haben, sich für eine irgendwie transzendente und heilige Sache zu engagieren und die erbrachten Opfer nicht etwa einer instrumentellen Vernunft zugute kämen, mit deren Hilfe es den politischen Führungspersönlichkeiten möglich ist, an der Macht zu bleiben, sondern daß ein kollektives Projekt Nutzen aus diesen Opfern zieht, das sich dazu eignet, Beziehungen zwischen den Menschen herzustellen, die akzeptabel und nicht sinnlos sind.

Unter diesem Blickwinkel ist die sprachliche Verschiebung von der Leistung zum technokratischen Begriff des *Zwangs* kein Erfolg, denn es reicht nicht, der Demagogie der instrumentellen Vernunft den Mut des Realismus gegenüberzustellen, um den Menschen, d. h. uns, den Sinn der eingeschlagenen Politik verständlich zu machen. Wir sollten uns einen Augenblick daran erinnern, auf welche Weise uns sowohl die »verantwortlichen« Politiker als auch die meisten Meinungsmacher normalerweise diese vielzitierten Zwänge näherbringen: Wir müßten, sagt man uns, die Defizite abbauen, unser »Anspruchsdenken« aufgeben, damit wir die Kriterien für die europäische Einheit (Maastrichter Vertrag, Währungsunion usw.) erfüllen. So weit, so gut. Hat man aber auch nur eine Sekunde lang daran gedacht, daß mit Ausnahme einer kleinen Elite kein normaler Mensch begreift, worin die Notwendigkeit bzw. der Zweck der gemeinsamen Währung besteht? Daß keiner von ihnen den Maastrichter Vertrag gelesen hat und sich durch *keine der europäischen Institutionen, von denen er überhaupt nichts weiß, angemessen vertreten fühlt*? Mag man notfalls auch noch die Erklärung hinnehmen, daß man immer die Finanzmärkte in die Überlegungen mit einbeziehen müsse, »die ein Auge auf uns geworfen haben«, weil die »Zinsen« nicht in gewünschtem Maße sinken, wenn wir nicht sparsam haushalten. Ich denke selbstverständlich nicht daran, derartige Aussagen auch nur im geringsten in Frage zu stellen, möchte aber klar und deutlich sagen, daß ich mich, trotz einiger Hochschulzeugnisse und eines echten Interesses für politische Fragen, in derselben Situation befinde wie 99% meiner Mitmenschen: Die Mechanismen, die in der Welt der internationalen Hochfinanz herrschen, sind mir vollkommen unbekannt. Wenn ich Begriffe wie die soeben genannten höre, verbinde ich damit also, wie jeder andere auch, einige Bilder und Vorstellungen, womit ich letztlich nichts anderes tue, als fast mechanisch diejenigen nachzuahmen, die ich täglich zu hören bekomme. Wie steht es aber um den Sinn?

Auf welches angebliche Wissen stützt sich eine Politik, die zweifellos zu Recht, – das steht außer Frage – den technokratischen Realismus der technizistischen Demagogie gegenüberstellt? Noch nie war Ökonomie ein Pflichtfach in der Schule, und zudem scheint diese »Wissenschaft« so unsicher zu sein, daß selbst zwischen denjenigen, die sie vorgeblich ausüben, keine Übereinstimmung herstellbar ist. Ich würde unseren Politikern gern einmal vorschlagen, eine Umfrage darüber durchführen zu lassen, was die Menschen – auch solche mit einer guten Bildung – in den Ländern Europas über den Europarat oder den Börsenindex wissen, diesem merkwürdigen Ding, das in Frankreich CAC 40 und in Deutschland Dax heißt und unseren Mitmenschen allabendlich beim Essen in den Nachrichten präsentiert wird. Vielleicht würden die Politiker dann ja einsehen, wie unvernünftig es ist, darauf zu hoffen, ihren Projekten einen Sinn zu geben, indem sie das, was alle interessiert, mit Dingen begründen, die zu Recht niemanden interessieren! Und da alles in Wahrheit noch ein wenig komplizierter ist, muß hinzugefügt werden, daß wir mit der europäischen Einheit heute den Rahmen verlieren, innerhalb dessen eine so bemerkenswerte Verbindung entstand wie die zwischen Demokratie und Gemeinschaftssinn, d. h., der nationale Rahmen geht verloren. Auch in diesem Fall denke ich nicht daran, die Notwendigkeiten einer europäischen Einigung zu leugnen, von der man erwartet, daß die alten Nationen auch weiterhin eine Rolle spielen. Ist es aber nicht trotzdem unvernünftig, den Preis für einen solchen »Fortschritt« zu unterschätzen? Bis das Gegenteil bewiesen ist, muß man davon ausgehen, daß die *einzelnen* Individuen sich nur im Nationalstaat, und sonst nirgendwo, mit dem zu identifizieren vermochten, was – und sei es auch noch so entfernt – dem *Allgemeininteresse* ähnelte und durch die jeweilige politische Klasse repräsentiert wurde. Innerhalb dieses Rahmens bestanden bestimmte Formen des Gemeinsinns fort. Ohne sich in offensichtliche Widersprüche zu verwickeln, ist es demzufolge schlichtweg unmöglich, einerseits das Verschwinden der *res publica* und die gleichzeitig immer größer werdende Bedeutung der Körperschaften zu bedauern und andererseits die Tilgung des einzigen bekannten Rahmens zu fördern, der sowohl das eine als auch das andere beinhaltete. Es sei denn, man verlangt die Butter, ohne sie bezahlen zu wollen, und das Lächeln des Milchhändlers dazu. Beim gegenwärtigen Stand der Dinge bleibt die europäische Einigung ein »subjektloser Prozeß«: Sie schafft Gesetze, Handelsbeziehungen, zwischenstaatliche Verbindungen jeder Art, *ohne daß die Schaffung von alledem auch nur einen Augenblick sichtbar oder a fortiori für die Bürger verständlich würde.* Da sie im eigentlichen Sinne unverantwortlich ist, kann sie auch keinem Subjekt zugeschrieben werden, d. h. weder einem Menschen, denn es gibt keinen Präsidenten, noch einer nationalen Souveränität, da es kein Parlament gibt, das diesen Namen verdient. Aber dieses

Europa soll das große Projekt unserer Tage sein, das nach dem Ende der Ideologien der Politik einen Sinn verleiht? Ist das angesichts des gegenwärtigen Stands der Dinge wirklich vernünftig?

Zwischen der technizistischen Demagogie und der Technokratie, mag sie auch intelligent und wohlwollend sein, dem Leistungskult und der Hingabe an die »objektiven Zwänge« muß die moderne Politik neue Wege beschreiten, wieder an den Sinn anknüpfen, der ihr aufgrund der Laisierung der Welt verlorengegangen ist. Zwänge sind naturgemäß das, was sie eben sind. Darf man sich aber deshalb mit der Vorstellung zufriedengeben, daß die einzige Utopie in so reichen Ländern, wie die unseren es sind, darin besteht, beispielsweise die Arbeitslosenzahlen bis zum Jahr 2000 zu halbieren? Würde das nicht letzten Endes bedeuten, sich ein Ziel zu setzen, bei dem günstigstenfalls zwei bis zweieinhalb Millionen Menschen von jenem Raum des Gemeinsinns ausgeschlossen blieben, der jede nationale Gemeinschaft begründet? Die realistische Politik darf sich nicht mit einem so erbärmlichen Projekt zufriedengeben, denn andernfalls wird sie ganz schnell gegenüber der technizistischen Demagogie die Waffen strecken. Es müssen neue Wege beschritten werden, zum Beispiel derjenige einer Umverteilung der Arbeit, einer Unterscheidung zwischen Arbeitstätigkeit und sinnvoller Tätigkeit, einer neuen Form von gesellschaftlicher Solidarität, die sich von der Zahlung der Sozialhilfe unterscheidet, die zwar das Schlimmste verhindert, aber den Sozialhilfeempfängern weder Würde noch Beschäftigung bringt. Ich höre schon den Chor der desillusionierten Fürsprecher der Toleranz:

Kommt die Aufwertung der Transzendenz nicht der Erneuerung einer jener Utopien gleich, die, mögen sie auch noch so verführerisch mobilisierend und anregend sein, für die düstersten und tödlichsten Kapitel unserer Geschichte verantwortlich sind? Bedeutet sie nicht eine Wiedereinführung des alten und dogmatischen Prinzips der Autoritätsargumente, wenn auch in anderer Form? Und ist die Bedeutung, die sich so leicht mit dem Gedanken der Transzendenz in Verbindung bringen läßt, nicht eine nahe Verwandte jenes »Sinns der Geschichte«, in dessen Namen so viele Verbrechen begangen worden sind?

Die erneute Verzauberung der Politik: Die Verbindung von Dike und Philia

Sinn zurückgewinnen. Diese Formulierung klingt vielleicht wie ein gefährlicher oder hohler Spruch. Wie oft haben wir nun schon gehört, daß unsere Politiker und mit ihnen zusammen einige unserer Intellektuellen die Notwendigkeit, was sage ich, die Dringlichkeit beschworen, »ein großes Projekt zu entwerfen«, »die Politik neu zu gestalten«, »eine klar umrissene Politik zu machen«, »die Zukunft in Angriff zu nehmen« usw. Und wie oft haben wir nicht schon die Lust verspürt, einfach nur zu erwidern: Bitte sehr, tun Sie sich keinen Zwang an! Was folgte, waren die immer gleichen und hohlen Phrasen, eine »solidarischere, gerechtere und menschlichere Gesellschaft« zu schaffen, die gegen jede Form der

»Diskriminierung« kämpfe, die Einhaltung der Menschenrechte und den Schutz der Umwelt im »globalen« Rahmen einer allgemeinen Völkerfreundschaft garantiere usw. Aber seien wir ehrlich: Es gibt keinen Politiker oder Intellektuellen, der heute eine derartige Rede halten kann, ohne nachhaltig den natürlichen Hang unserer Mitbürger zum Zappen zu fördern ... Die Worte, mögen sie auch noch so edel sein, haben sich abgenutzt. Die technizistische Politik hat mit ihrem Doppelgesicht – einerseits das Gesicht des Leistungskults, das von der Presse mittels absurder Aufwärts- und Abwärtstrendstatistiken verbreitet wird, und andererseits das technokratische der für die Unkundigen nicht wahrnehmbaren Zwänge – nicht allein dazu geführt, das Soziale[33] zu verdecken oder die klassischen Themen der Linken zum Verschwinden zu bringen, sondern die Vorstellung von politischen Ideen überhaupt zu diskreditieren.

Auch die besagte Gerechtigkeit hat seit dem Ende des Theologisch-Ethischen und dem Rückzug der Kommunitarismen ihre spürbare, fleischliche Dimension verloren, um eine *gesetzliche* Angelegenheit zu werden. Genau das ist die Größe der laizistischen Morallehren, gleichzeitig aber auch ihre Achillesferse.[34] Da es vom Staat bestimmt und von den jeweiligen nationalen parlamentarischen Instanzen ausgearbeitet wird, bleibt das Recht zwangsläufig abstrakt. Anders als oft und ohne ernsthaft nachzudenken behauptet, besteht die Schwierigkeit nicht in seinen unterschiedlichen Definitionen, die je nach der politischen Orientierung anders ausfallen und durch jene viel zitierten »Spaltungen« verursacht würden, die ein »einheitliches Denken« verhindern. In Wahrheit würde die berühmte Theorie von John Rawls dem Großteil der Menschen sehr wohl zusagen[35]: Eine Gesellschaft ist dann gerecht, wenn sie einerseits die formalen Freiheiten respektiert und sich andererseits dem ärmsten ihrer Mitglieder gegenüber als so wohlgesinnt erweist wie keine andere Gesellschaft. Mehr gibt es nicht zu sagen, oder fast nicht. Die wahre Herausforderung ist nicht theoretischer, sondern vielmehr sowohl praktischer als auch geistiger Natur: Will man einer entzauberten Politik überhaupt Sinn geben, und nicht zurückgeben, muß man sich zunächst einmal die Frage stellen, wovon konkret dieser Sinn für solche Menschen ausgeht, die nicht mehr an die Tugenden des Staates glauben. Meiner Meinung nach steht die Antwort zweifelsfrei fest: Es ist *Philia*, die heute in erster Linie über den Sinn unseres Lebens entscheidet. Solange die Politik weiterhin die geschichtliche Bedeutung der Entstehung der modernen Liebe unterschätzt, solange sie weiterhin kein Verständnis für das außergewöhnliche Solidaritäts- und *Sympathiepotential* aufbringt, das die Privatsphäre in sich birgt, wird nichts an ihr je begeistern können.

Man wird einwenden – man hat es schon getan –, daß »der Rückzug in die Privatsphäre« nicht die Ursache für eine neue Vorstellung von Politik sein könne, weil die Privatsphäre das genaue Gegenteil von Politik sei. Und in diesem Zusammenhang wird man betonen, wie sehr der herrschende Individualismus einer Wiederbelebung »großer kollektiver Entwürfe« entgegenstünde. Genau das scheint mir *der* Irrtum schlechthin zu sein. In Wahrheit gibt es nämlich keinen Gegensatz zwischen *Philia* und *Dike*, zwischen der Heiligsprechung der Liebe sowie der privaten Freundschaften einerseits und der Sorge um *universelle* Gerechtigkeit andererseits. Vielmehr kann man dem Gesetz die substantielle Dimension, die ihm aufgrund der Loslösung von den früher herrschenden Kommunitarismen verlorengegangen ist, gerade dadurch zurückgeben, daß man sich auf die Gefühle stützt.

Allerdings wird man einwenden, daß den Gefühlen in der Politik deshalb zu mißtrauen ist, weil die Tugend des Gesetzes gerade in seiner Transzendenz gegenüber den wechselnden und impulsiven Gemütsbewegungen besteht. Wollte man diese wieder durch den Menschen selbst verkörpern lassen, bestünde die Gefahr einer Vermischung der Gattungen, die uns die alten Rechtsauffassungen, wenn nicht sogar den Totalitarismus zurückbringen würde. Natürlich ist Wachsamkeit angebracht, und das Gesetz darf, um sich selbst einen dauerhaften Rahmen zu verschaffen, nicht auf Gemütsbewegungen beschränkt bleiben. Die jüdische Komponente darf im christlichen Element nicht aufgelöst werden, das Gesetz nicht in der Liebe.[36] Aber wer spricht hier eigentlich von »Beschränkung«? Eine Versöhnung würde ja schon ausreichen. Dies um so mehr, als die Gefühle, deren historische Entstehung ich hier beschrieben habe, nicht ausschließlich *psychologischer* oder, wie Kant gesagt hätte, *pathologischer* Natur sind. Ich habe zu zeigen versucht, daß sie von einem neuen Verhältnis zum Heiligen zeugen, d. h. von einer Transzendenz, die der Immanenz der menschlichen Subjektivität, dem Raum eines Humanismus des Menschengottes eingeschrieben ist.

Schluß

Der Humanismus des Menschengottes

Ist das Christentum ein Humanismus? Zweifellos, denn es macht den Menschen zum Mittelpunkt der Schöpfung und weist ihm innerhalb des Rahmens der weltlichen Ordnung die herausragendste Stellung zu, und zwar diejenige des nach dem Bilde Gottes geschaffenen Wesens. Trotzdem muß die vom Papst aufgeworfene Frage der zwangsläufig gegen das bürgerliche Gesetz gerichteten Wiedereinführung einer im »Glanz der Wahrheit« wurzelnden Moraltheologie solche Christen stören, die sich den Prinzipien des demokratischen Humanismus verbunden fühlen. Wie ist beispielsweise die Aussage, daß ein Schwangerschaftsabbruch ein Mord *wie jeder andere* sei, damit vereinbar, sich einem positiven Recht zu unterwerfen, das diesen Eingriff grundsätzlich erlaubt? Wem ist Folge zu leisten? Man wird versuchen, Recht und Moral, den öffentlichen Bereich des Gesetzes vom privaten des Gewissens zu unterscheiden. Aber wenn es um Mord geht, ist diese Unterscheidung nicht zulässig und erweist sich für denjenigen als unzureichend, der den Lehren des Kirchenoberhauptes Gehorsam leisten möchte. Und genau diese Unterscheidung fordert uns Johannes Paul II. auf zu verneinen. *Von die-*

sem Standpunkt aus betrachtet, ist der theologische Humanismus, selbst derjenige, der für den absoluten Wert des menschlichen Lebens eintritt, kein juristischer und politischer Humanismus mehr, denn im Gegensatz zu der Verwurzelung der Gesetze im Willen der Menschen, die in einer säkularen Gesellschaft zusammenleben, erinnert er an den Primat der göttlichen Gebote.[1] Er verpflichtet uns dazu, vom Anthropozentrismus zum Theozentrismus zurückzukehren. Je nachdem, wie man die Frage, ob das Christentum ein Humanismus sei, angeht, ist sie alles andere als geklärt ...

Dasselbe gilt meiner Meinung nach für den atheistischen Humanismus, den ich hier aus didaktischen Gründen an den Diskurs der Juristen gekoppelt habe. Sie mögen mir das verzeihen oder zumindest mildernde Umstände zugestehen: selbstverständlich handelte es sich um eine Metapher. In gewisser Hinsicht aber scheint der Determinismus, auf den zu berufen sie sich so oft gezwungen sahen, den schönen Namen Humanismus für sich in Anspruch nehmen können. Denn vermag nicht gerade dieser uns von der Theokratie zu befreien, durch die der Mensch fortwährend auf die Heteronomie der Normen zurückverwiesen wird? Genau das verkündete uns Nietzsche mit dem für ihn typischen Scharfblick zur selben Zeit wie den Tod Gottes. Ich habe bereits erwähnt, wie er als echter Materialist das Wesen jeder Religion in der Anerkennung von Werten sah, die dem Leben übergeordnet sind. Diese Behauptung ist die perfekte Bestimmung der Umrisse dessen, was ein radikaler Humanismus, ein Anthropozentrismus ohne theologische Illusionen sein könnte. Diese Einstellung formuliert Nietzsche am allerklarsten in einem Buch mit dem bezeichnenden Titel *Götzen-Dämmerung*: »Urtheile, Werthurtheile über das Leben, für oder wider, können zuletzt niemals wahr sein: sie haben nur Werth als Symptome, sie kommen nur als Symptome in Betracht, – an sich sind solche Urtheile Dummheiten.«[2] Denn, so fügt er hinzu, »der Werth des Lebens (kann) nicht abgeschätzt werden. Von einem Lebenden nicht, weil ein solcher Partei, ja sogar Streitobjekt ist und nicht Richter«[3], und von einem Toten aus naheliegenden Gründen auch nicht ...

Wie so oft bei Nietzsche ist die Argumentation ein wenig lakonisch. Es dürfte nicht überflüssig sein, den Zusammenhang, in den sie einzuordnen ist, etwas ausführlicher darzustellen, denn nur wenig später wird er als philosophisches Fundament für jede Form von Reduktionismus dienen. In dieser Hinsicht stellt Nietzsches Argumentation den größten Angriff dar, den das Denken jemals gegen die Idee der Transzendenz unternommen hat. Was will Nietzsche sagen, und warum hat er ein so großes Echo hervorgerufen? Zunächst einmal folgendes: Um ein Urteil über das Leben abgeben zu können, muß man ihm gegenüber eine Position der *Äußerlichkeit* einnehmen, muß man die Bezugsbegriffe, auf die man sich stützt, um ein Urteil abzugeben, nach außerhalb verlagern. Man müßte von einer idealen transzendenten Sphäre ausgehen, einem Jenseits, einem Abstand, von dem aus es überhaupt Sinn machen würde, Werturteile auszusprechen. Und genau das ist der entscheidende Irrtum, der Irrtum schlechthin jeder Religion. Der Mensch ist ein Lebewesen wie alle anderen auch, er gehört ganz dem Leben an, es enthält ihn, und aus genau diesem

Grunde sind seine angeblichen Urteile nichts als Symptome, der unbewußte Ausdruck einer *bestimmten Existenzform.* Es gibt keine »Metasprache«, keinen übergeordneten Diskurs, in dessen Namen es möglich wäre, über den Sinn und den Wert der Welt zu urteilen, in der wir leben.

Hieraus wird ersichtlich, inwiefern Nietzsche den Weg ebnet, den die Humanwissenschaften – jedenfalls im wesentlichen – beschreiten werden: Ihre Aufgabe wird darin bestehen, mit Hilfe entsprechender Fakten und Argumente, aufzuzeigen, wie es zur Ausbildung der Transzendenzphantasmen kommt. Mit Durkheim enthüllt die Soziologie dann die Triebkraft für diese Position außerhalb des Lebens: Sie erklärt sich aus dem Umstand, daß das Ganze wichtiger ist als die einzelnen Teile, die Gesellschaft stärker als das Individuum, daß ihm die Gesellschaft ihre Werte überträgt, die es gern an die Illusionen des Heiligen abtritt. Dieses Heilige jedoch ist nichts anderes als eine verdeckte Form des Kollektivbewußtseins. Freud, dessen Ansicht nach der Ursprung dieser Mythologie im individuellen Unterbewußtsein liegt, kommt schließlich zu einem ähnlichen, wenn nicht sogar zum selben Schluß: die Religion ist lediglich die Zwangsneurose der Menschheit. Soziobiologie und Genetik werden kurze Zeit später durch die Entdeckung der »Brüderlichkeitsgene«, mit deren Hilfe sich die Entstehung des Altruismus mit Hilfe der Geschichte der natürlichen Selektion erklären läßt, dieses Bild vervollständigen. Trotz des Widerstands einiger »Freischärler« werden die Humanwissenschaften im großen und ganzen zum Reduktionismus tendieren. Ihre Argumentation schließt an diejenige Nietzsches an: Die Illusionen der Transzendenz resultieren aus der Projektion dessen, was in Wahrheit ein unbewußter Teil von uns selbst ist. Sie sind auf eben jenen Fetischismus zurückzuführen, den Marx als einen Mechanismus entlarvte, der darin bestehe, solchen Dingen Objektivität zuzuerkennen, die lediglich ein Produkt der Sozialgeschichte, der Psyche oder der Naturgeschichte sind. Nur weil diese Geschichten über uns »hinausgehen«, können sie uns manchmal das Gefühl des Heiligen vermitteln. Um einer derartigen intellektuellen Nachlässigkeit zu begegnen, muß der Mensch ständig an die Immanenz erinnert werden, muß er ständig von der Vertikalität auf die Horizontalität zurückverwiesen werden. Läßt er sich nicht freiwillig darauf ein, ist das natürlich auf die mit seinem Unterbewußtsein in Zusammenhang stehenden »Widerstände« zurückzuführen. Sie sind es, die es zu beseitigen gilt, damit der Mensch zu sich selbst findet. Ist er erst einmal frei davon, wird er zu dem, was er ist. Ungefähr so stellt sich die Argumentation dar, in deren Namen der atheistische Materialismus unter dem Banner des Humanismus gegen ein Christentum vorgehen könnte, das sich ungerechtfertigterweise damit schmückte. Aus mindestens zwei Gründen ist dieses Vorgehen meiner Meinung nach nicht mehr gerechtfertigt.

Erstens deshalb, weil der atheistische Materialismus, wie ich bereits erwähnt habe, durch die von ihm a priori und prinzipiell vorgenommene Tilgung jedes möglichen Bezugs auf eine beliebige Transzendenz den Menschen in seinem Kontext auflöst. Im übrigen unterlag Nietzsche nicht dieser Täuschung, denn er hätte sich mit Sicherheit geweigert, das fragliche Banner zu tragen, da es noch auf den Mythos eines autonomen und freien Individuums verweist. Nach Nietzsches Auffassung jedoch ist der Mensch lediglich ein Fragment des Willens zur Macht unter anderen. Die Humanwissenschaften bestätigen dies, indem sie die von Nietzsche vorgenommene Reduktion auf das Leben um diejenige auf den Gott Geschichte ergänzen: Der Mensch ist nicht der Urheber seiner Handlungen oder seines Denkens, sondern er ist in jeder Hinsicht ein *Produkt*.

Zweitens deshalb, weil der Materialismus ständig dem Widerspruch ausgesetzt ist, den die zeitgenössischen Logiker als »performativ« bezeichnen, d.h., bei der Darlegung seiner Thesen berücksichtigt er nicht seinen eigenen Standort. Genau wie jemand, der behauptet, Opfer einer Katastrophe zu sein, die niemand überlebt hat, negiert er seine Subjektivität in exakt dem Augenblick, in dem sie den Anspruch auf Wahrheit erhebt. Selbst noch in der Aussage Nietzsches ist der Sophismus ausmachbar: »Urteile über das Leben haben nur Wert als Symptome.« Muß dieser Satz als eine »wahre« Aussage verstanden werden (was der These widerspricht) oder seinerseits nur als Symptom (womit er keinen Anspruch auf Wahrheit erheben darf)? Aufgrund dieses Widerspruchs, dem der herrschende Diskurs der Humanwissenschaften dauerhaft ausgesetzt ist, versetzt der Reduktionismus denjenigen, der für ihn eintritt, ständig in einen Zustand des Widerspruchs mit sich selbst. Gemäß dem Inhalt seines Diskurses ist er Relativist, verurteilt die Transzendenz, behauptet das Gewicht der Geschichte und der unbewußten Determinierungen durch die verschiedenen Kontexte, zu denen er uns angeblich Zugang verschafft; aber in seinem tiefsten Inneren ist er, wie jeder andere auch, von der Wahrheit seiner Entdeckungen und Behauptungen überzeugt, in denen er keine eingebildeten und lügnerischen Symptome sieht, sondern strenge Befunde, die vollkommen unabhängig von seinem eigenen Unterbewußtsein zustande gekommen sind. Er nimmt sich selbst vom Gehalt seiner eigenen Aussagen aus, bezieht alles in allem seine eigene freie Subjektivität mit ein, ohne sie als solche akzeptieren zu können. Und diese Negierung der realen Person nimmt dem Materialismus die Möglichkeit, uneingeschränkt für sich den Anspruch erheben zu können, ein Humanismus zu sein. Hieraus erklärt sich sein Anschluß an das in dieser Hinsicht passende Thema vom »Tod des Menschen«, von dem erwartet wird, daß er unmittelbar auf den Tod Gottes folgt.

Der Humanismus, dessen Antlitz ich bisher zu skizzieren versuchte, wurzelt in einer ganz anderen Denktradition. Sein Verhältnis zur christlichen Religion ist sehr viel differenzierter, denn er lehnt weder das Heilige noch die Transzendenz ab, obwohl er es sich versagt, sie auf die dogmatische Art und Weise des Theologisch-Ethischen zu konzipieren. Es ist jetzt an der Zeit, das Bild, wenn schon nicht zu beenden, so doch mit einigen Farben zu versehen.

Zunächst einmal zu seiner Tradition: natürlich ist es diejenige Rousseaus und Kants, aber auch diejenige eines von Husserl und Levinas neu überarbeiteten Kartesianismus. An und für sich sagen diese Namen allein noch gar nichts, oder vielmehr, sie sagen zuviel. Man muß genauer sein. Folgendes haben sie meiner Meinung nach gemeinsam und macht sie zum Ursprung dessen, was ich hier als »transzendentalen« Humanismus bezeichne: die Stellung »außerhalb der Natur« des Wesens des Menschen.

»Außerhalb der Natur«, das bedeutet auch, daß er nicht den Determinismen unterliegt, die die natürlichen Phänomene bestimmen. D. h. zu behaupten, daß im Zentrum des menschlichen Wesens das Geheimnis steht, daß es dazu in der Lage ist, sich von dem Mechanismus frei zu machen, der in der nicht menschlichen Welt unumschränkt wirksam ist und der Wissenschaft die Möglichkeit bietet, sie vorherzusehen und bis ins letzte zu kennen. Bei Rousseau und Kant läßt sich das an ihrer Definition der menschlichen Freiheit ablesen: Sie sei eine unergründliche Fähigkeit, sich der für die Tiere unerbittlichen Logik der »natürlichen Veranlagungen« zu widersetzen. Noch bei Husserl läßt sich dieses Argument in seiner Kritik des »Psychologismus« und des »Soziologismus« finden, in deren Namen die Humanwissenschaften unsere Verhaltensweisen auf eine Physik der Ideen und Gefühle reduzieren wollten. Genau das ist es, was auch Heidegger, Levinas und Arendt auf ihre Weise behaupten, wenn sie die *Humanitas des Menschen* mit der Begrifflichkeit der »Transzendenz« oder der »Ek-sistenz« definieren, d. h. als Fähigkeit, sich über die »ontischen« oder »innerweltlichen« Determinierungen zu erheben, um den heiligen Bereich »des Lebens mit dem Denken« zu durchdringen. Ist es unvernünftig, davon auszugehen, daß die Freiheit ein Geheimnis ist, sich somit der Logik des Reduktionismus zu widersetzen, die immer und immer wieder das Kausalgesetz und das »Vernunftprinzip« behauptet? Heute wissen wir, oder müßten wir wissen, daß die Frage nicht »entscheidbar« ist, wie die Mathematiker sagen. Das fragliche Prinzip ist grundsätzlich unwiderlegbar, nicht »falsifizierbar« im Sinne von Popper, d. h., es ist tatsächlich unmöglich, die deterministische Hypothese zu widerlegen, nach der die Handlungen, die der Wirkung einer geheimnisvollen Freiheit zugeschrieben werden und gerade dadurch eine Maßlosigkeit im Verhältnis zur Natur darstellen, insgeheim durch eine wie auch immer beschaffene unbewußte Motivation hervorgerufen sein könnten. Und natürlich ist genau das der Grund für die Verführungskraft, die die Humanwissenschaften ausüben: Sie appellieren an das Unsichtbare und nehmen für sich in Anspruch, es gegen die Naivität der Illusionen des Bewußtseins schließlich sichtbar zu machen. Der entmystifizierende Effekt ist immer angenehm. Die Schwäche der Humanwissenschaften aber besteht darin, daß ihr zentrales Postulat, dasjenige der verborgenen Rationalität, eben weil es unwiderlegbar ist, nicht wissenschaftlich ist. Dieses Postulat ist abhängig von einem metaphysischen Vorurteil und deshalb als solches lediglich ein Glaube unter anderen. Hieraus erklärt sich die Möglichkeit eines »praktischen

Glaubens« im Zusammenhang mit der Freiheit: Wenn Gut und Böse einen Sinn haben, wenn sie in jedem Fall einen Sinn haben müssen, dann muß ich dem Menschen die Fähigkeit zusprechen, zwischen beiden zu wählen. Um sich davon zu überzeugen, daß dies so ist, reicht es, das Gegenteil anzunehmen. Stellen wir uns ein Wesen vor, das wie ein unheilbringender Roboter ausschließlich darauf programmiert wäre, zu töten, ohne über die geringste Möglichkeit zu verfügen, eine andere Wahl zu treffen. Dieses Wesen wäre zwar zweifellos schädlich, aber nicht im eigentlichen Sinne böse, und man könnte versuchen, es zu vernichten, aber man könnte ihm nicht etwas nachtragen, was es – schon von seiner Anlage her – keinesfalls hätte vermeiden können. Da es nicht über die Eigenschaft verfügt, die ein Wesen zum *Menschen* macht, hätten seine Handlungen keinen Sinn, was die metallisch klingende Stimme und die starren Augen der Roboter andeuten, von denen die Science-fiction-Filme geradezu überquellen.

Das Problem ist altbekannt. Alle Argumente sind bereits ausgetauscht, und jeder Versuch, sie wiederzubeleben, läßt mich immer an jene berühmten Schachpartien denken, die man nachspielt, um es großen Schachmeistern gleichzutun. Die Züge sind vorhersehbar. Ich möchte an dieser Stelle nicht im einzelnen darauf eingehen[4], sondern nur hervorheben, in welchem Sinne die Annahme der Freiheit, denn es handelt sich in der Tat um eine Annahme, ein Postulat, heute eine humanistische Uminterpretation der fundamentalen Konzepte der christlichen Religion beinhaltet. Der zentrale Widerspruch besteht, ganz im Gegensatz zu der lange Zeit vorherrschenden Meinung, gar nicht zwischen einer dogmatischen Religion einerseits und dem deterministischen Materialismus, zwischen Klerikalen und Antiklerikalen, denn die Ablehnung der Autoritätsargumente ist eine unverrückbare Tatsache, und es wäre im eigentlichen Sinne des Wortes unmenschlich, zu ihnen zurückzukehren. Der eigentliche Bruch besteht innerhalb des modernen Humanismus selbst, zwischen seiner materialistischen Auslegung und seiner spiritualistischen Variante. Und mir scheint, als müßte letztere eine teilweise Erneuerung der Begrifflichkeit und damit auch der Botschaft der christlichen Religion selbst leisten. Ich sehe mindestens fünf Gründe, die für eine solche Erneuerung des Religiösen sprechen:

Die im Humanismus wurzelnde Stellung von Transzendenzen – die damit vollkommen mit der Ablehnung der Autoritätsargumente im Einklang stehen – auf allen Feldern des Lebens, des Denkens und der Kultur. Ohne uns dessen bewußt zu sein, setzen wir immer noch voraus, daß es Werte gibt, die dem Leben übergeordnet sind, für die es sich jedenfalls lohnt, sein Leben aufs Spiel zu setzen. Natürlich ist die Liebe der offensichtlichste und stärkste dieser Werte, und zwar nicht nur, weil sie in der Beziehung zu anderen Menschen ihren Niederschlag findet, sondern weil sie alle anderen Gebote auf dem Gebiet des Rechts, der Ethik, der Kunst, der Kultur oder der Wissenschaft beseelt. Man kann einen Menschen lieben, genauso kann man aber auch die Gerechtigkeit, die Schönheit oder die Wahrheit lieben. Wir leben in befriedeten und friedfertigen Gesellschaften, die von vitalistischen Ideologien gespeist werden, die uns glauben machen wollen, daß das Risiko das vollkommen Böse sei. Lieber rot als tot, ist einer ihrer Lieblingssprüche, und dieser Spruch erhebt den Anspruch auf Beispielhaftigkeit. Er verschleiert eher die Tatsache, daß wir dauernd mit diesem Risiko leben und daß das Leben ohne dieses Risiko nicht lebenswert wäre. Gäbe es keine Wesen oder Werte, für die ich in irgendeiner Weise bereit wäre, mein Leben zu riskieren, dann wäre ich ein armer Mensch. Damit würde ich eingestehen, daß ich nicht liebe. Man kann es manchmal vergessen, aber es ist sehr schwer, es immer zu leugnen. Und aus diesem Grund ist dem Festhalten an Werten, die die Welt der einfachen Objekte deshalb transzendieren, weil sie einer anderen Ordnung angehören, ein Widerstand gegen den Materialismus zu eigen, eine Neigung zu einer zu guter Letzt doch authentischen *Spiritualität. Zu guter Letzt* authentisch ist sie deshalb, weil sie heute die religiöse Kategorie eines Jenseits des menschlichen Lebens auf einer menschlichen Grundlage neu begründet. Unserem Bewußtsein nachgeordnet und nicht ihm übergeordnet, so wie es die Prinzipien der Moraltheologie wollten. Demzufolge sind es Transzendenzen, die dem Selbst immanent sind, d. h., unter materialistischen Gesichtspunkten handelt es sich nicht um radikale Transzendenzen.

Hieraus ergibt sich eine weitere Entsprechung zur Religion: Der transzendentale Humanismus setzt nicht nur dem Leben übergeordnete Werte voraus, sondern er tut dies, ohne für sich zu beanspruchen, auf eine Beweisführung zurückzugreifen, die dazu geeignet ist, diese Vorgehensweise vernunftmäßig zu begründen. Das bedeutet, daß diese Werte, trotz ihrer Verwurzelung im Bewußtsein der Menschen und nicht in einer wie auch immer gearteten autoritären Offenbarung, unleugbar einen rätselhaften Anteil beibehalten. Von Descartes bis Husserl über Kant hat eine bestimmte philosophische Tradition, und zwar diejenige, auf die ich diesen transzendentalen Humanismus zurückführe, nie aufgehört, von »außerweltlichen« Werten oder Bedeutungen auszugehen. Ob man sie nun als »angeborene Ideen«, ewige Wahrheiten, a priori Kategorien oder Existentiale bezeichnet, spielt hier keine Rolle, denn in jedem Fall ging es darum, eine radikale Transzendenz im Verhältnis zur »ontischen« Sphäre der einfachen Natur zu enthüllen. Allerdings ist diese Behauptung, die sich rechtfertigen und darlegen läßt, nicht im eigentlichen Sinne beweisbar. Diese Transzendenz basiert auf inneren Erfahrungen und fällt immer nur in den Bereich des zwar »strengen«, aber keinesfalls »exakten«, einfachen phänomenologischen »Beweises«, durch den sie zur bevorzugten Zielscheibe der Reduktionismen wird, die versuchen, sie mittels einer soliden Argumentationskette so schnell wie möglich auf ihren vorgeblich geschichtlichen oder natürlichen Ursprung zurückzuführen. Eigentlich müßte dies einen absoluten Relativismus zur Folge haben, aber das ist keinesfalls so, denn für alle macht 2 + 2 weiterhin 4, und zwar immer und überall, und diese in ihrer Einfachheit kaum zu überbietende Aussage bleibt dennoch ein vollkommenes Rätsel. Einstein sagte, daß das, was unverständlich sei, die begreifliche Welt ist. Womit bewiesen wäre, daß das Rätsel dem wissenschaftlichen Geist nicht fremd ist, vorausgesetzt es handelt sich um einen wahren wissenschaftlichen Geist.

Im ethischen Bereich, von dem man annimmt, er sei »subjektiver«, drängen bestimmte Werte auf unwiderstehliche Weise zur Universalität. Ohne auf ein allzu entlegenes Beispiel zurückzugreifen, läßt sich die Erklärung der Menschenrechte anführen, zu der selbst die Islamisten eine Entsprechung in der Scharia zu finden glauben, womit sie der Erklärung der Menschenrechte sicher unfreiwillig die Ehre erweisen. Noch im Geschmacksbereich, der wohl zu den privatesten aller möglichen Bereiche gehören dürfte, läßt sich eine bestimmte Form von *Gemeinsinn* ausmachen. Auch wenn diese Transzendenzen im Inneren des Bewußtseins jedes einzelnen Menschen ausmachbar sind, so bleiben sie trotzdem von einem Geheimnis umgeben, das der transzendentale Humanismus als solches akzeptieren muß[5], denn ohne dieses Geheimnis würden nicht nur die Transzendenzen verschwinden, sondern mit ihnen zusammen die Menschlichkeit des Menschen an sich, der auf einen einfachen natürlichen Mechanismus reduziert würde, und zwar denjenigen des Vernunftprinzips. Es ist kein Zufall, wenn die Reduktionismen, und an oberster Stelle der Biologismus, fortwährend auf die Kontinuität hinweisen, die die Entwicklung vom Tier zum Menschen auszeichnet. Sie behaupten, der ganze Unterschied bestünde in einem winzig kleinen Chromosom. Ihre Argumente sind von kaum zu überbietender Klarheit, und die Fakten liegen auf der Hand! So daß man darüber beinahe vergißt, worum es eigentlich geht: den Menschen auf die Natur zu reduzieren, ihn zu einem Lebewesen unter anderen zu machen.

Die dritte Entsprechung zur Religion: Die Transzendenzen, die in der Immanenz eines sich selbst immer rätselhaften Bewußtseins enthalten sind, stellen wieder eine Verbindung zwischen den Menschen her. Unabhängig davon, ob die *außerweltlichen* Werte zum wissenschaftlichen, ethischen oder künstlerischen Bereich gehören, definiert ihre Stellung die Gemeinschaft der Menschen, wohingegen die *innerweltlichen* Werte sie voneinander trennen. Demzufolge ist der transzendentale Humanismus in dem Sinne ein abstrakter Humanismus, in dem es die Worte der Menschenrechtserklärung zu verstehen gilt: Die Rechte ergeben sich nicht aus der Zugehörigkeit des Menschen zu einer Gemeinschaft, sondern unabhängig von seinem jeweiligen Verwurzeltsein birgt er als solcher die Menschlichkeit in sich. Von nun an ist es die Aufgabe der universellen Werte, zu verbinden, wohingegen ein falsch verstandenes Festhalten an bestimmten Eigenheiten die Gefahr beinhaltet, zu zersplittern. Auf diese Weise bewahrt der transzendentale Humanismus von der Religion die Einstellung, den Gedanken an ein die Menschen einendes Band. Allerdings wurzelt dieses Band nicht mehr in der Tradition, in einem von außen auferlegten Erbe, nicht mehr in etwas dem Bewußtsein der Menschen Übergeordnetem, sondern in etwas ihnen Nachgeordnetem, das nunmehr als moderne Entsprechung zu den verlorengegangenen Traditionen dienen könnte, d. h. als eine post-traditionelle Identität.

Fügt man noch hinzu, daß diese als nicht dogmatisch zu bezeichnenden Transzendenzen als solche durch die Menschen *aufgewertet* werden, dann kann man sie wohl der Kategorie des Heiligen zuordnen, d. h. der Kategorie dessen, was ein Opfer überhaupt ermöglicht. Erst durch die Stellung der Werte außerhalb der Welt erweist sich der Mensch wirklich als Mensch, der sich von denjenigen Mechanismen unterscheidet, denen das natürliche Universum und die Tierwelt unterliegen und auf die ihn die unterschiedlichen Reduktionismen fortwährend zurückverweisen wollen. Wenn das Heilige nicht mehr in einer Tradition wurzelt, deren Legitimität aus einer dem Bewußtsein vorgängigen Offenbarung resultiert, muß es künftig dem Inneren des Menschen selbst zugeordnet werden. Und aus diesem Grunde ist der transzendentale Humanismus ein Humanismus des Menschengottes: Wenn die Menschen nicht auch in irgendeiner Form Götter wären, wären sie auch keine Menschen. Entweder man geht davon aus, daß es in ihnen etwas Heiliges gibt, oder man ist damit einverstanden, sie auf die Animalität zu reduzieren.

Diese geheimnisvollen, heiligen Transzendenzen verbinden uns miteinander, weil sie auf das Universelle abzielen, gleichzeitig stellen sie aber auch eine Verbindung zur Ewigkeit, ja sogar zur Unsterblichkeit her. Sieht man es grundsätzlich als gerechtfertigt, als vernünftig an, sein Leben für ein anderes Lebewesen oder für Werte aufs Spiel zu setzen, dann bezieht man sich damit genaugenommen auf ein Jenseits der Zeit, denn ein endliches Wesen, das sich seiner Sterblichkeit bewußt ist, setzt damit voraus, daß es etwas gibt, das mehr wert ist als das Leben und das ihm demzufolge übergeordnet ist. Darin besteht das letzte Paradox des Humanismus des Menschengottes, denn im Inneren einer Zeitlichkeit, in die er sich zurückgezogen hat, fühlt er sich von einem Außen beansprucht, von dem er nichts weiß, außer daß es ihn beansprucht.

Dieser Humanismus beunruhigt die traditionalistischen Christen zutiefst, die in der Bewegung der Vermenschlichung des Göttlichen einen frevlerischen und götzendienerlichen Prozeß sehen. Genauso aber ruft die Vergöttlichung des Menschlichen das Mißtrauen und den Spott der Materialisten hervor, die in diesem neuen Spiritualismus eine zusätzliche Variante des Idealismus sehen, dem eine Weiterführung der wissenschaftlichen oder kritischen Aktivität den Prozeß machen wird. Erstere erinnere ich an die folgenden Worte Christi an die Juden, die ihn steinigen wollen:

»Jesus begann und sprach zu ihnen: Viele gute Werke vom Vater her habe ich euch sehen lassen; wegen welches unter diesen Werken wollt ihr mich steinigen?

Die Juden antworteten ihm: Nicht wegen eines guten Werkes wollen wir dich steinigen, sondern wegen einer Lästerung, und zwar weil du, der du ein Mensch bist, dich zu Gott machst.

Jesus antwortete ihnen: Steht nicht in eurem Gesetz geschrieben: ›Ich habe gesagt: Ihr seid Götter‹?«[6]

Letztere weise ich einfach nur darauf hin, daß das in einigen Bereichen der zeitgenössischen Biologie so nachhaltig verfolgte Projekt, die »natürlichen Grundlagen der Ethik«, des Wissens und der Kunst zu enthüllen, aller Wahrscheinlichkeit nach ein Irrweg ist. Ich möchte nicht falsch verstanden werden: Genauso wie ich den Glauben auch in seinen traditionellsten Erscheinungsformen respektiere, empfinde ich keinerlei Verachtung gegenüber »wissenschaftlichen« Bemühungen, deren Ziel es ist, den natürlichen oder geschichtlichen Ursprung von Werten zu enthüllen. Allerdings scheint mir dieses Vorhaben mit einem, wenn ich so sagen darf, grundsätzlichen Fehler behaftet zu sein, der offenbar wird, sobald es den Anspruch auf Ausschließlichkeit erhebt: Selbst wenn es gelänge, diverse »neuronale Fundamente« für die Fähigkeit zu bestimmen, eine ethische oder ästhetische Wahl zu treffen, wieso sollte dies dann Anlaß zu der Vermutung sein, daß die Arbeit der Wissenschaft so weit gehen könne, die jeweils getroffene Wahl dann auch noch als richtig erscheinen zu lassen? Glaubt man ernsthaft, man könne eines Tages das Eintreten eines beliebigen Menschen für oder gegen den Rassismus, die Demokratie, die Gleichheit der Geschlechter usw. aufgrund anatomischer oder genetischer Unterschiede erklären? Den Unterschied zwischen einem Deutschen, der sich für den Nazismus entscheidet, und einem anderen Deutschen aus derselben Familie, der in den Widerstand geht, wird sich niemals mittels der Biologie erklären lassen ..., es sei denn, man gibt der Naziideologie durch einen einfachen Umkehrschluß Recht. Aber diesen Unterschied hat es nun einmal *de facto* gegeben. Die wahren Gegensätzlichkeiten, diejenigen, die auf der Werteebene wirklich zählen, sind für die schweren Maschinen, mit denen die Reduktionismen aufwarten, unendlich klein und nicht ausmachbar ...

*

Das größte Paradox in unserem laizistischen Verhältnis zum Christentum besteht meiner Ansicht nach darin, daß die Entstehung des modernen Gefühlslebens, die emotionale Fundierung der wichtigsten menschlichen Beziehungen im Zusammenhang mit dem Niedergang einer Religion standen, die angeblich eine Botschaft der Liebe enthielt. Sie war es, die den Kommunitarismen von einst ihre Bedeutung sowie ihre Prägnanz verlieh.
Demzufolge war sie es, der man sich zuerst widersetzen mußte, um der Logik der »Vernunftehe« zu entkommen. Die Kirche bemüht sich heute darum, gegen diesen Verlust des traditionellen Verhältnisses zur Offenbarung anzukämpfen. Sie erhebt sich gegen die hochmütigen Forderungen der Gewissensfreiheit und des »selbständigen Denkens«. Ein Ordnungsruf, der aus prinzipiellen Gründen zum Scheitern verurteilt zu sein scheint. Nicht, daß er kein Echo bei den zahlreichen Menschen hervorrufen könnte, deren Wunsch es ist, endlich wieder über unzweifelhafte Orientierungspunkte und *unumstößliche* Wahrheiten zu verfügen, die dazu geeignet sind, die Ängste einzudämmen, die das heutige Leben in jedem von uns hervorruft. Der außerordentliche Erfolg und das »Medieninteresse« der Papstreisen belegen das. Allerdings ist die Ablehnung der Autoritätsargumente keine einfache Wendung oder zufälliger Niedergang, dem man begegnen könnte, indem man sich wieder auf Bewährtes stützt, sondern sie war das Ereignis, dessen sich die Geschichte bediente, um den Menschen sich selbst zu offenbaren. Was diesen Punkt betrifft, setzt sich die Philosophie, die diesbezüglich von Descartes bis Hegel einmal ein einheitliches Bild darbietet, endgültig gegen die An-

sprüche einer dogmatischen Religion durch: Nur durch seine Freiheit wird der Mensch zum Menschen, und die Heteronomie hat die Tendenz zur Verdinglichung. Die Erneuerung der Religion mittels ihrer Form, d. h. die Erneuerung der überkommenen Tradition, stößt somit auf Widerstände, die sich nicht aus einem einfachen Kampf gegen das angebliche geschichtliche Überholtsein erklären.

Die *inhaltliche* Aktualität der Evangelien dagegen muß immer noch erstaunen. Während die Religionen des Gesetzes vom Niedergang oder von fundamentalistischen Bestrebungen bedroht zu sein scheinen, könnte die Religion der Liebe sich wieder mit den Motiven versöhnen, die uns die Historiker der Mentalitäten enthüllt haben. *Philia* hat uns von der christlichen Religion entfernt, aber sie ist es auch, die ihr wieder Sinn verleiht und *Agape* auf eine nie vorher dagewesene Weise nährt. Unsere Vorfahren klammerten sich an die religiöse *Form* als solche, aber der Inhalt der Religion, die Botschaft der Liebe fand keine Entsprechung in der Realität der menschlichen Beziehungen. Im Gegensatz dazu lehnten die Menschen der Moderne die Heteronomie des Theologisch-Ethischen ab, mußten aber miterleben, wie sich in ihrem alltäglichen Leben Gefühle Geltung verschafften, die dazu geeignet waren, den *Inhalt* eines Diskurses aufzuwerten, der die Liebe heilig spricht und sie zum letzten Ort des Sinns des Lebens macht. Viele Christen müssen dieses Paradox jeden Tag leben: Sie fühlen sich manchmal einem atheistischen Philosophen näher, der die Schönheit von *Agape* beschwört, als einem Kirchenoberhaupt, das darum bemüht ist, die Leuchtkraft eines vergangenen Glanzes zu erneuern.

Ohne sich die Mühe machen zu müssen, daran überhaupt zu denken, knüpft der moderne Humanismus auf die Weise an ein zentrales Motiv des Christentums an: Die Liebe ist das Gefühl par excellence, das die »persönliche Struktur des Sinns« beseelt und ihm Leben einhaucht. Die Kehrseite der Medaille: Die Trauer ist kein einfaches psychisches Leiden unter anderen, sondern die Quelle der Sinnlosigkeit. Die Welt wird leer, sie spricht nicht mehr zu uns, *will* nichts mehr sagen – eine Angst, der die Gläubigen nur durch die Position eines absoluten Subjekts zu entgehen vermögen. Gott ist die Liebe, und glücklicherweise ist er unendlich, d. h., er kann nicht sterben, und wird deshalb nicht zu sprechen aufhören. Die Sinnlosigkeit ist für immer verbannt. Der moderne Humanismus spiegelt sich in einem Aspekt, wenn nicht sogar in allen Aspekten der Botschaft wider, denn auch für ihn ist die Liebe der privilegierte Ort des Sinns, und nur durch sie allein besteht der religiöse Gehalt des Opfers auch weiterhin fort. Die vergöttlichte Menschheit hat die Stelle des absoluten Subjekts eingenommen. Von ihr muß ich denken können, daß sie ewig ist, daß sie fortbestehen muß, damit es auf dieser Erde noch Sinn gibt. Darin besteht die Bedeutung des berühmten Aufrufs von Hans Jonas zu einem »Prinzip Verantwortung«, demzufolge unsere Aufgabe darin bestünde, um jeden Preis für die kommenden Generationen die Bedingungen für eine Existenz zu erhalten, die diesen Namen auch verdient. Die nukleare Bedrohung besitzt in der kollektiven Phantasie auch deshalb ein ganz besonderes Gewicht, weil sie die früher unvorstellbare Möglichkeit einer unmittelbaren Vernichtung der gesamten Menschheit symbolisiert.

Und gerade weil sie die Macht zur vollständigen Ausmerzung darstellt, verweist sie uns auf das in uns zurück, womit wir ihr begegnen können. Eine im eigentlichen Sinne *erhabene* Verantwortung: dieser Macht übergeordnet und sie transzendierend. Genauso wie der moderne Humanismus aus dem Ideal der christlichen Liebe schöpft, stimmt er mit ihm bei der Definition der Hölle überein: Sie ist die Einsamkeit eines Universums, das für immer jedes Sinns entbehrt. Das vollkommen Böse ist weiterhin mit der Vorstellung einer endgültigen Trennung mit dem Göttlichen verknüpft, mit dem ewig währenden Entzug von Liebe und deshalb auch von Sinn. Die viel zitierten »Verführungen« des Teufels verfolgen kein anderes Ziel. Er ist, schon die Etymologie seines Namens weist darauf hin, derjenige, der trennt.[7] In einer vermenschlichten Form besteht er weiterhin fort und verleiht unserem Leben in negativer Form Sinn.

Meiner Ansicht nach erleben wir heute den Augenblick, in dem sich die beiden Prozesse, die ich in diesem Buch versucht habe zu beschreiben, die Vermenschlichung des Göttlichen und die Vergöttlichung des Menschlichen, kreuzen. Nun ist diese Kreuzung aber ein Punkt, und dieser Punkt, wie sollte es auch anders sein, eine *Konfusion.* Ich verstehe sehr gut, daß diese Unbestimmtheit Irritationen hervorruft. Bei den Materialisten deshalb, weil die Anerkennung von Transzendenzen nicht der Logik der Wissenschaft und der Genealogie entspricht. Bei den Christen natürlich deshalb, weil sie durch sie gezwungen werden, neue Formulierungen für ihren Glauben zu finden, die schließlich doch noch mit dem Prinzip der Ablehnung der Autoritätsargumente in Einklang zu bringen sind. Wenn das Göttliche nicht der materiellen Ordnung angehört, wenn seine »Existenz« weder dem Raum noch der Zeit zugehörig ist, dann muß es künftig dem Inneren des Menschen sowie jenen Transzendenzen zugeordnet werden, bei denen sie von selbst spüren, daß sie ihnen zugleich zugehören und sich ihnen für immer entziehen.

Anmerkungen

Einleitung
Vom Sinn des Lebens:
Das Verschwinden einer Frage

1 Da der Buddhismus die Vorstellung eines transzendenten Gottes ablehnt, wird er oftmals nicht als Religion anerkannt. Darüber ließe sich diskutieren. In jedem Falle aber begründet er eine *spirituelle Tradition*, die sich der letzten Fragen des menschlichen Lebens annimmt.

2 Dementsprechend verurteilt Johannes Paul II. in seinem *Evangelium vitae* (Stein am Rhein 1995) die Euthanasie und ergeht sich sogar in Lobreden über das dem Tod vorausgehende Leiden.

3 Heidegger hat solche Paradoxe der »Alltäglichkeit« sehr häufig beschrieben: jede Handlung in der Welt der modernen Arbeit dient einer anderen, die ihrerseits einer dritten dient, ohne daß jemals ein abschließender Begriff diesem Prozeß ein Ende setzt. Wenn wir in dieser Kette der Nützlichkeit gefangen sind, ohne darüber nachzudenken, dann »funktionieren« wir gut, denn alles in allem läuft es rund. Allerdings kommen uns manchmal Bedenken, die der Angst nicht unähnlich sind. Vgl. Jean-Paul Sartre, »Qu'est-ce que la Métaphysique?« In: *Questions I*, Paris 1968, S. 56. Sartres Konzept des »Ekels« ist zum großen Teil eine Verarbeitung dieser Überlegungen.

4 Siehe François Furet, *Das Ende der Illusion: der Kommunismus im 20. Jahrhundert*, München 1996.

5 Vgl. André Comte-Sponville, »Sagesse et désespoir«, in: *Une éducation philosophique*, Paris (PUF) 1989, S. 352.

6 Zitiert bei André Comte-Sponville, *a.a.O.*, S. 349.

7 Dalai-Lama, *Der Weg zur Freiheit. Zentrale tibetisch-buddhistische Lehren*, München 1996, S. 59.

8 »Buddhistische Praxis rät uns, Unglücksfälle nicht zu ignorieren, sondern sie zur Kenntnis zu nehmen und sich ihnen zu stellen, indem wir uns auf sie gleich von Anfang an vorbereiten, so daß das Leid, wenn wir es tatsächlich erfahren, nicht völlig unertäglich ist. (...) Wenn du dann erfährst, daß du heute oder morgen sterben wirst, wirst du aufgrund deiner spirituellen Praxis versuchen, dich von Gegenständen des begehrlichen Anhaftens loszulösen ...« *Ebda.*, S. 60–62. Andere Buddhisten betonen stärker als der Dalai-Lama die Tatsache, daß der Kampf gegen die Bindung nicht zur Loslösung, zur Gleichgültigkeit führt, sondern zu einer »Bindungslosigkeit«, die Lebensfreude nicht ausschließt. (Vgl. Sogyal Rinpoche, *Stufen zur Unendlichkeit: Tod, Zwischenzustand und Wiedergeburt im tibetischen Buddhismus*, Köln 1983, S. 63.)

9 »Wenn wir so viel von diesem Leben halten, neigen wir dazu, für jene zu arbeiten, die wir gern haben – unsere Angehörigen und Freunde –, und wir sind bestrebt, sie glücklich zu machen. Wenn dann andere versuchen, ihnen zu schaden, stempeln wir diese gleich als unsere Feinde ab. Auf diese Weise wachsen Verblendungen, etwa Begierde und Haß, an wie ein Fluß zur Überschwemmungszeit im Sommer.« (Dalai-Lama, a.a.O., S. 59) Nur das Klosterleben ermöglicht es uns, diesen Verwundbarkeiten aus dem Weg zu gehen, denen wir durch die Liebe und die Freundschaft zwangsläufig ausgesetzt sind. (Vgl. Dalai-Lama, *a.a.O.*, S. 136ff.)

10 *Ebda.*, S. 61.

11 *Ebda.*, S. 62.

12 *Ebda.*, S. 63. Und auf S. 73 heißt es: »Todesbewußtsein ist die eigentliche Grundlage des gesamten Pfades. Ehe man nicht dieses Bewußtsein entwickelt hat, bleiben einem alle übrigen Praktiken verwehrt.«

13 *Ebda.*, S. 129.

14 »Auf die gleiche Art glauben wir fälschlicherweise, daß Körper und Geist so etwas wie ein Ich besitzen, und daraus

ergeben sich dann alle übrigen Verblendungen, wie etwa Begierde und Wut. Wegen dieser ichbezogenen Einstellung, dieser illusionären Vorstellung vom Ich, behandeln wir uns und andere unterschiedlich. Dann halten wir, ausgehend davon, wie andere mit uns umgehen, die einen für freundlich und binden uns gefühlsmäßig an sie, die anderen hingegen als unfreundlich und stufen sie als Feinde ein. Dann haben wir Erlebnisse von Wut und Haß und werden, nur auf uns selber konzentriert, aufgeblasen und stolz.« *Ebda.*, S. 131.

15 *Ebda.*, S. 133.

16 André Comte-Sponville, *a.a.O.*, S. 53.

17 Genau das zeigen im übrigen die Bücher von André Comte-Sponville.

18 Die nachfolgenden Einwände richten sich nicht gegen André Comte-Sponville selbst. In *Valeurs et Vérité* fordert er uns dazu auf, zwischen verschiedenen Ordnungen des Realen zu unterscheiden, so daß sich die Sphäre der »Moral« (des imperativen Gesetzes) nicht auf die spirituelle Sphäre der »Ethik« (der Liebe) reduzieren lasse. Natürlich besteht das Problem dieser richtigen Unterscheidungen der Ordnungen darin, zu vermeiden, daß eine übergeordnete Ordnung eine untergeordnete als etwas »Illusorisches« erscheinen läßt. Dann wäre es nämlich nicht auszuschließen, daß man das Ziel der Philosophie als Suche nach Weisheit so bestimmt, als würde sie uns unter Auslassung aller anderen Ordnungen in die Sphäre der übergeordneten erheben. In diesem Fall – aber eben nur in diesem Fall – wäre eine solche Mystik der Liebe nicht mehr menschlich und alle von mir vorgebrachten Einwände gegen sie träfen offensichtlich zu.

19 Hieraus erklärt sich auch die Aura der Sympathie, die solche Formen der Spiritualität umgibt, die für weniger »autoritär« gelten als die von der katholischen Kirche vertretene Form. Bei einem Gespräch, das Jean-Claude Carrière mit dem Dalai-Lama führte, zeigte er sich sehr glücklich darüber, durch ihn eine Weltsicht entdeckt zu haben, »die

überhaupt nicht von einem verlangt, irgend einem Dogmatismus anzuhängen«, selbst wenn es um ihre traditionellsten und nicht zu hinterfragenden Stützen, wie etwa den Begriff der Reinkarnation, geht. Der Dalai-Lama gab mir auf eine meiner Fragen folgende Antwort: »Für uns Asiaten ist die Reinkarnation eigentlich eine unumstößliche Tatsache. Wenn die Wissenschaft uns jedoch beweist, daß dies nicht so ist und die Reinkarnation jeglicher Grundlage entbehrt, dann müssen wir diesen Gedanken aufgeben!« Anstatt auch hier eine Antwort zu geben, die in der göttlichen Offenbarung gründet, läßt der Buddhismus die Frage unbeantwortet, offen. Genauso ist es mit der Frage der Existenz Gottes. Man verneint seine Existenz nicht, man behauptet sie aber auch nicht. Man kann sie dann behaupten, wenn dadurch die wahre Arbeit ermöglicht wird, die darin besteht, die Wahrheit an sich zu suchen, seinen eigenen Weg zu gehen.« (*L'Express*, 25. Mai 1995) Eine Religion à la carte also, von der man mir erlauben mag zu denken, daß sie besser zum materialistischen und liberalen Zeitgeist paßt als zu den kanonischen Texten. Es dürfte insbesondere nicht gerade leicht zu verstehen sein, wie eine Lehre, die zunächst und vor allen anderen Dingen bestrebt ist, den Menschen von allen Illusionen des »Ich« zu befreien, dieses Ich zum letzten Kriterium jeder Wahrheit machen sollte. Dessenungeachtet nehmen viele Menschen im Westen den Buddhismus genau so wahr, und diese Wahrnehmung ist, unabhängig davon, wie deformiert auch immer sie sein mag, zweifellos bezeichnend für die in demokratischen Gesellschaften so charakteristische Forderung, »eigenständig zu denken und zu leben«. In dieser Hinsicht eignet sich der Buddhismus mit menschlichem Antlitz, wie man ihn uns heutzutage gern präsentiert, als sympathische Alternative zu den fundamentalistischen Versionen der Offenbarungsreligionen.

20 Es ist unmöglich, an dieser Stelle alle Arbeiten zu zitieren, die dieser Frage gewidmet wurden. Von den jüngeren Werken gehört dasjenige von Marcel Gauchet (*Le désenchantement du monde*, Paris 1984) in Frankreich bereits zu den

Klassikern. Was die ethische Dimension betrifft, so eröffnet auch das Buch von Gilles Lipovetsky (*Le crépuscule du devoir*, Paris 1992) interessante Perspektiven. Für Deutschland muß die monumentale Arbeit von Hans Blumenberg, *Die Legitimität der Neuzeit*, Frankfurt am Main 1961, genannt werden, in der er die schon älteren Analysen von Ernst Cassirer, *Individuum und Kosmos in der Philosophie der Renaissance*, Leipzig und Berlin 1927, weiterführt und vertieft. In bezug auf die religiösen Hintergründe der laizistischen Welt müssen auch die Arbeiten von H. R. Trevor-Roper, *De la Réforme aux Lumières*, und natürlich die von Karl Barth, *Die protestantische Theologie im 19. Jahrhundert. Ihre Vorgeschichte und ihre Geschichte*, Zürich 1947, genannt werden.

21 Ich denke beispielsweise an die Art und Weise, wie John Rawls die Wahl seiner zwei Gerechtigkeitsprinzipien als eine Notwendigkeit darstellt.

22 Vgl. André Comte-Sponville, »Le capitalisme est-il moral?«, in: *Valeur et Vérité. Etudes Cyniques*, Paris 1994.

23 Vgl. Charles Taylor, *Das Unbehagen an der Moderne*, Frankfurt am Main 1995.

24 In der Tat wird die Stellung eines, wie Husserl sich ausdrückt, nicht immanenten Seins, eines zwar auf es gemünzten, aber im Phänomen enthaltenen Seins rigoros ausgeschaltet, d. h. aufgehoben. In dieser Weise stellt sich die Neuformulierung des kartesianischen Zweifels dar: Absolut sicher ist, daß ich tatsächlich über Bewußtseinszustände verfüge und daß diese Bewußtseinszustände den einen oder anderen Inhalt haben. Problematisch jedoch bleibt nach wie vor, ob diese Inhalte »wahr« sind, ob sie auf eine äußere Realität verweisen, die meine Vorstellung transzendieren.

25 Husserl bemerkt, daß diese Beziehung zum transzendenten Gegenstand, selbst wenn ich das Sein dieses Gegenstands in Frage stelle, etwas sei, das im reinen Phänomen zu erfassen ist. Das Sich-Beziehen auf einen transzendenten Gegenstand, auf diesen Gegenstand auf die eine oder andere Weise ausgerichtet zu sein, sei offensichtlich eine dem Phänomen

eigene Wesensart. Vgl. Edmund Husserl, *Ideen zu einer reinen Phänomenologie und phänomenologischen Philosophie. Allgemeine Einführung in die Phänomenologie*, 1993.

26 Hieraus erklärt sich auch die von Husserl gemachte Unterscheidung zwischen der »tatsächlichen Immanenz« und einer »authentischen Immanenz«, die sich im Verhältnis zur ersten durch einen gewissen Anteil an Transzendenz auszeichnet.

27 Vgl. diesbezüglich den Sammelband *Phénoménologie et théologie* (1992); hier insbesondere den Beitrag von Jean-Luc Marion, »Le phénomène saturé«.

28 «Um einen Gedanken hervorzurufen, der mehr denkt als er denkt, kann sich das Unendliche nicht in einem Ersehnlichen inkarnieren, kann es sich, da unendlich, nicht in ein Ende, ein Ziel einschließen. Er ruft durch das Antlitz an. Ein Du schiebt sich zwischen das Ich und das absolute Es.« Emmanuel Levinas, *Zwischen uns. Versuche über das Denken an den Anderen*. Aus dem Französischen von Frank Miething. München 1995, S. 79.

29 Auch wenn Levinas sich nicht über den philosophischen Status seines eigenen Glaubens äußern, seinen Glauben zu einer Privatangelegenheit erklären wollte und vielleicht gerade deshalb einem traditionellen Muster verhaftet bleibt, so ändert dies nichts an der Tatsache, daß sein von der Phänomenologie inspiriertes Denken uns dazu ermuntern kann, die Vorstellung des Heiligen in eine humanistische Perspektive einzuschreiben. Unter diesen Voraussetzungen mutet es merkwürdig an, daß die Phänomenologie – insbesondere bei der Verschiebung, die von Husserl zu Heidegger stattgefunden hat – so oft der Wiedereinführung traditioneller Haltungen und Inhalte dient, anstatt das außergewöhnliche Potential an Modernität auszubauen, das ihm ursprünglich zu eigen ist.

30 Unter diesem Blickwinkel betrachtet, ließe sich die klassische These revidieren, nach der sich die Sozialwissenschaften von der Romantik ableiten.

31 Daher erstaunt es auch nicht, daß ein Kartesianer, nämlich

Leibniz, zugleich der erste Denker des Vernunftsprinzips und der erste Theoretiker des Unbewußten ist. Genauso wenig erstaunt unter diesen Voraussetzungen die Tatsache, daß Leibniz der erste ist, der, ausgehend vom Vernunftsprinzip, gleichzeitig das Modell des »gesellschaftlichen Unbewußten« – das Mandeville und die liberalen Denker der »unsichtbaren Hand« von ihm übernehmen werden – und dasjenige des individuellen Unbewußten (der »kleinen Unterschiede«) denkt. Man wird bemerkt haben, daß ich zu denjenigen gehöre, die der Ansicht sind, daß das Buch von Marcel Gauchet, *Le désenchantement du monde*, zu den wichtigsten Veröffentlichungen in Frankreich während der letzten zehn Jahre gehört. Aufgrund dieser Überzeugung erlaube ich mir, den Autor auf eine in meinen Augen zentrale Schwierigkeit aufmerksam zu machen, die nicht ohne Folgen ist für die Arbeiten, die sich der Geschichte des Unbewußten der modernen Subjektivität im allgemeinen widmen. Ich bin tatsächlich nicht der Meinung, daß man, so wie es Gauchet manchmal nahelegt, drei politische Zeitlichkeiten in der Weise einander gegenüberstellen kann, als würden sie sich im Laufe der Geschichte ablösen und jeweils große Epochen definieren: diejenige der Vergangenheit (Tradition oder Religion), der Gegenwart (die die Theorien des Gesellschaftsvertrages kennzeichnen würde, die noch an den Absolutismus gebunden wären) und der Zukunft, die durch Constant und die liberalen Theoretiker der unsichtbaren Hand bzw. der List der Vernunft eröffnet wurde. Ich sehe genau, in welchem Maße diese Dreiteilung es möglich macht, eine Geschichte der Subjektivität und insbesondere der gesellschaftlichen sowie individuellen Figuren des Unbewußten zu begründen. Es ist in der Tat klar, daß mit den liberalen Theorien des Marktes ein bestimmtes traditionsorientiertes Denken – und damit das gesellschaftliche und sogar das individuelle Unbewußte – den Illusionen des Individualismus entgegengestellt werden, die ihren Ursprung in der Aufklärung haben. Aber diese Periodisierung kollidiert mit einem gleichermaßen historischen wie philosophischen Sachverhalt: Sowohl die Struktur der »unsichtbaren Hand« als auch diejenige der individuellen Unbewußten, die mit Leibniz im 17. Jahrhundert zutage traten und von Maudeville zu Beginn des 18. Jahrhunderts wieder aufgenommen wurden, sind demnach lange vor dem Schock der Französischen Revolution entstanden. Und das aus einem elementaren Grund: Schon mit Leibniz traten die beiden Gesichter der modernen Subjektivität *in ein und derselben* Bewegung zutage. Derjenigen der Vernunft und derjenigen des Willens. Hiervon handelt mein Buch, in dem ich mich mit dem *System der Geschichtsphilosophien* befasse. »Die »voluntaristischen«, revolutionären Theorien sowohl der Gesellschaft als auch des Subjekts entstehen zeitgleich mit denen der »List der Vernunft« (und nicht vorher). Aus diesem Grund kennzeichnet im übrigen der Konflikt zwischen dem Voluntarismus und dem politischen Liberalismus, der selbst noch die zeitgenössische Sozialdemokratie durchzieht (beispielhaft in Frankreich ist die Auseinandersetzung zwischen »Blanquismus« und »Revisionismus«) bis heute unser politisches Leben. Aus diesem Grund auch beherrschte die Hypothese des Unbewußten seit dem 18. Jahrhundert die ganze moderne Philosophie (wobei Kants Gedanke eines »aufgespaltenen« Subjekts einen so bedeutenden Abschnitt markiert, daß er selbst von Autoren wie Lacan wahrgenommen wurde, die über jeden Verdacht erhaben sind, dieser Tradition auch nur die geringste Sympathie entgegenzubringen.) Darüber hinaus stellt das Leibnizsche Konzept der kleinen, unbewußten Wahrnehmungen den Beginn einer ganzen Strömung der wissenschaftlichen und nicht bloß philosophischen Psychologie dar, und zwar derjenigen, die durch Max Wundt beispielhaft vertreten wird und die sich mit der ganz entscheidenden Frage der »Wahrnehmungsschwellen« beschäftigt.

32 Vgl. hierzu Jacques Rollet, »Penser la foi«, in: *Mélanges offerts à Joseph Moingt*, Paris 1992.

33 So lautet der Titel eines Buches von Pater Valadier.

Erstes Kapitel
Die Vermenschlichung des Göttlichen: Von Johannes Paul II. zu Eugen Drewermann

1 Diese Frage wirft Kardinal Lustiger im Verlauf einer scharfen Analyse auf. »In den ethischen Kontroversen, die die öffentliche Meinung erregen, führen die Ethik-Kommissionen oder die Schiedsgerichte das Gewissen sozusagen am Gängelband. Genau wie gesetzliche Bestimmungen oder Regelungen treten die dort gefällten Entscheidungen an die Stelle von moralischen Normen. Das Gesetz ist aber nur dann für das Gewissen bindend und verpflichtend, wenn es mit der moralischen Vernunft übereinstimmt.« Kardinal Lustiger, *Devenez dignes de la condition humaine*, Paris 1995, S. 20.

2 Vgl. insbesondere Jacques Rollet, »Les Croyances des Français«, in: *Etudes*, Oktober 1995. In diesem Artikel kommentiert Rollet eine interessante Umfrage, die im Jahre 1994 vom Meinungsforschungsinstitut CSA durchgeführt wurde. Auf die Frage: »Bei Entscheidungen, die wichtig sind für Ihr Leben, folgen Sie da in erster Linie Ihrem Gewissen oder den Positionen der katholischen Kirche?« antworten 83 % der Franzosen mit »meinem Gewissen« und nur 1 % mit »den Positionen der katholischen Kirche« (9 % antworten mit »beiden«).

3 Vgl. hierzu die in der Zeitschrift *Le Débat* (Nr. 75, Mai–August 1993) versammelten Artikel; des weiteren Jean Stoezel, *Les valeurs du temps présent: une enquête européenne*, Paris 1983; Hélène Riffault, *Les valeurs des Français*, Paris 1994; oder auch das Dossier, das die Monatszeitschrift *Panorama* im November 1993 dem Thema widmete: »Die Franzosen, der Tod und das Jenseits«.

4 Johannes Paul II., *Enzyklika veritatis splendor. Glanz der Wahrheit*, Stein am Rhein 1994, S. 36–38 (§ 32–34).

5 Auch wenn sich der eine oder andere Bischof dahingehend äußert, daß es für diejenigen, die sich nicht an diese Regel

halten können, bestimmte Verhaltensweisen gibt, die eher zu billigen sind als andere ...

6 Papst Johannes Paul II., *a.a.O.*, S. 40 (§ 36).

7 Vgl. diesbezüglich auch § 9. In mehr als nur einem Punkt deckt sich die Kritik des Papstes am Utilitarismus mit derjenigen von Rawls. Beide halten es für unzulässig, im Namen des allgemeinen Glücks, auch nur das winzigste Stück menschlicher Würde zu opfern.

8 *Ecclesia Catholica, Katechismus der katholischen Kirche*, München u. a. 1993, § 2266.

9 Hiervon zeugt in allerjüngster Zeit die Polemik, die das Erscheinen von Jacques Duquesnes Buch *Jésus* (Paris 1994) ausgelöst hat.

10 Die folgenden Ausführungen machen vielleicht besser deutlich, warum die Tatsache, daß Drewermann unermüdlich das Erbe der Aufklärung verurteilt, nichts daran ändert, daß sich seine Theologie in den allgemeinen Rahmen des Humanismus einschreibt.

11 Eugen Drewermann, *Dein Name ist wie der Geschmack des Lebens*, Freiburg 1986.

12 *Dokumentation zur jüngsten Entwicklung um Dr. Eugen Drewermann* (Hg. Hermann-Joseph Rück), Paderborn 1992.

13 Eugen Drewermann, *Wort des Heils, Wort der Heilung. Von der befreienden Kraft des Glaubens,* 3 Bde., Düsseldorf 1988/89, S. 79.

14 Vgl. insbesondere Eugen Drewermann, *Psychoanalyse und Moraltheologie.* Band 1: *Angst und Schuld*, Mainz 1982.

15 Vgl. Eugen Drewermann, *Dein Name ist wie der Geschmack des Leben, a.a.O.*

16 Das belegt, neben anderen, der folgende Text: »Ich glaube auf zwei Weisen an Gott. Ich glaube einmal daran, daß die Naturwissenschaften dabei sind, ein neues Bild auch des theologischen Denkens zu entwerfen. Sie machen die Notwendigkeit des Respekts vor einem sich selbst organisierenden System offenbar. Wir können vom Geist und von der Materie nicht mehr so sprechen, wie wir es im christlichen Abendland gewohnt waren. Wir erkennen,

daß Geist eine Struktureigenschaft aller komplexen Systeme ist. Sinn stellt sich auf dem Weg der Evolution selber her. Gott ist in diesem Sinne etwas, das sich in der Welt und mit der Welt selber entfaltet. Das ist ein an den Pantheismus gemahnendes Konzept von hoher Poesie und Kreativität, auch von Weisheit, in dem das Zusammenleben des Menschen mit den Kreaturen an seiner Seite neu begriffen wird. (...) in Zukunft (wird) nur noch eine Religion glaubwürdig sein, die zwischen Mensch und Natur eine religiöse Sinnstiftung vornimmt und im Menschen Seele und Leib als zusammengehörende Einheit begreift. (...) Der zweite Punkt: Die Angst, die aufgebrochen ist dadurch, daß Menschen Individuen wurden, läßt sich niemals mehr verbannen. Sie gehört zu uns, ist Teil unserer Persönlichkeit und Freiheit, unserer Fähigkeit zur Selbstreflexion. Ich halte den Glauben an einen persönlichen Gott für ein dringendes Postulat als Antwort auf die menschliche Angst. Ich glaube, das meinte Jesus, als er uns den Mut machen wollte, auf das Wasser zu treten und zu spüren, daß der Abgrund trägt, wenn man nur vertraut. Beide Gottesbilder – das des personalen Gottes und das des systemtheoretisch-evolutiv sich entfaltenden Geistes – sind antithetisch. Aber ich halte es für möglich, daß die alte christliche Trinitätslehre fähig ist, solche Polaritäten miteinander zu verbinden.« *Frankfurter Allgemeine Zeitung*, 3. Mai 1991.

17 Dalai-Lama, *Die Wege des Herzens*, München 1995.

18 Eugen Drewermann, *Über die Unsterblichkeit der Tiere: Hoffnung für die leidende Kreatur*, Olten 1990.

19 Eugen Drewermann, *Der tödliche Fortschritt. Von der Zerstörung der Erde und des Menschen im Erbe des Christentums*, Regensburg 1983.

20 Vgl. hierzu den Artikel von Françoise Champion und Martine Cohen in der Zeitschrift *Le Débat* (Mai–August 1993).

21 Vgl. Eugen Drewermann, *Leben, das dem Tod entwächst. Predigten zur Passions- und Osterzeit* (Hg. Bernd Marz), Düsseldorf 1991.

22 Diese Logik des Hasses hat Jean-Luc Marion in seinem Buch *Prolégomènes à la charité*, Paris 1986, untersucht.

23 Ich möchte beispielhaft einen Auszug aus der Anklageschrift des Internationalen Gerichtshofes zitieren, die im November 1995 im Prozeß gegen einige serbische Militärs in Ex-Jugoslawien veröffentlicht wurden: »Tausende Männer wurden hingerichtet und in Massengräbern verscharrt; Hunderte wurden lebendig begraben, Männer und Frauen wurden, bevor man sie umbrachte, verstümmelt, Kinder vor den Augen ihrer Mütter getötet, ein Großvater unter der Drohung, ihn umzubringen, gezwungen, die Leber seines Enkels zu essen ...« Dieses Dokument ist deshalb so wichtig, weil es von Juristen erstellt wurde, die sich nur auf unwiderlegbare Zeugenaussagen und Beweise stützen dürfen. Es beweist das Ausmaß des Dramas, das um so größer ist, als es sich nur auf einen einzigen Fall dieses Krieges bezieht: die Einnahme der Moslem-Enklave Srebrenica im Juli 1995.

24 Davon zeugen die vielen Bücher, die sich mit dieser Praxis befassen und die alle die Weihe von höchsten kirchlichen Würdenträgern erhalten haben. Nachfolgend möchte ich einige von ihnen zitieren: Père Dom Armoth, der Exorzist der Diözese von Rom, *Un exorciste raconte*, 1993; Georges Morand, Krankenhausgeistlicher eines großen Pariser Hospitals, *Sors de cet homme, Satan*, Paris 1993; oder das Buch von Père Louis Costel, einem Bekämpfer des Bösen in der Diözese von Coutance, das 1993 in den Editions Ouest-France erschienen ist.

25 Im Zusammenhang mit den großen Schwierigkeiten, die die Annahme Satans auf theologischer Ebene bereitet, würde ich gern diejenige Schwierigkeit anführen, mit der sich der italienische Philosoph Giovanni Papini in seinem berühmten Buch über den Teufel befaßt: Wenn das Christentum predigt, seinen Feind zu lieben, kann es dann den Teufel von dieser Liebe ausnehmen? Ich bin Nicolaus Sombart dankbar dafür, mich auf dieses ebenso eigenartige wie geistreiche Buch aufmerksam gemacht zu haben.

26 Jean-Jacques Rousseau, *Emile*, Pléiade, IV, S. 588.

27 Schon in meinem Buch *Politische Philosophie II* stellte ich die Überlegung an, daß es zwei Formen der Negierung von Subjektivität und damit zugleich des Bösen gibt: diejenige des Determinismus und die ebenso bedenkliche der Dekonstruktion der »Metaphysik«. Wenn Hannah Arendt für die Idee einer Banalität des Bösen eintritt, was in meinen Augen äußerst unglücklich ist, dann ist sie der zweiten, von Heidegger beeinflußten Denkströmung zuzurechnen.

28 In diesem Fall handelt es sich um eine funktionalistische Soziologie. Aber auch eine marxistisch ausgerichtete Analyse hätte genau dieselben Ergebnisse gebracht, denn die Offenlegung der Determinismen ist es, die als solche den Verantwortungsgedanken abschwächt und zu einer Entmenschlichung des Bösen führt.

29 Insbesondere Karl Dietrich Bracher und Klaus Hildebrandt.

30 André Green, »Pourquoi le mal?« In: *Nouvelle Revue de Psychanalyse*, »Le Mal«, Nr. 38, Herbst 1988. Es ließen sich noch andere Beispiele für nicht reduktionistische Erklärungsversuche in den Humanwissenschaften anführen. Es dürfte allgemein bekannt sein, welche Bedeutung die Soziologie von Alain Touraine der Freiheit der »Akteure« beimißt.

31 Zu dieser Definition der spezifischen Merkmale des Menschen und zum Vergleich mit dem Tierreich im Zusammenhang sowohl mit dem Problem der Freiheit als auch mit dem von Gut und Böse, vgl. Luc Ferry, *Le nouvel ordre écologique*, Paris 1992, 1. Teil.

32 Alexis Philonenko, *L'archipel de la conscience européenne*, Paris 1990, S. 108ff.

Zweites Kapitel
Die Vergöttlichung des Menschlichen:
Die Säkularisierung der Ethik und
die Geburt der modernen Liebe

1 Vgl. Alain-Gérard Slama, *L'angélisme exterminateur*, Paris 1993.
2 Gilles Lipovetsky, *Le crépuscule du devoir. L'éthique indolore des nouveaux temps démocratiques*, Paris 1992.
3 Einer der berühmtesten Slogans des Pariser Mai 1968 (A.d.Ü.)
4 Gilles Lipovetsky, *a.a.O.*, S. 13.
5 Gilles Lipovetsky, *a.a.O.*, S. 14.
6 *Ebda.*
7 Die französischen Wörter für das »Opfer« bzw. die »Aufopferung« (le sacrilège) einerseits und das »Heilige« (le sacré) andererseits weisen einen ähnlichen Wortstamm auf; im einen Fall leitet sich das Wort vom lat. *sacrilegium*, im anderen vom lat. *sacer* ab (A.d.Ü.).
8 Hiermit ist in erster Linie die Historikerschule der »nouvelle histoire« gemeint, die Methoden der Soziologie und der Geschichte zu verbinden sucht, um auf dieser Grundlage die »Zivilisationen« und »Mentalitäten« zu erforschen (A.d.Ü.).
9 Trotzdem hat das Modell der Liebe aus Leidenschaft, das später von den Romantikern wiederbelebt und umgestaltet wurde, seinen Ursprung in der höfischen Liebe, die in der Zeit des Übergangs vom 11. zum 12. Jahrhundert entstand. Seit diesem Zeitpunkt schöpft die europäische Dichtung stets aus denselben Quellen wie die Troubadoure. Vgl. Denis de Rougemont, *L'amour et l'occident*, 1939. Mögen seine Thesen manchmal noch so umstritten sein, sie sind immer äußerst anregend.
10 Philippe Ariès, *Geschichte der Kindheit*, München 1975. Um einen Überblick über die verschiedenen Arbeiten zu erhalten, die sich mit diesem Thema befassen, empfiehlt sich die Lektüre des hervorragenden, klaren und anschaulichen Buches von François Lebrun, *La vie conjugale sous l'Ancien Régime*, Paris 1993.

11 Das ist selbstverständlich auch eines der zentralen Argumente für eine bestimmte Form des Feminismus, der in Frankreich vorbildlich durch Elisabeth Badinter vertreten wird. Die Anhänger der Idee einer ewigen menschlichen Natur haben natürlich ihre Vorbehalte gegenüber diesen Forschungen vorgebracht. Vgl. in diesem Zusammenhang James Q. Wilson, *Le sens moral*, Paris 1993. Wir werden dagegen später noch sehen, daß einige historische Fakten, trotz der epistemologischen Probleme, die das mit sich bringt, außerhalb des Rahmens einer Geschichte der Mentalitäten nur schwer zu verstehen sind.

12 Diese doppelte – geographische wie historische – Einschränkung ist von großer Bedeutung. Außerhalb dieses eng umrissenen Rahmens würden die folgenden Ausführungen ihre Glaubwürdigkeit einbüßen. Sie würden sogar vollends ins Absurde abgleiten, wenn man sie fälschlicherweise dazu nutzte, um den Eindruck zu erwecken, »die Liebe entstünde erst im 18. Jahrhundert«! Dennoch ist es höchst interessant zu sehen, warum sie für die *familiären* Beziehungen und vor allem für die Heirat im europäischen Spätmittelalter eine so geringe Bedeutung besaß.

13 Vgl. zum Beispiel Edward Shorter, *La naissance de la famille moderne*, Paris 1977.

14 »Das erste Motiv für diese Täuschung hat der Wunsch beigesteuert, den Kranken zu schonen, ihm seine Prüfung durch Pflege zu erleichtern. Dieses Gefühl aber, dessen Ursprung wir kennen (die Intoleranz angesichts des Todes des Anderen und das neue Vertrauen des Sterbenden in seine Umgebung), ist sehr bald von einer andersartigen, für die Moderne bezeichnenden Strebung überdeckt worden: nicht mehr dem Kranken, sondern der Gesellschaft, der Umgebung selbst die Belästigung zu ersparen, wie sie die Widerwärtigkeit des Todeskampfes und die einfache Präsenz des Todes inmitten des vollen Lebens mit sich bringt, denn man hält es jetzt für ausgemacht, daß das Leben glücklich ist oder wenigstens den Anschein haben soll.« Philippe Ariès, *Studien zur Geschichte des Todes im Abendland*, München 1976, S. 58.

15 Mir scheint es das beste zu sein, an dieser Stelle die zusammenfassende Darstellung zu zitieren, die Ariès von seinen Forschungen zur Haltung gegenüber dem Tod gibt, die im Mittelalter über mehrere Jahrhunderte hinweg vorherrschte: »Wir sind zunächst auf ein sehr altes und dauerhaftes und sehr intensives Gefühl von Vertrautheit mit dem Tode gestoßen, ohne Angst und Verzweiflung, auf halbem Wege zwischen passiver Resignation und mystischem Vertrauen.
Im Tode gibt sich mehr noch als in den anderen einschneidenden Phasen der Existenz das Schicksal zu erkennen, und der Sterbende beugt sich ihm in einer öffentlichen Zeremonie, deren Ritual durch Herkommen festgelegt ist. Die Zeremonie des Todes ist damals wenigstens ebenso bedeutsam wie die Bestattungsfeierlichkeiten und die Trauerbekundung. Für den Einzelnen ist der Tod Anerkennung eines *Schicksals*, in dem seine eigene Persönlichkeit allerdings nicht zunichte gemacht wird, sondern Ruhe findet – *requies*. (...) Dieser Glaube stellt die Zeit vorher und nachher, das Leben und das Nach-dem-Tode, einander nicht so drastisch gegenüber, wie wir heute annehmen. In den alten Volkssagen sind die Toten ebenso gegenwärtig wie die Lebenden, haben die Lebenden ebensowenig Persönlichkeit wie die Toten. (...) Diese Einstellung zum Tode brachte die Hingabe an das Schicksal und die Indifferenz den besonderen und unterschiedenen Formen der Individualität gegenüber zum Ausdruck.« *Ebda.*, S. 68.

16 Shorter bringt den Sinn dieser Veränderung in ganz hervorragender Weise zum Ausdruck: »In der ›guten‹ alten Zeit eigneten sich die Menschen ihre eigene Identität und den ihnen in der ewigen Ordnung der Dinge zukommenden Platz an, indem sie die Linie der ihnen vorausgehenden Generationen betrachteten – eine Linie, die sich ausgehend von ihnen in einer Zukunft fortsetzen würde, von der sich lediglich sagen ließ, daß sie mit größter Wahrscheinlichkeit der Vergangenheit sehr ähneln würde. Wenn die Angehörigen der traditionellen Gesellschaften dazu in der Lage wa-

ren, dem Tod gegenüber eine so große Gelassenheit an den Tag legen, dann lag das vornehmlich daran, daß sie die Gewißheit hatten, daß ihr Name und die Erinnerung an sie in ihrem Familienzweig erhalten blieben. Heute (...) interessiert uns die Abstammungslinie nicht mehr als ein Mittel, um dem Tod ein Schnippchen zu schlagen, und gleichzeitig damit haben wir das Band, das zwischen der einen Generation und der nachfolgenden bestand, durchtrennt.« Edward Shorter, *a.a.O.*, S. 16.

17 Mit dem Auftauchen der ersten, für den modernen Individualismus charakteristischen Erscheinungsformen bereits im Mittelalter hat der Tod aufgehört, »Entäußerung eines kraftvollen, aber bewußtlosen Selbst, Anerkennung eines furchtbaren, aber wahllos zuschlagenden Schicksals zu sein. Er ist zu dem Ort geworden, an dem die Besonderheiten, wie sie jedem Leben, jeder Biographie eigen sind, ins helle Licht der klaren Erkenntnis treten, an dem alles gemessen, gewogen, aufgeschrieben wird, an dem alles umgestoßen – verloren oder gewonnen – werden kann.« Philippe Ariès, *a.a.O.*, S. 69.

18 Vgl. Jean-Louis Flandrin, *Familles. Parenté, maison, sexualité dans l'ancienne société*, Paris 1976, S. 130.

19 *Ebda.*, S. 95.

20 »Die physische Umgebung der traditionellen Familie erstickte jeden Anspruch auf Intimität im Keim. Zu viele neugierige Gesichter richteten ihren Blick auf das Intimleben; zu viele Fremde gingen ständig im Haus ein und aus. Die informelle Kontrolle, die die Gemeinschaft dank der Gestaltung des Raums ausübte, war allgegenwärtig, und die ausdrücklichen Einschränkungen, die dem Gefühl und der Hingebung vom Gesetzgeber auferlegt wurden, waren viel zu rigide, um enge gefühlsmäßige Bindungen entstehen zu lassen.« Edward Shorter, *a.a.O.*, S. 69.

21 Es läßt sich feststellen, daß die Beurteilung dieser »Potentialität« davon abhängt, ob die jeweilige Gesellschaft der Vergangenheit (in traditionellen Gesellschaften) oder der Zukunft (in modernen Gesellschaften) einen höheren Wert beimißt. Als Erben von Rousseau, die dem Menschen ein

Ideal der »Perfektionierung« zuerkennen, ist das Kind für uns ein hoffnungsvolles und vielversprechendes Wesen; für unsere Vorfahren war es vor allem unfertig und damit unvollendet. Und da es im wesentlichen dazu bestimmt ist, die bereits bestehenden Modelle nachzuahmen, kann die in es gesetzte Hoffnung nur sehr begrenzt sein.

22 Jean-Louis Flandrin, *a.a.O.*, S. 135.

23 *Ebda.*, S. 149.

24 Entgegen allen naheliegenden Vermutungen beschränkte sich diese Praxis keinesfalls auf die ärmsten Familien. Shorter zitiert das »typische« Beispiel eines Webermeisters, der, von einem Freund bezüglich einer Schwägerin befragt, die angeblich ihr zweites Kind weggegeben hatte, obwohl sie wohlhabend genug war und als »anständige Frau« galt, folgendes antwortete: »Sie ist auch eine anständige und ehrbare Frau, aber ihr Kind behinderte sie bei der Erfüllung ihres Tagewerkes, und darüber hinaus hat sie auch schon ihr erstes Kind zu einer Amme gegeben.« *Ebda.*, S. 219. In völliger Übereinstimmung sowohl mit den Historikern als auch mit den aufgeklärtesten Zeitzeugen beschreibt Shorter die berufsmäßigen Ammen folgendermaßen: »Im allgemeinen war ihnen das Wohlergehen der ihnen anvertrauten Kleinkinder vollkommen gleichgültig. Die Kinder waren für sie fast genauso eine Ware wie es beispielsweise Kakao für einen Börsenmakler ist.« *Ebda.*, S. 230.

25 François Lebrun zitiert demgegenüber den berühmten Fall Rousseaus, der sich davon überzeugt zeigte, daß seine in Pflege gegebenen Kinder dort eine bessere Erziehung genossen hätten als er selbst. Es scheint jedoch sicher zu sein, daß, obwohl die Sterblichkeitsrate seinerzeit nicht so haargenau bekannt war wie heute, die Eltern auch schon damals wußten, wie lebensgefährlich es für das Kind war, wenn es in Pflege gegeben wurde.

26 John Boswell, *Au bon cœur des inconnus. Les enfants abandonnés de l'Antiquité à la Renaissance*, Paris 1993. Shorter nennt die Zahl von jährlich 33 000 ausgesetzten Kindern in Frankreich Mitte des 19. Jahrhunderts, wobei mindestens

5000 Kinder von ihren rechtmäßigen Eltern ausgesetzt wurden. Vgl. Edward Shorter, *a.a.O.*, S. 216.

27 Die entsprechenden Zahlen finden sich bei François Lebrun, *a.a.O.*, S. 158ff.

28 Soziologen wie Niklas Luhmann haben versucht, die Falle kausaler Erklärungen zu vermeiden, indem sie sich in erster Linie der Frage annahmen, in welcher Form sich diese historischen Veränderungen in der Literatur und ihren »semantischen Codes« niederschlug. Die Ergebnisse von Luhmanns Analysen stimmen trotzdem mit denjenigen Shorters überein, insbesondere hinsichtlich der Einschätzung der für die Moderne kennzeichnenden Entstehung einer Privatsphäre, in der die Liebe durch ihre Absonderung von den sie einstmals einfassenden gemeinschaftlichen und ökonomischen Aspekten für die Menschen so etwas wie ein Selbstzweck geworden ist. Vgl. Niklas Luhmann, *Liebe als Passion. Zur Codierung von Intimität*, Frankfurt am Main 1982.

29 Bei meinen Überlegungen habe ich mich oft von den wunderbaren Analysen inspirieren lassen, die sich in Tzvetan Todorovs Buch *Frêle bonheur, essai sur Rousseau*, Paris 1985, finden.

30 Diese Frage stellt sich in der gleichen Weise für den Bereich der Ästhetik im allgemeinen, denn sobald diese das Gefühl zum obersten Kriterium für das Schöne macht, ergibt sich das Problem der Objektivität des Geschmacks.

31 Bereits 1938 widmete Denis de Rougemont dieser Frage in seinem Buch *L'amour et l'Occident* einige Seiten von beeindruckender Hellsichtigkeit.

32 Vgl. Eugen Drewermann, *Psychoanalyse und Moraltheologie.* Band 1: *Angst und Schuld*, Mainz 1982.

33 Man kann beispielsweise folgende Version finden: »So jemand zu mir kommt und seinen Vater, seine Mutter ... mir vorzieht.«

34 «Wenn jemand sagt: Ich liebe Gott, und doch seinen Bruder haßt, ist er ein Lügner. Denn wer seinen Bruder nicht liebt, den er von Angesicht kennt, kann Gott nicht lieben, den er von Angesicht nicht kennt.« (1. Johannesbrief, 4, 20).

35 Simone Weil, *Schwerkraft und Gnade*, München und Zürich 1989.

36 Die Mentalitätsforscher merken an, daß das Hochmittelalter uns in dieser Hinsicht näher zu sein scheint als die drei Jahrhunderte, die der Französischen Revolution vorausgehen. Wir sollten uns jedoch vor rückwärtsgewandten Illusionen hüten, denn die höfische Liebe scheint erst seit ihrer Neuinterpretation durch die Romantiker »unserer« Liebe aus Leidenschaft wirklich zu ähneln. Ihre ursprüngliche, im wesentlichen religiöse Problematik, ist uns heute nicht mehr verständlich. Vgl. Denis de Rougemont, *L'amour et l'Occident.*

37 Es ließe sich eine vollkommene Analogie zwischen dem Gefühl und der Empfindung herstellen. Hegel legt mit seiner Dialektik der »wahrnehmbaren Gewißheit« den Gedanken nahe, daß diese Form des Bewußtseins wegen der Unmöglichkeit, den Zustand der Gleichheit zwischen Subjekt und Objekt aufrechtzuerhalten, zunächst einmal das Objekt zum Wesentlichen und sich selbst zum Akzidenz macht. Auf der philosophischen Ebene einer Theorie des Bewußtseins entspricht die Position dem »Realismus«: das Objekt existiert unabhängig von der Wahrnehmung, die reine Passivität, einfacher Reflex ist, und darüber hinaus ist es ihre Ursache.

38 In dem berühmten Abschnitt von *Über die Liebe* heißt es: »Läßt man auf den tiefsten Sohlen der Salzminen von Salzburg einen dünnen Ast zurück, der im Winter sein Laub verloren hat, und holt ihn zwei oder drei Monate später wieder hervor, ist er mit glänzenden Kristallen überzogen: die kleinsten Zweige, die nicht viel größer sind als die Füße einer Meise, sind mit einer unendlichen Zahl an beweglichen und schillernden Diamanten überdeckt; der ursprüngliche Ast ist nicht mehr zu erkennen.« Genauso kleidet der Liebhaber (die Liebhaberin) das geliebte Wesen ein.

39 Molière, *Don Juan*, 1. Akt, 2. Szene.

40 *Ebda.*

41 Ich folge hier im wesentlichen der Kommentierung der drei Begriffe durch André Comte-Sponville in seinem Buch *Ermutigung zum unzeitgemäßen Leben. Ein kleines Brevier der Tugenden und Werte*, Reinbek bei Hamburg 1996.

42 André Comte-Sponville schlägt die folgende Definition für *Philia* vor, die ich gern übernehme: »... *philia* ist die Liebe, die zwischen Menschen aufkommt, ungeachtet der Formen, die sie annimmt, und solange sie nicht auf Entbehrung oder Leidenschaft *(eros)* beschränkt ist. Der Begriff hat also eine engere Bedeutung als unser Wort ›Liebe‹ (das sich auf einen Gegenstand, ein Tier oder einen Gott beziehen kann), jedoch eine weitere Bedeutung als ›Freundschaft‹ (von der man zum Beispiel fast nie beim Verhältnis von Eltern und Kindern spricht). Sagen wir, es ist die Liebe aus Freude, insofern sie wechselseitig ist oder sein kann: die Freude, zu lieben und geliebt zu werden (...). Kurz gesagt, die Liebe als Aktion; ihr wollen wir den *eros* (die Liebe als Passion) entgegenstellen, obwohl sie durchaus zusammenkommen und Hand in Hand gehen können.« *Ebda.*, S. 298f.

43 Mit Hilfe der Parodierung eines Satzes von Sartre ließe sich über Simone Weils Gott sagen, daß er »seinslos ist, damit es Sein gibt«. Er, der unendlich und vollkommen ist, verzichtet auf seine absolute Macht, damit es die Welt und die Menschen überhaupt geben kann. Im Zusammenhang mit dieser Schöpfungstheorie muß man den für Simone Weil so wichtigen Gedanken eines »schwachen Gottes« verstehen.

44 André Comte-Sponville, *a.a.O.*, S. 324.

Drittes Kapitel
Das Heilige mit menschlichem Antlitz

1 Was viele von denjenigen, die sich an humanitären Aktionen beteiligt haben, nicht daran hindern sollte, ihre Bestimmung über den Umweg eines Engagements für die dritte Welt entdeckt zu haben. Hierzu bedurfte es jedoch einer gründlichen Überarbeitung ihrer Positionen.

2 Lac Boltanski hat in seinem Buch *La souffrance à distance*, Paris 1993, sehr gut die Bereiche der unendlich vielen marxistisch und nietzscheanisch geprägten Veröffentlichungen analysiert, die sich in den siebziger Jahren mit der Kritik der Philantropie als sanfter Form von Herrschaft befaßten.

3 Friedrich Nietzsche, *Werke in drei Bänden*, Bd. III, München [10]1994, S. 799f.

4 Während dieser Verdacht die schärfsten Kritiken rechtfertigt, schränkt die von mir gemachte Unterscheidung (zwischen der Richtigkeit der Absicht und dem ideologischen Mißbrauch) ihre Tragweite ein. Vgl. hierzu Bernard-Henri Lévy, *Gefährliche Reinheit*, Wien 1995.

5 Das Centre National de Recherche Scientifique (CNRS) ist von seiner Aufgabenstellung her in gewisser Weise mit der Max-Planck-Gesellschaft zu vergleichen, steht allerdings unter staatlicher Leitung (A.d.Ü.).

6 Lediglich die Tageszeitung *Le Monde* berichtete darüber in ihrer Ausgabe vom 4. April 1995.

7 Diese Hypothese ist nicht nur nicht unwahrscheinlich, sondern sie wäre rein technisch gesehen auch sehr leicht in die Tat umzusetzen: Hierzu würde es ausreichen, zwei Embryonen zweier Schwestern mit einem gewissen Zeitabstand herzunehmen und den einen davon lange genug zu konservieren, um ihn der älteren Schwester später zu implantieren.

8 Vgl. beispielsweise Pierre Boissier, *Henri Dunant*, Genf 1991 (hierbei handelt es sich um eine Veröffentlichung des *Institut Henri-Dunant*, dessen Mitgliedern ich an dieser Stelle für die freundliche Aufnahme danke, die man mir dort bereitete). Will man etwas über moderne humanitäre Aktionen erfahren, lohnt sich die Lektüre der Bücher von Jean-Christophe Ruffin, insbesondere aber diejenige von *L'aventure humanitaire*, Paris 1994. Ich möchte mich auch bei Bernard Kouchner dafür bedanken, daß er mir seine Zeit zur Verfügung gestellt hat.

9 Zitiert bei Pierre Boissier, dessen Buch ich dieses Zitat entnehme.

10 »Laß dem Anderen nicht widerfahren ...« Im Anschluß an einen von mir auf Einladung der *Académie universelle des cultures* gehaltenen Vortrag bot sich mir die Gelegenheit zu einem Gedankenaustausch mit Robert Badinter. Er schlug mir diese Formulierung vor, um die »größere« Universalität des modernen humanitären Denkens im Vergleich zu den traditionellen Formen der Barmherzigkeit zu verdeutlichen.

11 Jean-Christophe Ruffin, *a.a.O.*, S. 50.

12 Pascal Bruckner, *La tentation de l'innocence*, Paris 1995.

13 In der Folge des Golfkrieges wurde die Regierung in Bagdad mit der am 5. April 1991 vom Sicherheitsrat beschlossenen Resolution 688 dazu verpflichtet, den Hilfsorganisationen freien Zugang in die Kurdengebiete zu gewähren, damit sie dort tätig werden konnten. Es folgten noch weitere Resolutionen, die die Frage der Hilfsorganisationen zum Gegenstand hatten. Die Resolution 743 (21. Februar 1992) beinhaltete die Schaffung der UNPROFOR, deren Aufgabe darin besteht, über die Einhaltung des im November 1991 in Genf und im Januar 1992 in Sarajewo ausgehandelten Waffenstillstands zu wachen; die Resolution 770 (14. August 1992) dient dazu, die »humanitäre Hilfe überall dorthin zu bringen, wo sie in Bosnien-Herzegowina benötigt wird«; die Resolution 743 (3. Dezember 1992) stellte »die dringende Notwendigkeit, humanitäre Hilfe in ganz Somalia gewährleisten« zu können, fest ...

14 Alain Destexhe, *L'humanitaire impossible*, Paris 1993. Die Lektüre dieses äußerst interessanten Buches kann man nur jedem ans Herz legen.

15 Ich habe es überprüft, beinahe hätte ich gesagt, ich habe mich der Prüfung unterzogen und fünfzehn oder zwanzig neuere Veröffentlichungen gelesen, die sich mit den negativen Auswirkungen der Mediengesellschaft befassen. Die Liste solcher Veröffentlichungen ist beeindruckend, und man könnte den Eindruck gewinnen, das Fernsehen sei an die Stelle des Teufels höchstpersönlich getreten. Nachfolgend zitiere ich, ohne Hinzufügungen meinerseits oder

irgendwelche Übertreibungen, bunt durcheinander gemischt, die Resultate meines Streifzugs durch die Landschaft der Medienfeindlichkeit: das Fernsehen entfremdet den Verstand, es zeigt allen dasselbe, verbreitet die Ideologie derjenigen, die sie produzieren, es deformiert die Phantasie der Kinder, verarmt die Neugier der Erwachsenen, schläfert den Verstand ein, es ist ein Instrument zur politischen Kontrolle, es preßt unser Denken in Schablonen, es manipuliert Informationen, es drängt uns herrschende, um nicht zu sagen bürgerliche kulturelle Normen auf, es zeigt uns systematisch immer nur einen Teil der Wirklichkeit und unterschlägt die Realität in den Städten, die Mittelschicht, die Arbeit im tertiären Sektor, das Leben auf dem Land, die Welt der Arbeit, es marginalisiert regionale Dialekte und Kulturen, erzeugt Passivität, zerstört die zwischenmenschlichen Beziehungen in den Familien, tötet das Buch und jede Art »schwer zugänglicher« Kultur, führt zu Gewalt, zu Vulgarität und Pornographie, hindert die Kinder daran, erwachsen zu werden, stellt eine ungleiche Konkurrenz für die lebendigen Darstellungsformen wie Zirkus, Theater, Kabarett oder Kino dar, erzeugt wegen der überflüssigen Überinformation bei den Menschen Gleichgültigkeit und Apathie, zerstört die kulturellen Hierarchien, ersetzt Information durch Kommunikation, die Reflexion durch Emotion, die intellektuelle Distanzierung durch die Unmittelbarkeit flüchtiger und oberflächlicher Gefühle, entwertet die Schulbildung ... Bei alledem stellt sich die Frage, wie ein solches Ungeheuer noch auf die Zustimmung der politisch Verantwortlichen stoßen kann, ganz zu schweigen von derjenigen durch die breite Masse. Es stellt sich die Frage, wieso sich allabendlich die große Mehrheit der Menschen aufteilt in diejenigen, die vor dem Fernseher sitzen, und diejenigen, die sich, obwohl sie dieses Verhalten kritisieren, fragen, wie sie am schnellsten dort hinkommen ...

16 Diese Kritik entwickelt Régis Debray in seinem Buch *L'Etat séducteur*, Paris 1993, mit viel Leidenschaft und Geschick.

17 Sie schrecken nicht davor zurück – Sensationsmacherei verpflichtet –, sich dessen zu rühmen, als Gesprächspartner in den Fernsehstudios oder als Kolumnist ihrer Zeitungen dem Publikum solche Persönlichkeiten zu präsentieren, die angeblich »medienscheu« sind. So lautete beispielsweise der Aufmacher in einer Ausgabe der Illustrierten *Paris-Match* anläßlich des Erscheinens des letzten Buches von Le Clézio, *La quarantaine*, der unter einem riesigen (und wunderbaren) Foto des Autors zu lesen war: »Dieser zurückgezogen lebende Autor, der die Presse meidet, hat sich exklusiv mit PPDA für TF 1 und *Paris-Match* unterhalten.« Für jemanden, der *bekanntermaßen* medienscheu ist, ist das alles in allem schon mal gar nicht so schlecht … Es ließen sich noch unzählige ähnlicher Beispiele anführen, mit deren Hilfe sich – über jeden anekdotischen Wert hinaus – das zentrale Problem des Status der Medienkritik durch die Medien veranschaulichen läßt.

18 Will man mehr über diese internen Auseinandersetzungen und allgemein etwas über moderne humanitäre Hilfe erfahren, lohnt sich in jedem Fall die Lektüre des Buches von Olivier Weber, *French Doctors*, Paris 1995.

19 Vgl. Xavier Emmanuelli, *Les prédateurs de l'action humanitaire*, Paris 1991.

20 Vgl. *Le Monde*, 16. April 1994.

21 Hannah Arendt, *Zwischen Vergangenheit und Zukunft. Übungen im politischen Denken*, München 1994. Nur wenn es den Sterblichen gelingt, ihren Werken, Taten und Worten eine Dauer zu verleihen, die den Prozeß des Vergehens, der in ihrem Wesen liegt, aufhält, können die Dinge der Menschen sich ansiedeln in dem Kosmos der Unvergänglichkeit und in ihm eine verläßliche Menschenwelt bilden, durch welche die Menschen ihren Platz und ihre Heimat in einer Natur finden, in der alles unsterblich ist … *Ebda.*, S. 60f.

22 Milan Kundera, *Die Langsamkeit*, München 1995, S. 16.

23 Hans Jonas, *Das Prinzip Verantwortung. Versuch einer Ethik für die technologische Zivilisation*, Frankfurt am Main 1979, S. 241. Trotzdem bin ich nicht mit der angeb-

lichen »Beweisführung« von Jonas einverstanden, die auf dem »ontologischen« Wesen der Pflicht der Verantwortung gegenüber dem Kind basiert.

24 Vgl. hierzu die Analysen von Rony Brauman in seinem Buch *Le crime humanitaire*, Paris 1993.

25 Das hat auch Mario Bettati immer wieder betont.

26 Zu dieser Unterscheidung vgl. den Artikel von Mario Bettati, »Action humanitaire d'Etat et diplomatie«, in: *Les relations internationales à l'épreuve de la science politique*, 1993.

27 Im übrigen haben Claude Malhuret und Xavier Emmanuelli akzeptiert, die Repräsentation auf höchster Ebene auszuüben, womit sie gezeigt haben, daß sich ihre Kritik an der »politischen Humanität« innerhalb bestimmter Grenzen bewegte.

28 *Lettres sans frontières*, Paris 1994.

29 Das entspricht natürlich nicht der Auffassung von Rony Brauman, aber die Sinnproblematik läßt sich noch eindeutiger formulieren.

30 Aristoteles, *Nikomachische Ethik*, 1120 b.

31 Das ist die These, die sowohl Francis Fukuyama als auch in etwas anderer Form Pascal Bruckner in seinem Buch *La mélancolie démocratique*, Paris 1990, vertreten hat.

32 Je nachdem, ob man eher liberal eingestellt ist oder den Versprechungen einer echten Linken »anhängt«, wird man in diesem Umstand entweder einen heilsamen pädagogischen Effekt oder einfach nur einen Verrat sehen.

33 Falls jemand daran zweifeln sollte, daß dies so ist, möchte ich einfach den folgenden Auszug einer Rede von Jack Lang zitieren, die er im Jahre 1990 in Blois anläßlich eines Festes hielt, das den schönen Namen »Ramdam« trägt: »Heute ist das Zentrum die Peripherie. Es ist nicht mehr das alte, denkmalgeschützte und in das Verzeichnis des nationalen Kulturerbes aufgenommene Stadtzentrum. Das wahre Leben findet in den häufig zwar armen, aber warmherzigen, gastlichen und bunt bemalten Vorstädten statt.«

34 Das haben die »Kommunitaristen« selbst, und allen voran Charles Taylor, sehr gut erkannt.

35 Und zwar auf der ganzen Welt, außer in Frankreich. Ich möchte darauf hinweisen, daß Rawls derjenige lebende Philosoph ist, dessen Werk mit am stärksten rezipiert wurde, so daß allein die Bibliographie der Arbeiten, die sich mit seinem Werk befassen, einen fast 800 Seiten umfassenden Band füllt.

36 Dies ist eines der zentralen Themen von Marek Halter in seinem Buch *La force du Bien*, Paris 1995.

Schluß
Der Humanismus des Menschengottes

1 Kardinal Lustiger hat den zentralen Punkt dieses Dilemmas ganz klar formuliert: »Es zeigt sich, daß die Grundlage des positiven Rechts zugleich diesseits und jenseits von sich selbst liegt. In den demokratischen und pluralistischen Gesellschaften bleibt das Zivilrecht das einzige anerkannte Verfahren der Urteilsfindung. Dasjenige Regime, das versucht, sich der unbegründeten Grundlage des Rechts zu bemächtigen und darüber zu verfügen, ist zwangsläufig totalitär. Einer der Schlüssel des Rechts und der Respektierung der Freiheit besteht in dem Abstand zwischen der moralischen Verpflichtung und seiner Bestimmung durch das Recht. Nichtsdestoweniger gibt es jenseits der rechtlichen Bestimmungen diejenige Instanz, die sie rechtfertigt, d.h. die Wahrheit, die sie begründet. Das gilt für jedes Recht.« Kardinal Lustiger, *Devenez dignes de la condition humaine*, Paris 1995, S. 36f.

2 Friedrich Nietzsche, »Götzen-Dämmerung«, in: *Sämtliche Werke. Kritische Studienausgabe* (Hg. Giorgio Colli, Mazzino Montinari), München/Berlin/New York 1980, Bd. 6, S. 68.

3 *Ebda.*

4 Das habe ich an anderer Stelle getan. Vgl. Luc Ferry, *Philosophie politique II. Le système des philosophies de l'histoire*, Paris 1983.

5 Vorsichtig ausgedrückt haben die Rezipienten dem folgenden Abschnitt aus Kants *Kritik der reinen Vernunft* merkwürdigerweise nur sehr wenig Beachtung geschenkt, in dem er das Geheimnis, d. h. die radikale Kontingenz, der Sphäre des Transzendentalen zuordnet: »Von der Eigentümlichkeit unseres Verstandes aber, nur vermitteltst der Kategorien und gerade nur durch diese Art und Zahl derselben Einheit der Apperzeption a priori zustande zu bringen, läßt sich ebenso wenig ferner ein Grund angeben, als warum wir gerade diese und keine anderen Funktionen zu urteilen haben, oder warum Zeit und Raum die einzigen Formen unserer möglichen Anschauung sind.« (Immanuel Kant, *Kritik der reinen Verunft*, B 146) Anders ausgedrückt, das Apriori, deren beide wesentlichen Merkmale die Universalität und die Notwendigkeit sind, ist im Grunde vollkommen rätselhaft, wenn nicht sogar absolut kontingent.

6 Johannes, 10, 32–34.

7 Gr. *diabolos*, eigentl. »Verleumden, Zwietrachtstiften«.

Inhalt

Einleitung: Vom Sinn des Lebens: Das Verschwinden einer Frage

Erstes Kapitel: Die Vermenschlichung des Göttlichen: Von Johannes Paul II. zu Eugen Drewermann

Zweites Kapitel: Die Vergöttlichung des Menschlichen: Die Säkularisierung der Ethik und die Geburt der modernen Liebe

Drittes Kapitel: Das Heilige mit menschlichem Antlitz